D0667792

LES VAISSEAUX DU CŒUR

Benoîte Groult est née à Paris en 1920. Licenciée ès lettres, elle enseigne pendant un temps au Cours Bossuet. Mariée en 1944, veuve en 1945, elle entre au Journal parlé de la Radiodiffusion à la Libération et y reste jusqu'en 1953. En 1951, elle a épousé le romancier et journaliste Paul Guimard. Elle a trois filles.
Elle a collaboré à diverses publications : Elle, Parents, *etc.*
Avec sa sœur Flora, elle a écrit : Journal à quatre mains *(1963),* Le Féminin pluriel *(1965),* Il était deux fois *(1967).*
Benoîte Groult est l'auteur de La Part des choses *(1972),* Ainsi soit-elle *(1975),* Le Féminisme au Masculin *(1977),* Les Trois Quarts du temps *(1983) et* Les Vaisseaux du cœur *(1988).*
Elle est membre du jury du Prix Femina.

Qui saura, entre homme et femme, inventer une passion qui ne s'use pas ? Qui saura, malgré le temps qui passe, préserver les belles amours de leurs disgrâces quotidiennes ? Tel est, au fond, le secret de ces deux êtres que tout sépare, mais que d'intenses ferveurs rapprochent. Lui, c'est un marin breton, elle est une intellectuelle parisienne. Ils ne se ressemblent guère, un monde d'usages ou de convenances aurait dû les rendre étrangers l'un à l'autre.

De complicités en étreintes, de brèves rencontres en rendez-vous lointains, le destin va leur offrir une liaison improbable et souveraine. Quelques jours, quelques semaines dispersées tout au long de la vie seront les seules et brûlantes étapes d'une histoire qui commence sur la peau et se prolonge dans le cœur. A travers cette passion, toute de tendresse et de sensualité, Benoîte Groult a voulu faire le portrait d'un amour glorieux et d'une femme libre. Avec les vrais mots de l'impudeur, elle donne à vivre le roman d'un désir toujours, et miraculeusement, intact.

DU MÊME AUTEUR

Paru dans Le Livre de Poche :

LA PART DES CHOSES.
AINSI SOIT-ELLE.
LES TROIS QUARTS DU TEMPS.

Aux Éditions Grasset :

LA PART DES CHOSES, 1972.
AINSI SOIT-ELLE, 1975.
LES TROIS QUARTS DU TEMPS, 1983.

*Aux Éditions Denoël, en collaboration
avec sa sœur Flora Groult :*

LE JOURNAL À QUATRE MAINS.
LE FÉMININ PLURIEL.
IL ÉTAIT DEUX FOIS.

Aux Éditions Mazarine :

DES NOUVELLES DE LA FAMILLE.

Dans la collection Femmes, Denoël-Gonthier :

LE FÉMINISME AU MASCULIN.

Aux Éditions Alain Moreau (Presse-Poche) :

LA MOITIÉ DE LA TERRE.

Au Mercure de France :

OLYMPE DE GOUGES,
textes présentés par Benoîte Groult, 1986.

BENOITE GROULT

Les Vaisseaux du cœur

ROMAN

GRASSET

Est solitaire celui ou celle qui n'est le numéro un pour personne.

HÉLÈNE DEUTSCH.

AVANT-PROPOS

D'ABORD, comment vais-je l'appeler pour que sa femme ne sache jamais? D'un nom breton en tout cas puisqu'il en portait un. Mais je lui voudrais un nom de barde, d'un de ces héros irlandais au courage absurde, qui ont perdu la plupart de leurs batailles, mais jamais leur âme.

Un nom de Viking peut-être? Non, ils étaient blonds. De Celte plutôt, cette race de bruns trapus aux yeux clairs avec, dans leurs barbes, une arrière-pensée rousse. Il appartenait tellement à ce peuple à la géographie imprécise, à l'histoire discutée, à la survivance plus poétique que réelle.

Je lui veux un prénom brutal et rocailleux qui siérait à sa silhouette massive, à ses cheveux bruns un peu bas sur le front et frisés dru sur la nuque large, à ses yeux bleu vif comme deux éclats de mer sous des sourcils broussailleux, à ses pommettes de Tartare, à cette barbe cuivrée qu'il laissait pousser quand il était en mer.

Je lui en essaie plusieurs et le fais tourner devant mon miroir intérieur... Non, celui-ci rendrait mal cet air obtus et furieux qu'il prenait quand on lui résistait; cet autre ne conviendrait pas à sa démarche lourde.

9

« Kevin »? Oui, mais il me faudrait être sûre qu'il soit prononcé à l'anglaise et non « Quévain ».

« Yves » fait pêcheur d'Islande.

Des « Jean-Yves », il se trouve que j'en ai trop rencontré pendant mes vacances bretonnes, toujours de petits maigrichons à taches de rousseur.

« Loïc »? Peut-être... mais j'aimerais un nom plus rare, un nom qui conviendrait à un cormoran.

Alors « Tugdual »? Ou « Gauvain », l'un des Douze de la Table Ronde? Ou « Brian Boru », ce Charlemagne de l'Irlande? Mais les Français ne manqueraient pas de dire « Brillant Borû » et la caresse du r anglais, cet impalpable va-et-vient de la langue dans le mitan de la bouche, ferait place au raclement sans grâce que nous autres appelons « r ».

Pourtant c'est bien un nom de chevalier qu'il lui faut. Et quel plus fidèle chevalier que Gauvain, fils de Loth, roi de Norvège, et d'Anne, sœur d'Arthur, qui mourut en combat singulier contre Mordred, traître à son roi? Sobre, sage, digne, généreux, d'une force terrible et d'une fidélité absolue à son suzerain, nous disent les textes du cycle d'Arthur, ce n'était pas un poète mais un homme de devoir quoi qu'il pût lui en coûter, prêt à l'aventure et à tous les héroïsmes. Tel il est décrit dans le cycle breton et tel est l'homme de mon récit.

Il portait dans la vie un prénom que je trouvais bêta. Dès qu'il est entré dans la mienne, je l'ai affublé de surnoms. Je lui dédie aujourd'hui ce nom définitif, beau à écrire et beau à lire, puisque je ne peux plus maintenant que le coucher sur papier.

10

Ce n'est pas sans appréhension pourtant que je vais me mêler à la cohorte des écrivains qui ont tenté de piéger sur une feuille blanche ces plaisirs que l'on dit charnels mais qui vous serrent si fort le cœur parfois. Et découvrir, comme beaucoup d'entre eux sans doute et comme ceux, plus nombreux encore, qui ont dû renoncer, que le langage ne me viendra pas en aide pour exprimer le transport amoureux, cet extrême plaisir qui recule les limites de la vie et met au monde en nous des corps que nous n'imaginions pas. Je sais que le ridicule me guette, que mes sentiments rares vont s'engluer dans la banalité et que chaque mot s'apprête à me trahir, désolant ou vulgaire, fade ou grotesque sinon franchement répugnant.

Comment nommer selon mon cœur ces excroissances ou ces incroissances par où s'exprime, se résout et ressuscite le désir? Comment émouvoir en disant « coït »? Co-ire, aller ensemble, certes. Mais que devient le plaisir de deux corps qui vont ensemble précisément?

Alors « pénétration »? Cela vous a des allures juridiques. « Y a-t-il eu pénétration, Mademoiselle? » Et « forniquer » exhale des relents de soutane et de péché. Et « copulation » paraît laborieux, « accouplement », animal, et le mot « coucher » est si ennuyeux et « baiser » si expéditif...

Alors « hurtibiller » ou « fomberger le gingin »? « Danser le branle » ou « calmer sa braise »? Ce sont, hélas! mots oubliés et joyeuses inventions d'une jeune et verte langue qui ne s'était pas encore laissé passer le licou.

Il ne nous reste aujourd'hui, en ces temps d'inflation verbale où les paroles s'usent plus vite encore que les vêtements, que les mots cochons

11

ou les mots paillassons décolorés par un emploi répété. Et puis ce brave « faire l'amour », toujours prêt, mais vidé de toute charge émotive, scandaleuse ou érotique. Impropre à la littérature en somme.

Et quand on en vient aux organes qui véhiculent ce plaisir, l'écrivain et peut-être plus encore l'écrivaine se heurtent à de nouveaux écueils. « La verge de Jean-Phil était roide, tendue à craquer... Le phallus de Mellors se dressait souverain, terrifiant... Les couilles du directeur-adjoint... Ton scrotum adoré... Son pénis, ton pubis, leurs pénibus... Mon vagin denté... Votre clitoris, Béatrice... » Comment échapper au comique ? Même l'anatomie, quand il s'agit de sexe, perd son innocence et les mots, ces salauds qui mènent leur vie indépendamment de vous, vous imposent des images toutes faites et refusent un emploi ingénu. Ils relèvent du latin ou de l'argot, de l'ado ou du crado. Quand ils existent. Car le vocabulaire de la jouissance féminine se révèle, même chez les meilleurs auteurs, d'une pauvreté consternante.

Il faudrait pouvoir tout oublier à commencer par la presse spécialisée en turgescences, les romans-photos sur fond de muqueuses et les triples Axel du sexe commentés par des rédacteurs blasés payés au SMIC. Et oublier plus encore peut-être l'érotisme chic qu'il est de bon ton d'apprécier sous le couvert d'un jargon philosophique qui en masque l'ignominie.

Et pourtant l'histoire que je voudrais raconter n'existe pas sans la description du « péché de turelure[1] ». C'est en se livrant au péché de ture-

1. Synonyme d'acte sexuel au XVIᵉ siècle (Dictionnaire érotique de Pierre Guiraud).

12

lure que mes héros se sont séduits; c'est pour faire turelure qu'ils se sont poursuivis à travers le monde; à cause de turelure qu'ils n'ont jamais pu se déprendre l'un de l'autre, bien que tout les séparât.

Il serait flatteur et plus facile pour expliquer cet amour d'évoquer une complicité d'idées ou de cultures, une amitié d'enfance, un talent rare chez l'un d'eux, une émouvante infirmité..., mais il faut bien reconnaître la vérité toute nue : ces deux-là étaient faits pour s'ignorer, voire se mépriser, et seul le langage inarticulé de l'amour leur a permis de communiquer et seule la magie du truc dans le machin – y compris les histoires de prédestination que l'on se plaît à invoquer dans ces cas-là, ou bien les mystérieux tropismes, ou le jeu des hormones, ou que sais-je? – seule cette magie a pu les lier si profondément qu'elle a aboli toute barrière.

Reste encore à faire paraître éblouissant l'acte le plus communément pratiqué sur cette terre. Car si ce n'est pour éblouir, à quoi bon écrire? Et comment capter cet espoir de ciel qui luit entre les jambes des hommes et des femmes et faire passer pour un miracle ce qui se produit partout, depuis toujours, entre sexes semblables ou différents, pitoyables ou glorieux?

Je ne dispose pour cela d'aucune connaissance que d'autres n'auraient pas ni d'aucun mot dont d'autres n'ont pas déjà abusé. Il ne s'agit nullement d'un voyage en terre inconnue : il n'y a pas de Papouasie en amour. Enfin il n'est rien de plus banal qu'un con, sinon deux, et un phallus en peau de premier choix se fait vider le moment venu comme une queue de basse extraction.

La prudence commanderait donc de renoncer. D'autant qu'entre l'écueil de la pornographie et

13

celui de l'eau de rose brillent d'une clarté insolente les quelques chefs-d'œuvre de toutes les littératures qui se rient de tous ces dangers. Mais ce n'est qu'après coup, en cas d'échec, que la prudence apparaît comme une qualité. Et toute littérature n'est-elle pas imprudente?

Enfin le risque était si beau d'écrire, malgré tout, les premières lignes de l'impossible histoire : « J'avais dix-huit ans quand Gauvain m'est entré pour la vie dans le cœur, ou ce que je prenais pour le cœur à cette époque et qui n'était encore que la peau... »

CHAPITRE PREMIER

GAUVAIN

J'AVAIS dix-huit ans quand Gauvain m'est entré dans le cœur pour la vie, sans que nous le sachions, ni lui, ni moi. Oui, cela a commencé par le cœur ou ce que je prenais pour le cœur à cette époque et qui n'était encore que la peau.

Il avait six ou sept ans de plus que moi et son prestige de travailleur de la mer qui gagnait sa vie compensait alors mon prestige d'étudiante encore dépendante de sa famille. Mes amis de Paris n'étaient que des blancs-becs, des zazous, en face de lui, déjà marqué par ce métier qui fait d'un adolescent musclé une force de la nature en trop peu d'années, et un vieillard bien avant l'âge. Son enfance s'attardait encore dans ses yeux qu'il détournait dès qu'on le regardait, sa jeunesse sur ses lèvres arrogantes et retroussées aux coins, et sa force d'homme en imposait à la fois par ses mains impressionnantes, comme raidies par le sel, et par cette démarche pesante dont il assurait chaque foulée comme s'il se croyait toujours sur le pont d'un bateau.

Jusqu'à l'adolescence, nous nous étions toisés comme les représentants de deux espèces inconciliables, lui dans le rôle du gars breton, moi de la Parisienne, ce qui nous donnait la rassurante certitude que nos chemins ne se croiseraient jamais. Il était de surcroît fils de paysan pauvre et moi, fille de touristes, ce qu'il semblait considérer comme notre profession principale et un mode de vie qui ne lui inspirait guère d'estime. Pendant ses rares heures de loisir, il jouait passionnément au foot avec ses frères, ce qui me paraissait dépourvu du moindre intérêt; ou bien il dénichait les oiseaux ou les tirait à la fronde, ce que je trouvais odieux; et il passait le reste du temps à se bagarrer avec ses copains ou à nous dire des « gros mots » chaque fois qu'il nous croisait, ma sœur et moi, ce que je jugeais tout simplement masculin, donc détestable.

C'est lui qui creva les pneus de ma première bicyclette de petite fille riche, véritable insulte il est vrai à la caisse à roulettes toujours déglinguée sur laquelle il descendait, avec ses frères, dans un fracas de ferraille qui les enchantait, l'unique rue de notre village. Puis, dès qu'il avait eu les jambes assez longues, il s'était déhanché sur le maigre vélo de son père, haridelle réduite à ses éléments indispensables, qu'il récupérait en douce lorsque Lozerech Père passait la nuit dans un fossé après sa cuite du samedi. Nous, nous fixions au moyen de pinces à linge des cartes postales sur les rayons de nos bicyclettes à chromes, à sonnettes, à garde-boue et à porte-bagages, afin de produire un bruit de moteur et d'épater les frères Lozerech qui nous ignoraient royalement.

Par une sorte de convention tacite nous ne jouions qu'avec l'unique fille des Lozerech, la dernière de « cette famille de lapins », comme disait notre père avec mépris, une blondinette sans grâce qui portait le prénom, rédhibitoire à nos yeux, d'Yvonne. Je l'ai dit : tout nous séparait.

Vers quatorze ou quinze ans, Gauvain disparut

16

de mon horizon. Il naviguait déjà comme mousse pendant l'été, sur le chalutier de son frère aîné, le *Vaillant-Couturier*, un nom qui me plaisait car je fus longtemps persuadée qu'il désignait un couturier courageux qui avait eu l'occasion inespérée d'opérer un sauvetage en mer! Sa mère disait qu'il « savait travailler » et qu'« il ne serait pas long, celui-ci, à passer novice ». Mais pour l'instant, il était le mousse, c'est-à-dire le souffre-douleur à bord. L'usage le voulait ainsi et un frère patron de pêche avait moins qu'un autre le droit de s'attendrir.

Pour nous, cela faisait un ennemi de moins dans le village. Mais même réduite aux cinq plus jeunes, la fratrie Lozerech continuait à nous considérer, ma sœur et moi, comme des pisseuses en tant que femelles, et des prétentieuses en tant que Parisiennes. D'autant que je m'appelais George. « George sans *s* », précisait chaque fois ma mère, qui m'avait sacrifiée sur l'autel de sa passion de jeunesse pour l'*Indiana* de George Sand. Ma cadette, qui se prénommait tranquillement Frédérique et que j'appelais « Frédérique avec un Q » pour me venger, me reprochait d'avoir honte de mon prénom. Et c'est vrai que j'aurais donné beaucoup pour éviter les moqueries et les questions à chaque rentrée des classes, le temps que les « nouvelles » s'habituent. Les enfants sont sans pitié pour ce qui sort du rang. Ce n'est qu'à l'âge adulte que j'ai pardonné mon prénom à ma mère.

Au cours Sainte-Marie, c'était moins dur qu'à la campagne. On pouvait se référer à George Sand bien qu'elle ne fût pas en odeur de sainteté. Elle s'était rachetée après tout avec *La Mare au Diable* ou *La Petite Fadette* puis en devenant la Bonne Dame de Nohant. Mais à Raguenès mon prénom

17

fournissait un inépuisable réservoir de sarcasmes. On ne s'y habituait pas ou plutôt on se refusait à abandonner un thème aussi juteux. On ne m'appelait plus que George Sanzès.

A cela venait s'ajouter la présence de ma famille en dehors de la zone des villas, au cœur d'un village de paysans et de marins-pêcheurs où nous constituions la seule fausse note. Les « pyjamas de plage » de ma mère, les grands bérets dont se coiffait mon père et ses knickers en tweed déclenchaient régulièrement l'hilarité. Les garnements du village n'osaient pas l'exprimer devant les parents, mais dès qu'ils étaient en bande, magma mâle qui s'estimait investi de la supériorité naturelle des porteurs de quéquette, ils ne manquaient pas, Lozerech en tête, d'entonner du plus loin qu'ils nous apercevaient un refrain dont la nullité eût dû nous faire sourire, mais qui nous irritait à proportion même de sa bêtise :

> *Les Parisiens*
> *Têtes de chien!*
> *Les Parigots*
> *Têtes de veau!*

Quand on est enfant, les plaisanteries les plus idiotes sont souvent les meilleures. Nous nous vengions quand nos tortionnaires se trouvaient réduits à un ou deux spécimens. Ensemble, ils représentaient l'Homme. Isolés, ils n'étaient plus qu'un môme face à une môme ou, pis, un paysan face à une fille de la ville.

Gauvain n'était jamais venu à la maison. Ce n'était d'ailleurs pas une maison à ses yeux mais une villa, ridiculisée par un toit de chaume, alors que tous les habitants du village n'aspiraient qu'à avoir sur leur tête un toit normal, un toit d'ardoise.

18

Ce chaume authentique, paille de seigle battue à la main et obtenue à grand-peine et à prix d'or auprès du dernier chaumier de la région, leur paraissait une insulte au bon sens.

Entre nous une phrase aussi banale que « Viens goûter à la maison » ou, plus tard, « Viens boire un verre chez nous », n'était même pas à envisager. En revanche, j'invitais souvent Yvonne qui avait mon âge à venir jouer chez nous. Et nous, bien sûr, nous pouvions nous rendre librement à la ferme dont l'activité incessante, le désordre, les vêtements des huit enfants qui traînaient partout, les sabots boueux posés dans le couloir d'entrée, la cour encombrée de clapiers bricolés, de chiens, de chats, de poules et d'indéfinissables instruments aratoires, qui semblaient ne plus jamais pouvoir servir mais qui retrouvaient un emploi une fois par an pour telle besogne où ils se révélaient irremplaçables, nous paraissaient le comble de la liberté, à nous, habitantes d'une villa proprette, contraintes de ranger nos jouets tous les soirs et de passer chaque jour nos sandales de toile au blanc d'Espagne.

Les échanges s'étaient toujours faits dans ce sens comme en témoignait mon bréviaire, la Bibliothèque Rose, où je voyais Mmes de Fleurville ou de Rosbourg visitant les femmes nécessiteuses, jeunes accouchées, mères abandonnées ou pauvres veuves malades, qui, elles, n'auraient jamais accès à leur salon.

Je restais parfois « manger » chez les Lozerech, savourant une soupe au lard que j'aurais détestée chez moi, après avoir biné les patates avec Yvonne, travail sans attrait s'il en fut mais qui me valait de ne pas être considérée tout à fait comme une incapable venue de la ville. J'étais plus fière de savoir traire une vache que de pouvoir repérer les

19

départements français sur la carte muette pendue dans ma chambre. Il me plaisait de penser que, dans une autre vie, j'aurais pu faire une bonne paysanne.

C'est pendant les battages justement que nous nous sommes regardés pour la première fois comme des êtres humains, Gauvain et moi, et non plus comme les représentants de groupes sociaux ennemis. Ces jours-là, tous les voisins venaient « donner la main » et chaque famille attendait de pouvoir rassembler le maximum de bras pour commencer. Trois des fils Lozerech dont Gauvain se trouvaient à la maison en même temps, coïncidence rare, dont il fallait profiter pour fixer la date des grands travaux. Frédérique et moi participions chaque année aux battages chez eux qui étaient nos plus proches voisins et nous partagions fièrement le travail, l'épuisement de chaque soir et aussi l'excitation qui accompagne l'événement le plus important de l'année, celui qui va décider sans appel du bilan annuel de toute une maisonnée.

La dernière journée avait été étouffante. On avait rentré l'avoine et l'orge déjà et depuis deux jours on était passé au blé. L'air vibrait de chaleur, d'une poussière dense qui piquait les yeux et les gorges, et du bruit saccadé de la machine. Les jupes sombres des femmes étaient peu à peu devenues grises comme les chevelures et les coiffes, et des ruisseaux de sueur brunâtre sillonnaient les visages et les cous des hommes. Seul Gauvain travaillait torse nu. Debout au sommet d'une charrette il tranchait d'un coup de faucille le lien de paille qui retenait les gerbes puis les enfourchait pour les balancer d'un geste qui me paraissait auguste sur le tapis roulant où elles descendaient en tressautant. Il luisait d'une belle sueur jeune sous le soleil, parmi le blé blond qui volait autour

20

de lui, et ses muscles jouaient sans relâche sous sa peau, pareils à ceux de la croupe des deux forts chevaux qui lui apportaient périodiquement de nouvelles charges de gerbes.

Je n'avais jamais vu d'homme si homme, sauf dans les films américains, et j'étais fière de participer à cette cérémonie et de me sentir pour une fois solidaire de son monde à lui. Tout me plaisait dans ces journées ardentes, l'odeur âcre des sacs de blé fumant, symboles de l'abondance, dont le père de Gauvain guettait le remplissage au pied de la batteuse, attentif à ne pas laisser tomber à terre un seul grain de son trésor; le « goûter » vers 3 heures, festin de lard, de pâté, de beurre en mottes jaune foncé généreusement étalé sur des tartines de pain de six, qui faisait paraître étiques nos « 4 heures » de Parisiennes; et même les jurons des hommes chaque fois que la courroie sautait et qu'il fallait la replacer sur ses poulies, tandis que ceux qui le pouvaient profitaient de l'arrêt de la machine pour humecter d'une lampée de cidre leur gorge desséchée; et enfin, quand tous les sacs étaient entassés dans le hangar pour le meunier, le fest-noz pour lequel on avait tué le porc.

Tous se trouvaient ce soir-là dans cet état d'extrême fatigue qui confine à l'ivresse, unis dans la satisfaction du travail accompli, de la récolte rentrée, baignés par ce crépuscule de fin juillet qui ne se décidait pas à faire place à la nuit, comme il arrive en cette saison en Bretagne quand l'obscurité ne réussit pas à venir à bout de la lumière. Le jour se traîne, se défend et l'on caresse l'espoir qu'enfin, une fois, il va vaincre les ténèbres.

J'étais assise près de Gauvain, tout alanguie de partager ce moment béni avec lui mais désespérant de l'exprimer. On ne parle de la nature qu'avec discrétion chez les paysans. Nous restions muets,

21

empruntés, gênés d'avoir grandi. En fait nous avions rompu avec les parades et les jeux de l'enfance et ne les avions remplacés par rien. Les garçons Lozerech et les filles Gallois étaient en train de se caler dans leurs classes sociales respectives après la trêve artificielle de l'enfance et se préparaient à réduire leurs relations aux signes de tête et aux sourires passe-partout de gens qui se croisent dans le même village mais n'ont plus rien à échanger, même pas des gros mots. On se disait encore « tu », on s'enquérait poliment du travail ou de la pêche : « Alors, ça a donné? – Et toi, tes examens? », questions dont on écoutait distraitement la réponse, comme des coquillages que l'on ne ramasse même plus sur une plage, l'hiver.

Et puis cette soirée, suspendue entre jour et nuit, entre rêve et réalité... Au moment de nous séparer, malgré la fatigue qui attendrissait ses traits, Gauvain proposa d'une manière inopinée d'« aller faire un tour à Concarneau », ce qui fut accueilli sans enthousiasme, chacun n'aspirant qu'à se coucher. Un des frères pourtant se rallia et, usant de tous les moyens de coercition que j'avais à ma disposition (« je te donnerai mon soutien-gorge Rosy, celui avec de la dentelle... ou mon flacon d'eau de Cologne Canoë de Dana »), j'obligeai Yvonne à m'accompagner, pour ne pas être la seule fille. Gauvain était un des rares à posséder une voiture au village, une vieille 4 CV, dans laquelle il entassa autant de corps qu'elle pouvait en contenir. Ma sœur n'était pas du voyage : à quinze ans, on ne va pas danser à Concarneau.

A moi qui n'avais encore fréquenté que le bal de Polytechnique ou le Point Gamma, la soirée annuelle des élèves ingénieurs, le dancing de Ty Chupenn Gwen parut aussi exotique qu'un bal apache. Yvonne gentiment me patronnait dans ce

22

milieu où j'étais la seule « tête de chien » parmi une troupe de mâles bruyants et déjà éméchés. Mais au moins ne ferais-je pas tapisserie ici, comme trop souvent dans les soirées parisiennes où ma timidité me reléguait derrière le tourne-disque chaque fois que je n'avais pas fourni moi-même le « danseur » réclamé sur les cartons d'invitation.

A peine étions-nous installés que, sans rien me demander et avant qu'un autre ne le fasse, Gauvain m'entraînait sur la piste, m'insérant dans le creux de son bras aussi fermement qu'il devait saisir un étai sur son chalutier par gros temps. Je sentais chaque doigt de sa main sur mes côtes, de vraies mains, me disais-je, faites pour ne pas lâcher ce qu'elles tiennent, et non ces appendices pâles et distingués qu'agitaient les jeunes gens distingués et pâles que je fréquentais à Paris.

Il dansait comme un homme du peuple, comme le Coupeau de Gervaise ou les ouvriers de L'Assommoir, avec un mouvement chaloupé des épaules trop marqué pour ne pas paraître vulgaire selon mon code bourgeois. Pas une fois son regard ne croisa le mien et nous n'échangeâmes pas une parole. Il ne savait pas quoi dire et je ne voyais aucun sujet, pour ma part, qui pût l'intéresser. Entre « Vous aimez les Lettres à un jeune poète ? » et « Alors le poisson s'est bien vendu cette semaine ? » également à écarter, que pouvait dire une étudiante d'Histoire et de Lettres classiques à un garçon qui passait le plus clair de son temps sur un chalutier en mer d'Irlande ? Ma timidité naturelle, jointe au sentiment d'étrangeté que j'éprouvais à me trouver dans les bras du fils Lozerech, me rendait muette. Mais cela n'avait aucune importance puisqu'il me gardait sous la main entre chaque danse, attendant que la musique recommence. Il sentait encore le soleil et le blé et j'avais l'impression qu'il me maniait comme une de ses gerbes, de cet air sombre et concentré qu'il prenait dans le travail.

Quels mots d'ailleurs auraient pu rendre compte du sentiment qui nous envahissait et qui était, à l'évidence, totalement incongru et absurde? Le sentiment que nos corps se reconnaissaient et que nos âmes – car ce n'étaient pas nos cerveaux – aspiraient à se joindre, sans souci de tout ce qui pouvait nous séparer en ce bas monde. Je pensais à Platon bien sûr. En ce temps-là, mes opinions et mes émotions ne s'exprimaient qu'en référence aux poètes et aux philosophes. Gauvain, sans la moindre caution, se laissait envahir par le même enchantement, je le sentais. Ces impressions-là ne naissent jamais isolément.

Nous avons tenu bon le temps d'une valse et de deux paso doble. « Poema-Tango » nous emporta dans la même rafale. La réalité s'estompa. J'entendais sur une autre planète les copains autour de nous qui plaisantaient lourdement pour masquer leur envie croissante de baiser les filles, attendries par l'alcool et quelques attouchements approximatifs. Sans nous concerter, profitant de l'obscurité soudaine qui s'était faite, Gauvain et moi nous retrouvâmes dehors. Décrétant avec le souverain égoïsme des gens heureux qu'Yvonne et son frère trouveraient facilement des amis pour les raccompagner, nous avons lâchement quitté la compagnie et nous sommes enfuis dans la 4 CV.

Gauvain a pris la route de côte bien sûr. Dans des cas comme celui-là on va d'instinct à la mer. Nous savions qu'elle nous tiendrait lieu de discours et qu'elle nous envelopperait de sa maternelle grandeur, de son silence indulgent. Nous avons fait escale au bout de tous les chemins : au Cabellou, à

24

la Jument, à Trévignon, à Kersidan et sur la plage de Raguenès. Nous rebroussions chemin à chaque fois car il n'existait pas encore de route côtière, seulement des voies sans issue, à l'image de notre vie, ce soir-là. Moins nous parlions, moins nous pouvions rompre le silence qui gonflait nos cœurs. Gauvain se contentait de lover son bras autour de mes épaules et de me serrer en tremblant contre lui, frôlant parfois ma joue de sa tempe.

A Raguenès, c'était marée basse. La langue de sable qui relie la côte à l'île par vives eaux brillait sous la lune. A gauche, sur la face est, à l'abri des vents dominants, on distinguait à peine la ligne de rencontre de l'eau et du sable : la mer ne faisait pas un pli. Côté ouest, une très légère brise froissait le drap argent bordé d'un friselis phosphorescent. Tout était si pur, si semblable à nous, que nous sommes descendus pour marcher un peu dans cette eau silencieuse.

« Et si on prenait un bain de minuit ? »

L'idée m'était soudain venue. C'était la première fois que nous nous trouvions ensemble sur une plage. En ces années-là, les Bretons n'allaient guère à la grève. Se baigner leur paraissait une lubie de touristes. Sans doute les marins faisaient-ils « leur trou dans l'eau » bien trop souvent depuis des siècles pour pouvoir la considérer encore comme un lieu de distraction. Nous nous sommes déshabillés à distance respectueuse, sans nous regarder. Je ne m'étais encore jamais mise nue devant un garçon mais j'ai regretté que Gauvain ne me jetât pas au moins un coup d'œil. Je me devinais belle sous cette lune et moins vraiment nue que dans une chambre, à la lueur dure d'une ampoule électrique. Autant pour cacher mon devant que pour éviter de regarder son devant à lui, je me suis précipitée la première dans la mer, côté est, pour le plaisir d'étoiler ce miroir trop lisse. Mais je n'ai pas été loin : j'ai deviné très vite que Gauvain ne savait pas nager. « A quoi ça servirait de savoir, sinon à souffrir plus longtemps quand on est enlevé par une lame, la nuit, dans une mer glaciale ? » me dit-il. Je m'aperçus que nous n'entretenions pas du tout le même rapport avec la mer. Gauvain et moi ne fréquentions pas la même personne et c'est lui qui connaissait la vraie.

Nous nous sommes longuement roulés dans l'eau frissonnante, nous frôlant en riant comme deux baleines heureuses, sans pouvoir nous décider à sortir car nous savions qu'à terre, au sec, nous allions retrouver, avec nos vêtements, nos états civils et nos conventions.

C'était une de ces nuits irréelles où un certain plancton phosphorescent monte à la surface et, à chaque brasse, à chaque éclaboussure, la mer semblait crépiter d'étincelles. Une vague de mélancolie nous submergeait peu à peu, tout à fait disproportionnée en apparence avec le moment que nous venions de passer, comme si nous avions vécu ensemble un long temps de passion et qu'un événement aussi inexorable qu'une guerre s'apprêtât à nous séparer. Cet événement en l'occurrence, ce fut l'aube. Le ciel s'éclairait déjà vers l'est, ramenant progressivement la terre à de plus justes proportions.

Gauvain m'a déposée devant ma porte. La lumière était encore allumée dans la chambre de Maman; elle m'attendait. Il m'a dit, se tenant à distance respectueuse : « Allez, au revoir ! » Il avait retrouvé sa voix habituelle. Avec une légère hésitation il a ajouté plus bas : « A un de ces jours, peut-être » et j'ai répondu tout aussi platement, les bras le long du corps : « Merci de m'avoir raccompagnée », alors qu'il ne pouvait faire autrement, nos maisons étant mitoyennes.

Il rembarquait deux jours plus tard sur son *Vaillant-Couturier* et je n'allais plus le revoir de l'été car nous rentrions à Paris début septembre. Pense-t-on aux marins, l'hiver, dans son douillet appartement? Et quelle passerelle jeter entre le pont d'un chalutier et l'amphithéâtre Descartes où M. Pauphilet allait disséquer pour nous les merveilles d'Aucassin et Nicolette et nous faire découvrir l'amour courtois?

Il s'est dirigé vers sa ferme et l'obscurité l'a très vite englouti. Je suis rentrée dans ma maison en secouant mes cheveux mouillés. La nécessité de passer chez Maman avant de gagner ma chambre me décapait de tout romantisme : ce que je venais d'éprouver se désagrégeait déjà, s'éloignant à toute vitesse comme ces rêves qui s'effacent à mesure que l'on s'éveille malgré tous vos efforts, en quelques secondes, ne vous laissant rien entre les doigts. Mais jusqu'à la fin de cet été-là, il me semble que j'ai marché d'un pas moins assuré et qu'une brume ténue s'est mêlée au bleu de mon regard.

Au point qu'un soir plus tendre que les autres comme ils le deviennent en Bretagne au tournant de l'été, il m'est monté du cœur un poème pour Gauvain, bouteille à la mer que j'ai hésité quelque temps à lui jeter. Peut-être rigolaient-ils entre copains aujourd'hui des timidités de la petite Parisienne... « Tu sais, ceux qui habitent la maison en paille, au bout du village... – Elle est pas mal, la fille, d'ailleurs... – Ooof! Tu trouves? »

La peur du ridicule me retint d'envoyer à Gauvain ce poème, le premier poème d'amour de ma vie.

Très purs devant l'océan
Tous deux nous nous sommes assis
Tu étais timide comme un homme-enfant
Qui n'aurait pas lu Gide.
La nuit était douce comme la nuit
Mais moi froide comme la première femme.

Nous sommes restés au bord du temps
Au bord du désir et de la femme en moi
Toi homme et moi jeune fille
Raide et calme
Comme on sait parfois l'être à vingt ans.

Je reviens souvent à Raguenès
Moi qui ai lu Gide
Pour retrouver tes yeux fuyants
Et ta bouche sauvage et tremblante.
Je suis douce aujourd'hui comme la première
                                      [femme
Mais les nuits sont froides comme la nuit.

Je t'embrasserais si bien ce soir pourtant
Dans le goût du sel sur nos peaux
Toi qui navigues en mer d'Irlande
Dans la violente étreinte des vagues
Bien loin de mes vingt ans
Et de la douce plage où tu me conduisis
Pour pêcher la bête fabuleuse
Qui ne s'est pas montrée.

Et toi?
Viens-tu au rendez-vous parfois
Regretter ce baiser qu'on ne s'est pas donné?

Bientôt il a fallu fermer la maison pour un autre hiver, quitter l'été de mes dix-huit ans. J'ai aban-

28

donné mon poème dans un herbier : il a rejoint au fond d'un tiroir ces débris de vacances que le temps se chargerait de décolorer, un oursin rose vide, une barrette Kirbygrip couleur bronze, fixée sur un carton jauni, une socquette solitaire dont je ne désespérais pas de retrouver la semblable et un épi de blé ramassé dans la cour des Lozerech, le soir des battages.

Je n'ai pas jeté ce poème l'été suivant. J'ai toujours espéré qu'il parviendrait un jour à son destinataire et qu'il lui rappellerait le goût inoubliable du premier désir.

CHAPITRE II

LA NOCE D'YVONNE

C'EST deux ans plus tard seulement que j'ai revu Gauvain. Il avait définitivement choisi la mer pour métier. Il était passé bosco et ne séjournait à Raguenès que deux jours par quinzaine, entre deux marées. A l'automne, il voulait faire l'Ecole maritime du Rouz à Concarneau, pour devenir lieutenant de pêche.

Sa vie s'organisait selon le schéma habituel : il venait de se fiancer, « car on peut pas rester toujours chez ses parents », m'avait-il dit comme s'il se cherchait une excuse. Sa future, Marie-Josée, travaillait en usine, à Concarneau elle aussi. Ils n'étaient pas pressés. Ils voulaient d'abord se faire construire une maison à Larmor, sur un terrain légué par la grand-mère Lozerech et pour laquelle, avant d'en voir la première pierre, ils s'étaient endettés pour vingt ans.

Au lieu de nous injurier, ou de nous ignorer, nous nous évitions désormais, du moins Gauvain m'évitait. A moi il plaisait assez de faire baisser les yeux de ce splendide garçon quand je le croisais dans le village. En revanche, chez les commerçants du bourg, il se mettait à parler breton avec les autres clients dès que j'entrais pour bien me signifier que je n'étais pas de son bord.

31

C'est à l'occasion du mariage d'Yvonne qu'il fut contraint de me regarder en face pour la deuxième fois. Elle tenait beaucoup à ce que je sois son témoin et Gauvain avait promis d'être celui du futur, un marin aussi, mais de la Royale, c'était pour elle une condition *sine qua non*. Yvonne ne se mariait en effet que pour échapper à sa condition d'agricultrice : elle détestait la terre, les bêtes à soigner, les mains gercées l'hiver, les sabots crottés même le dimanche et en bloc la vie qu'elle menait à la ferme. Mais elle ne voulait pas d'un caseyeur comme son frère Robert, d'un homme qui revenait à la maison chaque soir, vous réveillait à 4 heures du matin quand il partait en mer et dont les mains sentaient toujours la boette; ni d'un pêcheur au chalut comme ses deux autres frères. Non, ce qu'il lui fallait, c'était un type qui ne touche jamais au poisson, qui porte un bel uniforme et surtout qui s'absente pendant des mois, mois qui compteront double pour la retraite, à laquelle elle pensait déjà. Un type qui lui donne aussi l'occasion d'aller passer un an ou deux à Djibouti, en Martinique ou même à Tahiti avec un peu de chance. Et le reste du temps on a une belle maison neuve et la paix. Yvonne, qui n'avait pas eu le temps de jouer dans son enfance et ne s'était assise que pour manger – encore elle et sa mère devaient-elles se lever sans cesse pour servir les sept garçons, plus le père, plus le débile léger qui leur servait d'ouvrier agricole – n'aspirait qu'à un seul bonheur : « avoir la paix »! Et cette formule faisait éclore un sourire d'extase sur son visage chaque fois qu'elle la prononçait. La paix, ce serait de ne plus entendre aboyer son nom : « Yvonne, nom de Dieu, tu l'apportes, ce cidre ou quoi? On est pressés, nous!... Yvonne, tu files au lavoir, ton frère a besoin de son linge pour

32

demain... Yvonne, réveille-toi donc, on dirait que ça vient pas tout seul pour la vache... »

Le mariage lui apparaissait comme un désert de félicité.

Le premier garçon à remplir ses conditions fut le bon. Et qu'il fût un gringalet atteignant à peine la taille réglementaire pour l'Armée – il lui avait fallu une dispense pour le centimètre manquant... qui manquait surtout du côté du cerveau, disaient les mauvaises langues – ne constituait pas un inconvénient rédhibitoire : elle s'accommoderait d'autant plus facilement de ses absences.

Le plus difficile fut d'organiser ce mariage et de fixer une date. Il fallait profiter de la présence simultanée des trois frères marins à la maison, ce qui arrivait rarement maintenant qu'ils ne naviguaient plus sur le même bateau; des congés de celui qui était instituteur à Nantes et de mes propres vacances à Raguenès. D'autant que les Lozerech désiraient offrir à leur fille unique une belle noce avec trois demoiselles d'honneur en robes d'organza vert amande, et des invités qui viendraient en car de tout le Finistère Sud.

Et une belle noce que ça allait être pour nous aussi, Gauvain et moi, puisqu'il semblait écrit que les fêtes et les cérémonies seraient notre perdition !

Dès 9 heures du matin je me retrouvai à ses côtés devant le premier muscadet et nous allions bourlinguer de conserve tout le jour et une partie de la nuit et le lendemain encore pour le « retour de noces ».

Méconnaissable, endimanché, ses boucles rebelles englvées dans je ne sais quelle gomina, Gauvain ressemblait à un ours savant et arborait sa figure des mauvais jours. Je portais un ensemble de tussor grège qui sentait sa capitale, des chaussures

33

à bride sur la cheville, très avantageuses pour mes jambes (déjà bien servies par la nature) et cet air d'aisance tranquille répandu sur toute ma personne, privilège de ceux qui n'ont jamais souhaité naître ailleurs que dans le moelleux berceau que le sort leur a dévolu.

Je représentais ce matin-là tout ce qu'il détestait, ce qui ne faisait qu'aviver en moi le soudain désir de briser sa carapace pour avoir à ma merci le noyau vulnérable que je devinais en lui. L'épisode de l'île demeurait enfoui au fond de ma mémoire, derrière une porte qui s'était trop vite refermée sur un pays de lumière à peine entrevu. Avais-je rêvé cette émotion qui m'étreignait encore le cœur? Gauvain l'avait-il éprouvée, lui aussi? Je ne voulais pas passer le reste de ma vie à me poser cette question, les soirs de nostalgie. Je ferais rendre gorge à Gauvain aujourd'hui. Ou jamais.

A la messe, rien à tenter, ni durant l'interminable mise en place pour la photo sur le parvis de la minuscule chapelle de Saint-Philibert, village natal du gringalet de la Royale. Un sale vent de suroît faisait voler les rubans des coiffes et retroussait les grandes collerettes portées par les deux mères des mariés et par un dernier carré d'irréductibles. Puis un grain nous fouetta et mes frisures savamment naturelles se mirent à faseyer le long de mes joues.

Enfin le photographe se décida à replier son abri de satinette noire et son pied télescopique, donnant le signal de la ruée vers le Café du Bourg pour l'apéritif dansant. Mais là encore les hommes s'agglutinèrent au bar et les garçons autour des machines à sous sans se mêler au groupe des femmes.

Il me fallut attendre 2 heures de l'après-midi pour me retrouver assise dans la salle de banquet aux côtés d'un Gauvain, déjà honnêtement imbibé,

34

et qui se préparait, le cher innocent, à embrayer sur le muscadet, le bordeaux, le champagne et la gnole, accompagnements obligatoires du rituel repas de noces, sur lesquels je comptais pour mon opération-vérité. L'ivresse est complice de toutes les faiblesses.

On n'en était pas encore arrivé à l'inévitable langue de bœuf sauce madère, qui marque le passage du vin blanc au vin rouge, que je constatais chez moi une réceptivité accrue au corps de Gauvain, tout proche du mien. « Blanc sur rouge, rien ne bouge, disait mon père, rouge sur blanc, tout fout le camp! » Lui ne semblait pas tenir compte de ma présence, ce que j'attribuai à celle de sa fiancée, assise à sa droite, sage dans une robe rose qui ruinait son teint de blonde pas assez blonde, surmontée d'une indéfrisable bien sèche comme on les appréciait par ici et précédée par la poitrine de la reine d'Angleterre, sorte de sein unique rassemblé dans une housse de polochon. Gauvain devrait-il se contenter de cette molle ondulation? Je commençais à être assez soûle pour en avoir de la peine pour lui et souhaiter qu'il posât la main, et même les deux, sur mes seins à moi, et pas plus tard qu'aujourd'hui. Mais comment y parvenir? J'en étais à envisager des manœuvres si grossières... qu'il serait encore plus grossier de sa part de ne pas y répondre. Je me chargerais bien ensuite de lui prouver la délicatesse de mon âme. Mais comme tous les gestes salaces que j'ai souhaité faire dans ma vie, celui qui eût tiré Gauvain de son irritante indifférence ne parvint pas jusqu'à ma main. J'ai sans doute le corps mieux élevé que la tête!

Tandis que les heures passaient, le repas de noces d'Yvonne s'enlisait dans l'ennui des banquets qui ne veulent pas finir, parmi les miettes, les

35

taches de sauce et les verres renversés. Les paysannes desserraient leurs ceintures et se débarrassaient sous la table des escarpins massifs achetés au marché et qui les torturaient depuis le matin; les hommes faisaient la queue à la porte pour aller se soulager et revenaient ragaillardis en se reboutonnant la braguette; les enfants surexcités se poursuivaient en hurlant et en renversant les chaises, tandis que le nouvel époux riait très fort avec ses copains pour montrer qu'il avait la situation bien en main, et qu'Yvonne, le nez un peu rouge et la figure luisante sous sa couronne de roses pompon, faisait connaissance avec la solitude des jeunes mariées.

Moi j'attendais le bal qui me permettrait, je n'en doutais pas, de débloquer la situation. Mais nous n'étions pas quittes du repas qui reprit une nouvelle vigueur à l'arrivée de la pièce montée et du champagne, qui donnait le feu vert aux chanteurs. Une brochette de vieillards obstinés, à la voix plus chevrotante encore d'alcool que d'années, n'allaient pas nous épargner un seul couplet de ces interminables complaintes bretonnes, où l'absence, les promesses trahies et les naufragés sans sépulture composent pour les jeunes épouses un affriolant tableau d'avenir.

On en était au septième couplet de *Recouvran-an-ce*, qu'une chanteuse qui se prenait pour Rina Ketty ne parvenait pas à assassiner tout à fait, quand Gauvain se leva à son tour et entonna dans la foulée le *Bro Goz Va Zadou* aux applaudissements de l'assistance. Sa voix de basse m'acheva; il ne m'en fallait plus beaucoup. Il la faisait vibrer sur ces syllabes à la fois dures et déchirantes de la langue bretonne avec une complaisance attendrissante et cette voix de barde, qui me rappelait celle de Félix Leclerc, seyait à son torse puissant et aux

36

muscles qui bosselaient ses épaules et dont chacun se dessinait d'une manière presque indécente dans son costume étriqué, coupé très près du corps par le tailleur de Trégunc – qui s'obstinait à boudiner ces forces de la nature dans des justaucorps cintrés moulant leur derrière et contenant à grand-peine leurs cuisses bombées.

Marie-Josée donna elle-même le signal des embrassades qui ponctuaient chaque chanson avec le couplet rituel :

Meu-Ssieu le – Curé n' veut pas
Que les gars embrassent les filles
Mais-zil ne défend pas
Que les filles embrassent les gars...

Eh bien moi aussi, gast, j'allais l'embrasser, le gars Lozerech, et pas qu'un peu, et je passerais la dernière pour ne pas me mêler au troupeau bêlant qui défilait déjà pour baiser le beau Gauvain. Lui, tout heureux de son succès, riait de son grand rire sonore, découvrant cette incisive cassée par le travers qui lui donnait un air de reître aussi plaisant que le bandeau noir sur l'œil d'un pirate. Et il me suffirait de me pencher puisque j'étais assise à côté de lui, et de poser mes lèvres sur cette incisive, très vite, comme par inadvertance.

Il me jeta un coup d'œil aigu et je vis qu'il n'avait pas oublié l'île.

Mais il fallait encore subir l'apéritif-sangria au Café du Port en attendant l'arrivée du célèbre orchestre Daniel Fabrice, de Melgven, qui allait animer le bal. Pourtant mon heure n'allait pas tarder à sonner, je n'en doutais plus.

La salle de bal était sinistre et nue et violemment éclairée et je vis dans une glace que je n'avais pas précisément embelli depuis le matin. D'autant plus que de nombreux invités tout frais arrivaient, dont quelques estivants de mes amis qui venaient un peu là comme au zoo. Tout naturellement, je me trouvai aspirée dans leur cercle, qui était le mien après tout. Je jetais des coups d'œil désespérés à Gauvain mais je n'arrivais plus à capter son attention, je n'existais pas pour lui.

Je mis en œuvre quelques moyens éprouvés, le magnétisant par des regards appuyés à la base de la nuque, me faisant aussi brillante que le ver luisant chaque fois que je me croyais dans son champ visuel, refusant ostensiblement les tangos les plus langoureux avec mes amis et rôdant aux quatre coins du bal comme une âme en peine... Aucun de mes manèges ne fonctionna et c'est Marie-Josée que Gauvain prit dans ses bras pour toutes mes danses favorites.

Allons! Il ne me restait qu'à réintégrer mon groupe et à oublier ce beau rustre. Je n'avais plus rien à espérer ici, ce bal était minable et tout était fichu et c'était mieux ainsi. Qu'aurais-je fait de Gauvain après? Je ne pouvais lui faire que du mal. Cette noble pensée mit du baume sur mon amour-propre.

« Vous ne restez pas pour la soupe à l'oignon? » s'étonna le père d'Yvonne quand j'allai prendre congé.

Ah non! Je ne voulais plus voir Gauvain et sa sentinelle. Je me sentais brusquement fatiguée, à mille lieues de cette famille Lozerech. J'ai vite embrassé Yvonne avant de m'éclipser en douce avec les miens. « Tu n'aurais pu qu'abîmer un beau souvenir », m'a dit Frédérique très raisonnablement.

Sa phrase a accru mon irritation. Je n'avais que faire de beaux souvenirs en bocal. Je hais les beaux souvenirs. Je n'aime que les beaux avenirs.

38

J'étais déjà dans le jardin de l'hôtel, enjambant la viande soûle échouée au bord du chemin et dont certains morceaux bougeaient encore, laissant échapper des bribes de chansons ou dressant un bras vers le ciel pour proférer quelque phrase définitive, quand j'ai senti une main sur mon épaule qui me fit sursauter :

« Il faut que je te voie, chuchotait Gauvain impérieusement. Attends-moi cette nuit à la cale, je te rejoindrai le plus vite que je pourrai. Avant une heure sûrement. »

Ce n'était pas une question. D'ailleurs il n'attendit pas ma réponse. Quelques copains le hélaient et Frédérique s'impatientait dans la voiture. Mais j'ai pris mon temps : j'ai laissé descendre sa phrase en moi, j'ai respiré profondément et une onde de bonheur m'a submergée, m'emplissant d'une jubilation et d'une détermination flamboyantes.

Après la tabagie de la salle de bal, le vent d'ouest apportait par bouffées l'odeur violente du varech, une odeur de sexe. Je suis repassée à la maison, pour l'alibi. Aussi afin de prendre mon duffle-coat, prévoyant qu'il me serait utile pour me protéger des aspérités du sol quand Gauvain étendrait sur moi ses quatre-vingts kilos. Et j'ai glissé dans ma poche à tout hasard le poème écrit pour lui deux ans plus tôt, et qui dormait dans un tiroir. Avant de partir, je l'ai donné à lire à ma sœur, qui a fait la moue.

« Ça fait très jeune fille », a-t-elle remarqué.

Moi je le trouvais beau ! Ne redevient-on pas une jeune fille chaque fois que l'on court se faire aimer ?

Ce soir-là on ne distinguait pas la lune. L'île de Raguenès se dressait, masse plus noire sur une mer noire et tout semblait immobile comme dans l'attente de quelque chose. J'ai rectifié : c'était moi

39

qui attendais quelque chose. Pour la nature, c'était une nuit d'été comme les autres.

Dès la première minute de l'attente, je suis entrée dans le délectable processus du plaisir. Je vivais ce que l'existence peut offrir de meilleur et j'en étais consciente. Ce soir-là, en toute folie, j'aurais renoncé à dix ans de ma vie – mettons cinq! – pour que rien ne vienne entraver le déroulement de la pièce que nous allions jouer et où aucun de nous deux ne savait encore son rôle. Que représentent quelques années de vieillesse quand on a vingt ans? Je me préparais à vivre une nuit sans lendemain, volée aux convenances, à la prudence, à l'espoir même et j'en ressentais une sorte de joie sauvage.

Enfin Gauvain est arrivé. Il a garé sa voiture tout au bord de la falaise, j'ai entendu claquer la portière et deviné sa silhouette qui scrutait l'obscurité. Il m'avait aperçue à la lueur de ses phares sans doute car il s'est mis à dévaler en courant la pente rocheuse. Je m'étais adossée à un canot tiré sur le sable pour me protéger du vent, les genoux entre les bras, dans une posture qui me paraissait à la fois sportive et romantique... On est très soucieux de ses attitudes à vingt ans. Gauvain m'a saisi les deux mains pour me relever plus vite et, avant que j'aie pu articuler une parole, il m'a plaquée violemment contre lui, sa jambe tout de suite entre les miennes, sa bouche ouvrant la mienne, ma langue s'accrochant à sa dent ébréchée, ma main pour la première fois sous sa veste, dans sa chaleur odorante, mes doigts pénétrant dans ce creux émouvant que ménage la ceinture dans la cambrure du dos, entre les muscles des reins, chez certains hommes. Sans bruit, il s'est mis à pleuvoir et nous ne nous en sommes pas aperçus tout de suite tant nous étions en lointain

40

pays. J'ai cru un instant que Gauvain pleurait et me suis écartée pour distinguer ses yeux... Déjà des mèches luisantes descendaient en volutes sur son front, des gouttes de bruine brillaient entre ses cils retroussés. C'étaient peut-être des larmes après tout. Nos bouches se sont rejointes, disjointes et reprises en riant, toutes glissantes de l'eau du ciel qui avait un goût délicieux, et la noirceur de l'air et la mélancolie de la plage mouillée et la chair de poule de la mer sous les gouttes nous cernaient de toutes parts, nous isolant de l'agitation de cette journée pour nous plonger dans la simplicité à peine supportable de l'amour.

La pluie commençait à se frayer un chemin à l'intérieur de nos cols et la brise de suroît forcissait, mais nous ne pouvions déjà plus nous quitter. Gauvain a indiqué d'un mouvement du menton la chaumière en ruine sur l'île, dont il restait encore un pan de toit, suspendu sur une dernière poutre. J'ai souri : nous avions joué là toute notre enfance !

« On a le temps d'y aller, dit-il, ça déchale encore jusqu'à 2 heures du matin environ. »

On a couru sur la crête de sable qui relie l'île à la côte à basse mer, je me suis tordu les chevilles sur le varech et Gauvain, dont les yeux de huskie voient dans l'obscurité, m'a aidée à grimper sur le plateau herbeux jusqu'à notre chaumière... ou ce qui en restait. Essoufflés, nous nous sommes pris les mains sans parler, tout à la gravité du plaisir de désirer si fort ce que nous allions faire ensemble, là, dans cet abri précaire, sans souci du passé ni de l'avenir. Quand la vie tient ainsi tout entière dans l'instant et qu'on parvient à oublier tout le reste, on atteint peut-être la plus intense forme de joie.

Nous nous sommes réfugiés dans le seul coin sec de la ruine sur un sol de terre battue et je me suis

41

félicitée d'avoir emporté mon duffle-coat. Je ne savais que lui répéter : « Tu es là ? Dis-moi que c'est bien toi... Dans tout ce noir, j'ai des doutes. – Je savais bien qu'on se retrouverait un jour, je le savais », répondait-il en me caressant le visage pour mieux le voir, puis en visitant doucement mes épaules sous ma blouse, puis ma nuque, ma taille, me sculptant peu à peu dans l'admirable matériau de l'attente.

Je n'avais pas beaucoup fait l'amour dans ma vie. A vingt ans, je n'avais encore connu que Gilles, mon initiateur... à rien du tout, puisque nous ne savions pas plus l'un que l'autre ce que l'on pouvait faire avec des organes sexuels. Et puis Roger, dont l'intelligence me rendait muette d'admiration et incapable de jugement, même quand il m'expédiait entre deux exposés de Physique, sur la couverture marocaine de sa chambre d'étudiant, eau courante sur le palier, en quatre ou cinq tagadagada, précédés de guère plus de guili-guili en guise de starter. J'y repense malgré moi chaque fois que je vois un violoniste faire vibrer une corde de son instrument du bout de son médius puis la relâcher, l'effet obtenu, ou supposé obtenu. Pendant l'intromission il faisait gentiment l'effort de gargouiller des « je t'aime » et je répondais « je t'aime » pour m'encourager et mettre un peu d'âme dans ce quart d'heure que j'attendais chaque fois avec la même espérance et dont je sortais visiblement sans le même soulagement rudimentaire que lui. Mais puisqu'il ne me posait aucune question et recommençait régulièrement, c'est que j'étais O.-K. et que « l'amour physique » comme je l'appelais à l'époque, c'était ça. Moi je préférais avant, lui, après. C'était peut-être en cela que résidait la fameuse différence entre les sexes.

Je ne me souviens pas si Gauvain était aussi bon

42

caresseur en ce temps-là qu'il l'est devenu par la suite. On ne caressait pas beaucoup à cette époque, dans son milieu. Et, à cette époque, je ne me laissais pas facilement caresser non plus. Je trouvais Roger très normal. On ne peut pas ennuyer les hommes avec des « non, plus haut » ou des « aïe, c'est trop fort!... » ou pire encore des « encore un peu, s'il te plaît ». Car si on les embête, on a l'air insatiable et alors ils s'en vont voir ailleurs des filles toujours contentes, qui révèrent leur bâton magique et boivent leur saint chrême avec des mines de communiantes. C'est du moins ce qu'on disait autour de moi et comment vérifier? La franchise n'avait pas cours avec les mâles : ils ne parlaient pas la même langue que nous. On est de son sexe comme d'un pays.

Cette nuit-là, pour la première fois, la frontière s'était abolie, comme si nos corps se connaissaient depuis toujours, et nous progressions au rythme du même désir vers l'effacement de nos différences, comme si nous nous étions attendus pour faire enfin l'amour et nous défaire l'un dans l'autre sans fin, ne parvenant pas à épuiser le plaisir de jouir en jouissant et sentant déjà bouger au creux du plaisir passé les premières ondulations du plaisir futur. Nous vivions une de ces nuits sans durée comme il n'en advient que quelques-unes au cours de l'existence.

C'est la marée montante qui nous a ramenés sur terre : Gauvain a soudain distingué le bruit des vagues qui se rapprochaient. Cet homme savait toujours où en était la mer.

« Si nous ne filons pas immédiatement, il faudra rentrer à la nage », annonça-t-il, amorçant une course aveugle vers nos vêtements éparpillés sur le sol. Mon soutien-gorge s'était envolé et j'ai renoncé à le chercher. Après tout, mon nom

43

n'était pas écrit dessus. Gauvain ne parvenait pas à faire entrer ses boutons humides dans des boutonnières rétrécies par la pluie et je l'entendais jurer dans le noir. Enfin, rafistolés tant bien que mal, moi traînant mon sac à main imbécile comme si je sortais d'un salon de thé, Gribouille avec son pantalon noué autour du cou, l'exposant à la pluie pour ne pas le tremper dans la mer, nous avons couru, maîtrisant à peine nos fous rires et trébuchant dans les flaques, vers le passage où s'engouffrait un courant déjà fort. Nous tenant serrés pour ne pas être entraînés, nous avons réussi à franchir le gué de justesse, de l'eau jusqu'au ventre. Mais quelle plus belle façon de se laver d'amour!

La 4 CV retrouvée nous a paru d'un confort et d'une sécheresse inouïs tandis que nous réintégrions à grand-peine nos vêtements clapotants. Au village, Gauvain a garé sa voiture dans la cour de ferme et m'a raccompagnée à pied. La rue sentait l'étable chaude et l'on entendait vaguement les bêtes remuer sur la paille. Nous aspirions à la tiédeur d'une étable nous aussi mais il fallait rentrer, chacun dans sa vie. Il faisait froid, soudain, et nous nous sommes réfugiés une dernière fois dans la chaleur de nos bouches mêlées.

« J'ai quelque chose pour toi, lui ai-je chuchoté en tirant de mon sac l'humide poème. Je sais que tu vas me trouver ridicule... mais je l'avais écrit après cette soirée, tu sais... il y a deux ans...

– Alors toi aussi? demanda Gauvain de sa voix de nuit. J'avais cru que...

– Mais c'est toi qui ne m'as jamais fait un signe!

– Il me semblait que ça valait mieux, pour nous deux. Et puis tu vois, ce soir, ça a été plus fort que moi et je m'en veux. Je suis un salaud au fond.

– Pourquoi? Parce que tu es fiancé? »

44

Il haussa les épaules.

« Je me suis fiancé pour me défendre contre toi... enfin, contre des idées que j'aurais pu me faire. C'était foutu d'avance entre nous, j'me suis jamais fait d'illusions. Et j'aurais pas dû t'emmener ce soir, c'est une connerie. Pardonne-moi. »

Il laissa tomber sa tête de bélier frisée dru sur mon épaule. Il respirait fort. J'aurais voulu lui expliquer que la seule connerie impardonnable c'est de résister à un de ces moments comme la vie vous en offre si peu, je le pressentais déjà. Mais il n'aurait pas compris. Il ne fonctionnait pas sur ces bases-là. Et puis la pluie redoublait de violence, mon duffle-coat sentait le chien mouillé, la boue s'infiltrait dans nos chaussures et nous frissonnions de froid et de mélancolie. Gauvain de colère aussi. Il s'était laissé avoir au sentiment, ça ne collait pas avec son projet de vie. Je le sentais se raidir, pressé de retrouver ses certitudes, son monde bien ordonné.

« Je te pardonne, lui dis-je, si tu me jures qu'on se reverra avant que tu ne commences tes cours, cet hiver. Une fois, une vraie fois, dans un vrai lit... et sans avoir peur de la marée. J'aimerais te connaître mieux avant de t'oublier. »

Gauvain m'a serrée plus fort. M'oublier, il ne le pouvait déjà plus.

« Va Karedig, murmura-t-il, je n'oserais pas te le dire en français. Et c'est parce qu'il fait si noir... Je ne peux rien te promettre... Je ne sais pas. Mais il faut que tu saches... »

Il ne parvint pas à achever. Et je le savais déjà qu'il était marin-pêcheur, fiancé, plein de sens moral et de complexes et de volonté d'être « quelqu'un de propre » comme il disait. Mais moi je voulais rester inoubliable pour lui, quitte à lui gâcher son mariage, avec cette cruauté candide

45

des jeunes filles qui ne mettent pas en balance un instant la terne consolation de savoir l'homme aimé en paix auprès d'une autre avec le plaisir raffiné de lui laisser une nostalgie inguérissable.

« Kenavo... A Wechall », ajouta-t-il d'une voix plus basse. Et, en s'écartant de moi : « Pour Paris, je ferai mon possib' », dit-il avec cet accent breton qui abrège les mots et dont j'aimais la rudesse. Et il leva la main droite comme pour dire je le jure, jusqu'à ce que j'aie refermé sur moi la porte basse de la maison.

CHAPITRE III

PARIS

LES grands moments de l'existence, les naissances, la maladie, la mort ont le don de vous ramener à l'extrême banalité et de vous faire monter aux lèvres ces expressions toutes faites, nées de la sagesse populaire, et qui traduisent mieux qu'un langage savant les réactions viscérales.

Depuis que Gauvain a tenu sa promesse et m'a rejointe pour quelques jours à Paris, je ne peux plus déglutir, ni dormir; j'ai littéralement la gorge serrée, l'estomac noué, le cœur gros et les jambes en coton, comme si la fonction sexuelle avait accaparé toutes les autres. Et je suis atteinte aussi, expression dont j'éprouve toute la justesse, de feu au cul. Je vais me voir contrainte de circuler pendant trois jours avec ce tison brûlant au creux de moi, portant la marque au fer rouge de Gauvain, comme O son anneau entre les jambes.

« Tu sais que j'ai le feu... où je pense ? » dis-je à Gauvain, n'osant pas lui dire " cul " comme ça, si vite. Après tout, on ne se connaît pas beaucoup.

« Tu as le feu où *je* pense », réplique-t-il d'un air patelin, hésitant entre le plaisir de l'hommage rendu à sa virilité et l'étonnement devant ma franchise qu'il n'attendait pas chez une personne de mon éducation.

47

J'aime le choquer, c'est si facile! Il vit sur des idées définitives, dans un univers où les choses et les gens sont classés une fois pour toutes en catégories étanches.

Tandis que j'étale une crème apaisante sur la région sinistrée je m'étonne que les auteurs érotiques ne semblent jamais tenir compte de cet accident du... plaisir. Les vagins de leurs héroïnes sont présentés comme d'inusables conduits capables de supporter indéfiniment l'intrusion de corps étrangers. Quant au mien, c'est comme s'il avait été écorché vif. J'examine la zone au rétroviseur dans ma glace grossissante et ne reconnais pas mon honnête vulve, si effacée d'ordinaire, si distinguée. Elle a fait place à un abricot furieux, insolent, débordant, la pulpe repoussant la peau et prenant toute la place, bref parfaitement indécent. Et brûlant. Et incapable d'accueillir fût-ce un vermicelle.

Et pourtant pas plus tard que tout à l'heure, je vais accepter, que dis-je réclamer, que Gauvain m'applique à nouveau ce fer rouge et m'introduise cette énormité qui, contre toutes les lois de la physique, une fois le seuil douloureux franchi, va trouver sa juste place, tout de même un peu juste comme on dit d'un vêtement.

Nous serions dans la vie normale, je demanderais une trêve, mais nous avons si peu de temps! Et contrairement à toute prévision, alors que j'escomptais faire le plein et partir soulagée, je me sens de plus en plus en état de manque. Sa proximité constante, son odeur de céréale, la stupeur de le désirer sans relâche, monopolisent tous mes sens. Alors la nuit je veille, essayant de m'emplir de lui tandis qu'il dort, et le jour, je me nourris de sa beauté, des caresses de ses mains si raides et si brutes quand je les vois sur une table et qui se

48

muent en mains d'orfèvre dès qu'elles me touchent. Dans les intervalles, par un souci de décence et pour nous défendre un peu contre la bête, nous allons visiter la tour Eiffel, l'Arc de Triomphe, le Louvre... Le parcours des touristes après celui des amants. Comme Gauvain n'a jamais vu la capitale, je l'embarque sur un bateau-mouche. Mais toutes nos balades tournent court : appuyés l'un à l'autre, endoloris d'amour, nous feignons tout d'abord de déambuler comme d'honnêtes piétons, jusqu'au moment où un coup d'œil trop précis sur mes seins, un frôlement involontaire de sa cuisse si dure, un regard où je lis autre chose que de l'intérêt pour la façade du Louvre, nous ramènent à notre chambre d'hôtel, dissimulant mal une hâte qui nous fait un peu honte.

Nous faisons une escale au bar : seuls l'alcool et le vin me dénouent la gorge et chaque verre nous fait gagner un peu plus d'intimité et oublier l'absence qui nous cerne.

« Qu'est-ce que tu fous là, Lozerech ? Tu peux me l'expliquer ?

– J' suis le premier surpris, mais si tu veux bien me suivre, on va essayer de comprendre », répond Gauvain en tentant de plaisanter sur une question qui visiblement le tourmente. Mais il presse sa jambe contre la mienne en parlant et cela suffit pour que nous échappions au domaine de la raison. Vaincus, incapables même d'ironiser, nous exhalons ensemble un de ces soupirs involontaires qui ponctuent les indisciplines du corps.

Elles furent terribles et délectables, ces journées. Délectables car j'ai une aptitude coupable à vivre dans l'immédiat. Terribles parce que je sentais Gauvain prêt à m'offrir sa vie et qu'il ne le ferait pas deux fois.

C'est le dernier soir seulement que nous avons

49

trouvé le courage de parler, dans un de ces restaurants douillets qui vous donnent l'illusion d'échapper à la cruauté de la vie. En chambre, c'était impraticable : nos mains nous coupaient trop vite la parole. D'autant plus que nous redoutions la vérité. Nous n'étions là après tout que par erreur. Sortis de nos vies par effraction, nous en serions punis.

Tandis que je disposais de mon mieux sous la peau et l'arête les filets de sole que je n'arrivais pas à avaler, Gauvain, tout en dévorant avec cette application concentrée qu'il mettait en toute chose, m'exposait sa vision de l'avenir comme s'il discutait d'un contrat avec son armateur. Il me proposait en vrac de rompre ses fiançailles, de changer de métier, de suivre des cours, ce qu'il faudrait de cours, d'apprendre l'art moderne et la musique, de lire, les grands auteurs pour commencer, de perdre son accent et, quand tout cela serait accompli, de m'épouser.

Il se tenait là de l'autre côté de la petite table, ses genoux enserrant les miens sous la nappe, le regard clair – ne faisait-il pas un loyal sacrifice ? – mais se troublant à mesure qu'il devinait à mes yeux que même le don de sa vie ne suffirait pas.

J'aurais voulu ne pas lui répondre tout de suite, lui dire que nous pourrions réfléchir, ne pas assassiner en trois mots un amour si fervent. En même temps sa naïveté me navrait. Et quel homme me ferait jamais une proposition aussi généreuse, aussi folle ? Hélas ! Gauvain ne marchait qu'avec des oui et des non. Il préférerait se couper le cœur et le jeter loin de lui que participer à un compromis et me voir sans m'avoir à lui.

Je restais muette car je n'avais à lui offrir en échange que ces choses pas sérieuses sur lesquelles on ne bâtit pas une vie : mon désir insensé pour lui

50

et ma tendresse. Je ne voulais ni arrêter mes études, ni devenir femme de marin, ni vivre à Larmor-Plage avec ses copains et Yvonne pour belle-sœur, ni passer mes dimanches au stade de Lorient à le regarder courir sur « la surface de réparation ». Et pour l'achever, je ne voulais pas non plus de son sacrifice, je voulais qu'il garde son métier, son accent, sa force et ses incompétences. Savais-je seulement si je l'aimerais déguisé en employé ou même en charpentier de marine, dépouillé du reflet des vagues dans ses yeux ? Et s'il s'aimerait encore lui-même ? Mais mes arguments n'avaient pas prise sur lui. Son visage se fermait et il parut borné tout à coup bien qu'il maîtrisât mal un tremblement au coin des lèvres. Mon Dieu que j'aimais, que j'aimais cette contradiction en lui entre sa vulnérabilité et cette violence qui est sa vraie nature et qui n'est jamais bien loin. Mon amour pour lui s'enrichissait encore de sa peine et j'aurais mérité qu'il me batte pour cela.

En sortant du restaurant, comme je cherchais à passer mon bras autour de sa taille, il se dégagea brutalement.

« Autant que je parte ce soir, puisque c'est comme ça, dit-il d'une voix blanche. Pas la peine de payer une autre nuit d'hôtel. »

Perdre une nuit me paraissait à moi une atteinte intolérable à la vie, une insulte au don qui nous était fait. Mais je ne le convaincrais pas. Lozerech rentrait chez les siens, plein de rancune contre ces filles de la ville qui foutent en l'air votre vie et puis s'en vont, la conscience légère. Il était en train de se bricoler une version qui satisferait au moins sa vision de l'existence.

« Tu regretteras peut-être d'avoir refusé tout ce que j'étais prêt à te donner. Peut-être que tu es trop compliquée pour être heureuse. »

51

Il n'osait pas me regarder. Il ne me regardait jamais en face quand il me critiquait. Comme tous ceux qui n'imaginent même pas ce qu'est une enfance gavée de privilèges et de connaissances, il croyait que tout se rattrape. Qu'en travaillant comme il savait le faire, en un an, en cinq ans au plus, il serait à niveau. A quoi serviraient le courage, l'acharnement s'ils échouaient à franchir un obstacle comme celui-là ? Il ne m'aurait pas crue si je lui avais dit que tout n'est pas dans les livres et dans l'effort. Il n'admettait pas la cruauté de cette injustice-là.

J'ai choisi de moins bonnes raisons mais qui lui paraissaient plus acceptables, plus mesquines aussi, ce qui le rassurait d'une certaine manière. Mais celui qui parle le langage de la raison est celui qui aime le moins. Gauvain savait déjà cette vérité-là.

Il n'y avait plus de train pour Quimperlé ce soir-là. J'eus une bouffée de joie : il faudrait donc qu'elle vienne encore une fois s'étendre auprès de moi, cette brute dont je sentais croître l'hostilité d'une manière palpable. A l'hôtel, il réclama une autre chambre, mais il n'y en avait pas. Je cachai ma satisfaction.

A peine dans la chambre, il fit sa valise, y jetant ses affaires en vrac comme au cinéma et se déshabilla en silence, me dissimulant la vue de ses organes sexuels en guise de représailles. Au lit, je retrouvai sa pénétrante odeur de blé chaud mais il me tourna le dos, ce dos blanc des marins qui n'ont jamais eu le temps ni le goût de s'exposer au soleil. Sa nuque brune semblait une pièce rapportée sur son corps, comme sur ces jeux de cartes où l'on peut intervertir la tête et le tronc des personnages. J'ai promené un instant mes lèvres sur sa

52

ligne de démarcation et sur les tortillons de sa nuque enfantine, mais il ne bronchait pas. La puissance de son refus rayonnait de lui comme un souffle glacé qui me paralysait au point que je demeurai sur le dos, sans dormir, au plus près de lui que je pouvais le faire sans le toucher.

Vers le milieu de la nuit, sentant que sa garde se relâchait, je n'ai pu me retenir de presser mon ventre contre son dos et de poser ma joue sur son épaule. Dans le silence de nos demi-sommeils j'avais l'impression que nos êtres profonds s'étreignaient, refusaient de se dire adieu et se moquaient amèrement de mes scrupules. Au-delà de nous – ou en deçà ? – nos sexes se faisaient signe à notre insu et s'appelaient. Gauvain ne voulait rien entendre mais ce n'était plus lui qui commandait. Il s'est retourné soudain, s'est abattu sur moi et, sans que ses mains s'en mêlent, s'est enfoncé d'une seule pièce là où il s'entendait appeler. Croyant m'humilier, il a joui tout de suite mais ses lèvres sont restées soudées aux miennes et nous nous sommes endormis l'un dans l'autre, nous respirant l'un l'autre, jusqu'à ce que l'aube navrante se pointe.

A Montparnasse, sous l'éclairage blafard qui sévit dans les gares, nous n'avons pas pu nous embrasser. Il a simplement appuyé sa tempe contre ma joue comme lors de notre première rencontre, avant de monter dans son wagon. Puis il s'est tout de suite détourné pour me dérober son visage d'orphelin et j'ai gagné la sortie, des larmes plein le cœur, des raisonnements plein la tête, chaque partie agissant pour son compte comme si elles n'appartenaient pas à la même personne.

Aucun passant ne m'accordait le moindre coup d'œil, j'avançais dépouillée de ce désir délirant que j'inspirais hier encore, rendue à l'indifférence du monde. Je ressentis un frisson de délaissement et maudis notre incapacité à vivre selon nos cœurs, la mienne sûrement, celle de Gauvain qu'il aurait découverte, plus tard. Mais je me savais trop prisonnière de mes chers préjugés, tout chauds encore de mon enfance. Et avec cette rigueur qui me tenait alors lieu de personnalité, je ne pouvais lui pardonner son inculture, sa manière de jurer à tout bout de champ, son penchant pour les blousons chinés et les sandales à lanières portées sur des chaussettes, ses rires sarcastiques devant la peinture abstraite, qu'il avait exécutée la veille au musée en quelques phrases d'un sinistre bon sens; ni son goût très sûr pour Rina Ketty, Tino Rossi et Maurice Chevalier, les chanteurs précis que je détestais et que j'avais assassinés en quelques phrases définitives, moi aussi! Je ne lui pardonnais pas sa façon de couper le pain sur son pouce et sa viande d'avance dans son assiette, ni la pauvreté de son vocabulaire qui jetait le doute sur la qualité de sa pensée. Il y aurait eu trop à faire. Et l'aurait-il accepté, lui qui concevait pour la culture une méfiance diffuse et pas tellement d'estime au fond, l'assimilant volontiers à un snobisme? N'est-ce pas avec de belles paroles qu'on mène en bateau les pauvres gens et que les « politicards », comme il disait, nous trompent, « tous tant qu'on est », comme il disait aussi? On ne lui ôterait pas de l'idée que les hommes politiques étaient tous des pourris et des baratineurs, sauf peut-être les communistes pour lesquels il votait systématiquement, moins par conviction que par tradition professionnelle. À bord, les marins-pêcheurs vivent en système communautaire et sont payés à la part, selon les résultats de chaque marée. Gauvain se montrait très fier de ne pas être un salarié.

Chez lui on privilégiait la compétence, l'honnêteté, le courage; la santé était une qualité et la fatigue, une tare apparentée à la paresse. On mesurait un travail à son utilité, jamais à la peine qu'il coûterait ni au temps qu'il y faudrait.

Chez nous, Parisiens qui flirtions avec l'avant-garde artistique (mon père éditait une revue d'art moderne), l'honnêteté passait pour une vertu un peu ridicule, sauf pour une bonne. On avait toutes les indulgences pour les ratés ou les oisifs s'ils avaient de l'esprit et savaient s'habiller, et un certain attendrissement à l'égard des alcooliques mondains assorti de mépris pour les poivrots de village. Exhiber un marin-pêcheur eût amusé un soir : mes parents adoraient les chansons de marins, les ceintures de cuir que ceux-ci tressaient à bord, ornées d'une ancre en laiton, les grands bérets bretons que seuls les estivants portaient encore et les costumes de toile rouge ou bleu marine savamment délavés et qui en remontraient à ceux des pêcheurs. Ils adoraient dire « kenavo » en quittant un magasin et appréciaient que le boulanger s'appelât Corentin. Mon père portait même, dix minutes par an, des sabots de bois blanc ainsi que les chaussons noirs à pois bleus y afférant. « Y a rien de plus pratique, proclamait-il, quand on a un jardin! » C'est tout juste s'il ne se procurait pas une poignée de paille pour mettre à l'intérieur, « c'est tellement plus sain! »

Mais de vrais marins-pêcheurs en muscles et en poils ailleurs qu'à la criée ou à bord de leurs thoniers ou de leurs chalutiers sur lesquels ils paraissaient si nobles, si chouettes aussi avec leurs cirés jaunes et leurs cuissardes, (« Moi, ces gars-là, je leur tire mon chapeau! »), pouacre! Mais un vrai marin sur la moquette d'un appartement parisien, avec un blouson chiné et les ongles en deuil, pouacre!

En 1950, les cloisons sociales restaient bien

55

étanches. Je ne me sentais pas la force d'acclimater Gauvain dans mon milieu, de le mettre à tremper dans mon bouillon de culture. Et je ne voulais pas non plus me transplanter dans le sien, sous peine de dépérir. Mais de même qu'il percevait mal la cruauté de ma famille et le sort qui eût été le sien si je l'avais épousé, il sous-estimait tout autant la solitude intellectuelle que je ne manquerais pas d'éprouver auprès de lui.

« On ne fait pas tant d'histoires pour vivre, avait-il dit le dernier soir avec une hostilité mal déguisée. On prend comme ça vient. »

Eh bien si, moi, j'avais besoin d'histoires.

Il avait promis de téléphoner avant d'embarquer et cette perspective, même dénuée de tout espoir, atténuait la brutalité de la séparation. Mais il ne savait pas téléphoner, j'aurais dû m'en souvenir. L'appareil, récemment installé et pendu dans le couloir d'entrée de la ferme ouvert à tous les vents, lui paraissait un engin maléfique, tout juste utile à décommander un rendez-vous ou à annoncer une mort. Il me parlait fort en articulant bien comme s'il se fût adressé à une sourde. Il n'a pas prononcé mon nom : c'était déjà bien assez d'avoir demandé Paris à l'opératrice. « Qu'est-ce qu'il a à faire avec Paris, çui-là ? » avait-elle dû se dire.

« Tu n'as pas changé d'avis, je suppose ? a-t-il demandé tout de suite.

— Ce n'est pas un avis, Gauvain, c'est... enfin je ne peux pas faire autrement. Je voudrais tant que tu me comprennes...

— Tu sais bien que je ne comprends rien. » Un silence.

« Tu pars toujours demain ? ai-je repris.

— C'est décidé comme ça, non ? »

Gauvain avait raison, cet horrible appareil ne permettait pas de communiquer. Je me sentais

56

incapable d'articuler « je t'aime » là-dedans. Pour qu'il ne raccroche pas, j'ai dit n'importe quoi.

« Tu m'écriras? Tu me diras où je pourrai te donner des nouvelles?

– Ce sera pas facile... Je vais habiter chez les parents de Marie-Josée pendant que je préparerai mon diplôme. Dès que je serai à Concarneau, je t'enverrai une carte.

– C'est ça. Avec ton meilleur souvenir, j'espère. »

Silence blessé. Il ne pouvait pas dire « merde », lui, dans l'appareil.

« Bon, il faut que j'y aille maintenant », conclut-il et, sans attendre, il raccrocha l'appareil noir sur la cloison de planches.

CHAPITRE IV

LES DIX ANNÉES SUIVANTES

PENDANT les dix années suivantes, mon existence a été trop remplie pour que j'aie eu le loisir de penser à mes premières amours. C'est plus tard que vous en vient la nostalgie, quand le deuxième amour, celui sur lequel on a risqué sa vie, commence à prendre de la gîte. Le non-vécu se pare alors d'un redoutable attrait.

Pour l'heure, c'est insensiblement que ma jeunesse se transmue en âge adulte. Je n'ai pas encore passé ce seuil de la trentaine qui inaugure une longue série de portes à franchir, dont chacune constitue une occasion de se poser l'angoissante question : Est-ce que ma vie est définitivement fixée maintenant? Que m'arrivera-t-il encore d'essentiel?

Quand on double le cap des soixante, on sourit de la naïveté de sa jeunesse. On a tort. C'est en entrant dans la décennie des 3 que j'ai perdu ce bien inestimable : l'insouciance. Jusque-là j'avais vécu en négligeant totalement le fait que j'étais mortelle et celui, plus inacceptable encore, que j'étais vulnérable, que mon corps pouvait refuser ma loi et me dicter la sienne. Jusque-là aussi, tout ce que je vivais avait le charme de la première fois, y compris le chagrin.

C'est pendant cette décennie insouciante que j'ai réussi mon agrégation d'Histoire, après une licence de Lettres classiques, que j'ai été chargée de cours à la Sorbonne; puis que j'ai épousé Jean-Christophe, à l'époque chef-opérateur à Gaumont-Actualités, et donné le jour à un petit garçon très blond avec des taches de rousseur : Loïc Erwann Augereau.

Gauvain s'était marié la même année que moi, en 1952, et, avant d'avoir eu le temps d'y réfléchir, Marie-Josée et lui se trouvaient à la tête de quatre enfants. Après notre rupture, il avait tout de suite repris son cap, n'étant pas du genre à « se payer une dépression », une formule qui le dépeignait tout entier. Il venait de « passer son patron », comme disait sa mère, et naviguait au chalut dans le Sud-Irlande. « Mais il trouve dur », ajoutait-elle sobrement, tandis que passait dans son regard la brève lueur d'un chagrin dont elle ne parlait jamais : son dernier fils, Robert, quatorze ans, avait été enlevé par une lame en pleine nuit deux ans plus tôt et on n'avait pas retrouvé son corps. Depuis elle manifestait moins de mépris pour ses autres fils quand il leur arrivait de « trouver dur ».

Chaque été, bravant la désapprobation familiale, Gauvain revenait pour la campagne de thon dans le golfe de Gascogne, une pêche qui s'apparentait à la chasse et qu'il préférait à toutes les autres. C'était le meilleur moment de l'année pour lui. « Une pêche de touriste », répétait sa mère en haussant les épaules. Surtout que le germon se faisait rare sur les côte françaises dans les années cinquante.

« Ton frère gagne bien en Mauritanie avec la langouste, disait-elle d'un ton chafouin chaque fois

60

que son fils passait à la ferme avec Marie-Josée et les enfants.

– Oui, à ce qu'il paraît que les fonds sont tapissés de langoustes, par là-bas, renchérissait la belle-fille, la mine gourmande. C'est qu'on a les quatre petits maintenant! Et les traites de la maison... »

A trente-trois ans, Marie-Josée s'était ostensiblement retranchée dans le camp des ménagères et parlait de ses petits comme une mammifère. Elle était de celles qui « n'arrêtent pas » de l'aube au couchant, briquant sa maison, cultivant son potager, lessivant au lavoir et ne quittant son sarrau déformé par ses mamelles communicantes que le dimanche pour aller à la messe. Sa dernière grossesse lui avait fait perdre deux incisives et gagner dix ans du même coup, lui faisant rejoindre prématurément le camp indistinct des génitrices. Désormais, elle ressemblait davantage à sa belle-mère qu'à l'éphémère jeune fille que Gauvain avait épousée quelques années plus tôt.

Lui, je le croisais parfois au bourg où il venait jouer aux boules le dimanche quand il était à terre. Les maternités de sa femme n'avaient pas altéré sa beauté et il restait le plus ravageur des gars de Raguenès et même de Nevez, Trégunc et Trévignon, voire de Concarneau! J'aurais aimé déranger sa paix apparente, savoir s'il rêvait parfois de moi; mais il n'était jamais seul, ce qui lui permettait d'échapper à toute allusion concernant cette virée un peu folle que nous avions faite un jour, hors de nos destins.

J'étais convaincue en commençant cette décennie-là qu'elle serait la plus définitive et la plus riche de mon existence. En la finissant, je m'aperçus avec émerveillement que je pouvais encore repartir de zéro et avec stupeur que sur mes « dix plus

61

belles années », j'en avais passé cinq à être malheureuse. C'était beaucoup trop et je m'en suis longtemps voulu d'avoir ainsi stagné dans la déréliction. Mais il faut bien faire l'expérience du malheur un jour ou l'autre et sans doute est-ce à vingt-cinq ans qu'on peut l'affronter sans dégâts irréparables. Je suis, hélas! une personne à la fois dénuée d'amour-propre et douée d'une grande tolérance au malheur : j'ai donc mis des années avant de trouver mon état conjugal insupportable et, ce qui est plus grave, nocif. Du moins en ai-je tiré le sentiment d'avoir épuisé jusqu'à la lie mon capital-souffrance.

Aurais-je été plus heureuse avec Gauvain? Bien sûr, il m'est arrivé de me le demander. Tentation trop facile! Elle permet de caresser en secret ces nostalgies que dorlotent tant de femmes mariées qui, libres, referaient pourtant le même choix. Et puis, échec pour échec, on a avantage à affronter un chagrin d'amour, un divorce, dans sa propre catégorie. C'est déjà bien assez compliqué.

Le jour où je me rendis compte que je n'avais regardé d'autre homme en cinq ans que celui précisément qui me faisait souffrir, état d'esprit dont l'extrême banalité ne semble pas décourager les victimes, féminines en particulier, la délivrance fut fulgurante et la convalescence délectable. Mes nuits de larmes, mes journées de doute et d'autodépréciation me parurent d'autant plus répréhensibles qu'elles ne m'avaient pas ramené un mari trop aimé, dont je m'étais efforcée en vain de comprendre le vague à l'âme chronique, puis la hargne déclarée. Le jour où mon malheur emprunta la forme précise d'une metteuse en scène qui l'accompagnait depuis des années dans ses déplacements professionnels, la lumière se fit et mon soulagement fut si vif que cette épouse humble et

62

crédule que j'avais été me devint en peu de jours une étrangère. Puis très vite me parut une imbécile. Je m'en voulus quelque temps, échafaudant après coup des tactiques qui m'eussent permis soit de reconquérir Jean-Chistophe, soit de m'en délivrer plus vite. Cette femme aveugle et paralytique, je ne la reconnaissais plus! Mais sans doute faut-il vivre un bon moment dans un personnage qui ne vous ressemble pas, avant de devenir ce que l'on est. Ou peut-être est-on tous ces personnages divers et faut-il se délivrer de l'un avant d'accéder à l'autre.

En tout cas, je venais de me dépouiller de la George humble et douloureuse comme d'une peau morte. J'avais assumé le rôle jusqu'au bout, j'en avais vécu tous les épisodes traditionnels, prononcé toutes les répliques jusqu'au dénouement, si parfaitement classique et vulgaire que j'avais cru vivre une scène cent fois vue au cinéma. Je me découvrais des aptitudes toutes fraîches pour le bonheur et une propension inattendue au rire et à la légèreté. Car le plus dur dans le malheur, ce n'est pas tellement d'être malheureux, c'est de se trouver privé de son minimum vital d'insouciance, de ce recours au rire ou, mieux encore, au fou rire salutaire qui fait sauter vos circuits et vous laisse pantelant, exhalant un de ces soupirs qui délivrent des pires tensions. Le malheur est désespérément sérieux.

Mon premier geste de femme libre consista à m'acheter une bicyclette. Acte symbolique! Sans m'en apercevoir j'avais renoncé à tant de choses depuis mon mariage : un poste dans un lycée d'Abidjan, Jean-Chistophe ne pouvant vivre qu'à Paris; la copropriété d'un petit cotre à Concarneau, Jean-Christophe souffrant du mal de mer; des voyages en groupe à Athènes, à Moscou, à

Mexico, Jean-Christophe ne supportant ni les groupes, surtout de professeurs, ni les vacances organisées, surtout par Tourisme et Travail qui à l'époque ressemblait davantage à une meute scoute qu'au Club Méditerranée; enfin aux randonnées à bicyclette à travers la France, mon mari abhorrant le vélo. En revanche il adorait la moto, le planeur et le bridge, trois activités également redoutables à mes yeux.

Mon deuxième geste fut de replier la table de bridge et de la descendre à la cave. Mes dimanches m'étaient rendus! Délivrée de ces après-midi où l'on ne m'adressait la parole que pour déplorer (à juste titre) mes annonces, et où nos amis les plus brillants se cantonnaient dans un langage élémentaire avec une application consternante. Le bridge exclut le rire; pourtant je ne parvenais pas à le prendre au sérieux, ce qui me valait l'ire de mon mari et empoisonnait nos dimanches soir passés à commenter les coups de l'après-midi dans l'espoir de m'instruire, et à supputer ce qu'aurait été la partie si, par exemple, j'avais correctement annoncé mes cœurs.

J'ai fini par l'annoncer, ce cœur. Et nous avons divorcé sans trop de casse, aux torts réciproques, « l'enfant étant confié à sa mère en raison de son jeune âge », formule lénifiante qui ménage l'amour-propre des pères, dont la plupart à cette époque auraient considéré comme une catastrophe de se retrouver « libres » avec un enfant sur les bras.

Je n'ai même pas fait savoir à Gauvain que je divorçais : il l'apprendrait par la rumeur publique. Nous ne nous envoyions que des cartes de vœux à usage familial où je parvenais parfois à glisser une formule ambiguë que j'étais sans doute seule à comprendre, pour entretenir cette petite braise du

64

souvenir qui rougeoyait encore sous la cendre. De toute façon, l'amour ne me paraissait plus pour l'instant une priorité.

Jean-Christophe, lui, s'était remarié très vite, et pas avec la dame qui m'avait tant fait pleurer. Il arrive ainsi que le naufrage d'un couple entraîne également dans sa perte celui ou celle qui l'a causé. J'en ressentis un plaisir pas très honorable... mais j'en avais soupé de l'honneur! Je rêvais de vie indépendante et de paysages neufs.

Quand on me proposa un poste d'Histoire de Littérature comparée à Wellesley, je l'acceptai avec enthousiasme et partis habiter le Massachusetts, avec mon fils de huit ans, dans un de ces campus américains dont j'avais tant rêvé jeune fille, quand je fréquentais les noirs amphithéâtres de la Sorbonne, prenant sagement l'autobus « S » chaque soir pour rentrer dans ma famille.

Au cœur de l'Amérique tranquille du début des années soixante, le monde étudiant et enseignant vivait dans une oasis préservée, où je régressai avec délices. Ma vie matérielle était assurée et même passionnante, et Loïc représentait près de moi ce petit bout de France sans lequel je me serais sentie tout à fait exilée. La gentillesse spontanée, la familiarité joyeuse et même indiscrète qui caractérisent les Américains, quelle que soit leur place dans la hiérarchie, me réchauffèrent le cœur à tel point que je faillis très vite en oublier mon expérience conjugale et me sentir assez en confiance pour envisager un nouveau mariage! Mais un an de vie commune avec Sydney, un collègue qui enseignait la Littérature moderne, me suffit pour entrevoir le doux piège où je m'apprêtais à retomber. Car désormais je me savais trop malléable – ou trop lâche? – pour oser tenir tête à un homme aimé et pour occuper mon territoire. Je ne connaissais que trop ma tendance à me plier au mode de vie de l'autre, par un vieux réflexe d'éducation mal jugulé – et sans aucune peine d'ailleurs, ce qui endormait sa méfiance –, jusqu'au jour où je découvrais que ma part de vie s'était rétrécie, mes libertés amenuisées et que j'étais en passe de reconstituer le rapport de forces de mon précédent mariage!

De leur côté, même américains, les hommes étaient encore trop imbus de leurs privilèges – vieux réflexe d'éducation mal jugulé là aussi – pour ne pas se réinstaller, pour peu qu'on les y invite, dans le rôle flatteur du premier de cordée, et confortable du pacha.

Au bout d'un an auprès de Sydney, mon temps de parole avait fondu de moitié et mon autorité s'était complètement dégradée. Dans les discussions publiques, je lui laissais l'initiative du sujet, il m'interrompait de plus en plus souvent pour insérer son point de vue dans le mien, et j'avais de moins en moins souvent le dernier mot. Quand nous parlions en même temps, c'était moi qui m'arrêtais la première et plus il se montrait brillant, sans comprendre pourquoi, plus je me ternissais! Dans la vie quotidienne, je commençais à lui demander la permission de m'absenter, même pour un dîner professionnel; je posais mon stylo ou je fermais mon livre dès que j'entendais sa voiture entrer au garage et il m'arrivait de plus en plus régulièrement de laver ses chaussettes et de ramasser son slip dans un coin alors qu'il n'avait jamais savonné mes bas ou raccroché mon manteau dans la penderie.

Ma rechute ne s'annonçait encore que par des symptômes ténus qui seraient restés inaperçus à qui n'aurait pas déjà subi une première atteinte de la maladie. « *On* disait avec George justement

66

que... » Oui, *on* disait, mais *on*, c'était Sydney. « *On* a passé une semaine merveilleuse dans le Maine, n'est-ce pas, darling? » Darling opinait du bonnet mais ce voyage, ce n'était pas moi qui le racontais, l'assaisonnant d'humour pour faire rire nos amis, c'était Sydney. Il m'associait affectueusement à notre vie, mais c'était par gentillesse naturelle, par générosité, et non plus par cette peur, ou du moins ce respect, dont il faut quelques gouttes dans tout cocktail conjugal. Je ne lui faisais plus d'ombre. Mariés, nous serions tombés dans *My wife thinks... My wife always says... My wife is a wonderful cook...* et la *wife* aurait encore perdu un morceau de George dans l'affaire! Il me manquait déjà un « S »! Et mon prénom, même ici, continuait à me jouer des tours. Pourtant George Sand était très à la mode ces années-là chez les intellectuels américains. Dans plusieurs Universités, on étudiait sa Correspondance avec les grands hommes de son temps. Une de nos amies traduisait *Consuelo* que personne n'avait jamais pris la peine de lire en France. On publiait des articles sur elle dans les *Women Studies* et on admirait sa liberté amoureuse autant que sa carrière. C'est à Wellesley que j'ai découvert qu'elle avait écrit son premier livre à quinze ans, que son roman *Indiana* avait été un triomphe, qu'elle avait offert à Chopin pendant neuf ans un foyer où il put composer la plus belle part de son œuvre, et surtout qu'elle était petite et chaussait du 35! Cela bouleversait toutes mes idées sur la dévoreuse d'hommes qu'on nous présentait en France sous les traits d'une espèce de gendarme à boucles noires, auteur, après une vie scandaleuse, de quelques « romans paysans », comme les désignait avec condescendance le manuel de Littérature de l'abbé Calvet.

Pourtant, même ici, il restait quelque chose de

cette réputation de femme dépravée. « Ah tiens! Ton amie s'appelle George, sans *S*? disaient nos collègues à Sydney d'un air plein de sous-entendus, comme si j'avais choisi ce prénom moi-même dans le but de collectionner les amants, de préférence nerveux, géniaux et plus jeunes que moi, et de négliger les travaux ménagers, ce qui cadrait tout à fait avec l'opinion qu'ils se faisaient des Françaises.

Me laissant bêtement impressionner par leurs allusions, je mettais mon point d'honneur à prouver que je pouvais être une intellectuelle sans renoncer à l'amour, ni à ma fonction sacrée de mère et de ménagère. Il se trouve que j'avais assez de santé pour tenir gaiement tous ces rôles, que Loïc paraissait un enfant heureux et que Sydney se déplaçait dans ma vie avec subtilité. Mis au pied du mur que j'élevais pour me protéger, il m'aima suffisamment pour admettre mon désir de vivre près de lui mais dans un appartement séparé, et pas assez passionnément, Dieu merci, pour m'en garder rancune et empoisonner notre relation.

C'était un dilettante du cœur, un épicurien, un artiste, de ceux qui parviennent si bien à s'attacher l'amour inconditionnel des femmes, en feignant de ne pas le rechercher. Il y était aidé par son physique à la Leslie Howard, avec ses cheveux ondulés dont le gris se mêlait prématurément au blond, ses yeux beiges derrière des lunettes d'acier et sa silhouette attendrissante de vieil étudiant, vieux pour un étudiant mais jeune pour un homme de quarante-cinq ans. Par chance ce séducteur nonchalant était entré dans ma vie à une époque où j'étais apte à faire face, moyennant quelques précautions, sans être foudroyée, ou me mettre à ramper comme un teckel... ce qu'il eût accepté

68

sans en avoir l'air et sans trop en abuser, avec son élégance habituelle.

Je rentrais chaque été en France, parfois avec Sydney, pour que Loïc voie son père et surtout retrouve son sol nourricier et je passais Noël une année sur deux avec Frédérique, son mari et ses enfants dans un club de vacances sous les tropiques. Nous étions allés en Casamance cet hiver-là. J'avais trente-trois ans, la belle âge, les yeux très bleus sous des sourcils noirs, une silhouette de jeune fille et ce je-ne-sais-quoi d'aisé, de désinvolte, d'insolent même, dans l'habillement et les manières que j'avais acquis aux Etats-Unis. Nous avions passé la journée à Dakar, Frédérique et moi, pour « faire des courses », formule qui fait généralement fuir les maris, ce qui nous avait permis de laisser les enfants à Antoine, mon beau-frère.

Accroupies toutes les deux devant un des déballages du marché de Dakar, nous nous laissions séduire une fois de plus par ces boubous aux couleurs violentes, magnifiques sous ce soleil, mais que nous finirions encore par délaisser, après les avoir essayés en nappes, en rideaux et en couvre-lits, et tenté de les porter en robe d'hôtesse jusqu'au jour où un nombre suffisant de tasses de porcelaine fine auraient été balayées au sol d'un coup de ces foutues manches, traînant comme des ailes brisées, et absolument meurtrières dans nos kitchenettes occidentales. J'allais néanmoins en racheter un de plus, rouge et jaune, couleurs que je déteste, obéissant à une de ces pulsions aberrantes qui vous saisissent en pays étranger, quand je m'entendis appeler. J'étais assise sur mes talons à la hauteur des genoux de celui qui me parlait, mais avant même de me redresser, je l'avais reconnu. Il avait ses yeux de Raguenès, sa bouche de notre

69

chambre d'hôtel près de la gare Montparnasse, ses épaules de boxeur et il se tenait bien planté sur la terre, les jambes un peu écartées... tout ce que j'avais réussi à oublier et jamais retrouvé lors de nos brèves rencontres en Bretagne. Très loin de chez nous, c'est comme si nous étions soudain chez nous deux.

« George! » répétait-il avec attendrissement, me dédiant un regard qu'il m'avait caché depuis... depuis quand déjà?

Il a saisi mes deux mains pour me relever et nous nous sommes retrouvés dans une bulle, muets et émus, n'écoutant ni l'un ni l'autre Frédérique qui émettait des sons divers très loin de nous, et qui finit par nous entraîner à la terrasse du café voisin. Nous ne sommes retombés sur terre qu'en entendant tinter les glaçons dans nos trois pastis et nous avons commencé à échanger les nouvelles du pays. Puis nous sommes passés aux informations essentielles qui résumaient nos parcours respectifs, mais nos vies étaient si différentes qu'elles en devenaient incommunicables. Très vite nous nous trouvâmes réduits à contempler nos verres en hochant la tête, cherchant désespérément comment meubler le silence. Frédérique prit alors une décision qui changea nos destinées.

« Il faut que je vous quitte, j'ai une dernière course à faire. J'ai promis à ma fille de lui rapporter un de ces bracelets d'ivoire qu'on trouve encore par ici. On m'a justement passé une adresse. Alors rendez-vous au car, George, disons, dans une demi-heure?

– Moi aussi il faut que j'y aille », tenta Gauvain.

Et la logique voulait que je réponde une de ces phrases grises qui ne veulent rien dire, « Allez, au revoir, à un de ces jours », la phrase qui convenait

70

à notre situation après tout. Lozerech m'aurait serré la main et ne serait jamais devenu Gauvain. Il s'en est fallu d'un mot, que lui n'eût jamais trouvé. Et l'eût-il trouvé, jamais prononcé.

« Oh, écoute! Après toutes ces années, c'est bête de se quitter comme ça... Pourquoi on ne dînerait pas ensemble par exemple? Tous les deux je veux dire.

– C'est que... y a ma femme, dit Gauvain.

– Marie-Josée est à Dakar? » Je vis s'évanouir la perspective d'un dîner sentimental comme je les aimais, avec cet anti-Sydney auquel je n'aurais sans doute pas su quoi dire sauf que son physique continuait à me plaire immodérément. C'est toujours un excellent début, d'ailleurs...

Il m'expliqua que son bateau était en cale sèche à la suite d'une avarie de moteur, qu'on attendait la pièce de rechange et qu'il en avait profité pour faire venir sa femme qu'il ne voyait que trois mois par an. Je restais silencieuse et Gauvain ne trouvait rien à proposer. Normal. Un homme pragmatique ne conserve pas pendant treize ans un souvenir aussi encombrant.

« On pourrait peut-être dîner tous les trois? » hasardai-je, obstinée.

Il tressaillit. Ses sourcils broussailleux, roussis par le soleil africain, se froncèrent comme si les mots qu'il allait dire lui coûtaient un effort immense.

« Je n'ai pas envie de te voir comme une étrangère.

– Tu aimes mieux ne pas me voir du tout? insistai-je.

– Mettons que ce soit ça », dit-il sèchement.

Un silence. Le soleil baissait rapidement sur l'horizon. C'était le bref moment où, depuis des temps immémoriaux, l'homme sent passer un fris-

71

son quand le jour va mourir, pressentant que cette banalité est un miracle. Gauvain reprit :

« Ça a eu été dur, tu sais, de refaire surface la dernière fois. J'aime pas que ma vie me dépasse. Je suis pas doué pour faire l'acrobate, moi. »

Je savais qu'il était sincère et la tendresse que je ressentais pour cet homme vulnérable et secrètement passionné, qui se croyait un bloc de granit, m'inclinait à ne plus le tourmenter. Et puis les beaux souvenirs ne gagnent rien, dit-on, à être triturés. Je nous imaginais dans une chambre d'hôtel, tentant de recréer la magie de notre jeunesse, moi essayant quelques-uns des trucs que j'avais appris avec Sydney, pour mieux bouleverser cet homme rétif et sans doute résigné à limiter sa vie sexuelle à quelques semaines par an auprès d'une épouse sans imagination et, pour le reste, aux putains d'Abidjan ou de Pointe-Noire. Sa passion, il ne la réservait plus qu'à son métier. Il ne m'avait même pas demandé ce que j'enseignais à Wellesley, il ne parlait que de ses projets. Les premières sennes de nylon venaient de faire leur apparition sur ces grands clippers californiens, avec leurs moteurs de 600 CV, qui allaient bientôt rendre périmés les vieux thoniers bretons et vendéens, accrochés à leurs traditions. « Des sennes de plus d'un kilomètre de long, tu te rends compte ? Et vingt-deux hectares de surface ! Ça sera pas long à être ravagé ici aussi. Nous on pêche encore à l'appât vivant, alors on ramène moins de poisson, forcément. C'est foutu, cette pêche-là.

– Qu'est-ce que tu ferais alors ?

– Eh ben, faudra faire comme " les zaut' " si on veut pas crever. »

Il parlait des " zaut' ", les Basques, les Espagnols, les Ricains, avec une rancune farouche. Il aurait voulu être seul sur la mer. Tout ce qui

72

flottait sur l'Atlantique et qui avait été construit ailleurs qu'à Concarneau était un bâtiment ennemi. Chaque patron a une âme de pirate et Lozerech plus que les autres. Tous ceux qui draguaient, harponnaient ou sennaient un poisson ou un crustacé en dehors des gars de Névez, de Trégunc ou de Trévignon, étaient, au mieux, des voyous, au pis, des bandits, en tout cas des ravageurs et des emmerdeurs. Je l'écoutais parler de sa vie avec ce courage modeste et ce manque d'humour qui le caractérisent et qui viennent peut-être d'une trop longue fréquentation de la mer. Quelques fils blancs sur ses tempes accentuaient cet air de garçon buté qui traînait dans la moue de ses lèvres. Dans ces petites sociétés fermées que sont les équipages, qui vivent entre hommes, entre copains, toujours les mêmes, accomplissant les mêmes besognes, subissant les mêmes coups durs, rigolant aux mêmes plaisanteries, partageant les bénéfices et les pertes du même travail, les individus évoluent peu. L'exil, les familles au loin, l'attente perpétuelle du retour, contribuent à les figer dans un état collectif d'enfance, d'absence au monde des vivants, au monde de ceux qui lisent un journal tous les jours, qui votent, vont au bistrot et se promènent le dimanche. Gauvain avait moins changé que moi durant toutes ces années.

Le bref crépuscule des tropiques venait de tomber, comme un rideau qui se baisse. Seuls les yeux de Gauvain conservaient encore dans son visage hâlé une lueur de ciel. En Bretagne aussi, pendant l'été, alors que la nuit est tombée et que les phares s'allument sur la côte, la mer garde ainsi un reflet de jour. Mon père appelait cela « la lumière résiduelle ». C'est peut-être un peu d'amour résiduel qui me dicta une question que je n'avais pas préméditée :

73

« Lozerech... dis-moi : tu envisages de ne plus parler que de pêche toute ta vie? De ne rien connaître d'autre? N'y a-t-il aucune place pour la folie?... Enfin, je sais que c'est un mot qui ne te plaît pas. Disons... l'évasion, quelque chose d'autre, quoi! »

Il accusa le coup et se mit à réfléchir honnêtement.

« Ça ne veut pas dire bien sûr bouleverser ta vie, ça veut dire prendre quelquefois le temps de te faire plaisir... t'offrir un cadeau, un truc qui ne soit pas programmé...

– On ne se fait pas beaucoup de cadeaux dans mon métier, tu sais. On a p'têt' tort, mais c'est comme ça. »

Gauvain regardait au loin, ses deux mains posées comme des objets inutiles sur le guéridon de marbre, si immobiles qu'elles me faisaient penser à deux tourteaux. Chez lui, on les appelait des dormeurs. « C'est comme ça que c'est », répéta-t-il d'un ton où je crus déceler une ombre de nostalgie.

De toute façon, j'ai toujours eu envie d'éructer quand quelqu'un dit : C'est comme ça!

« Qu'est-ce que ça veut dire, " c'est comme ça "? C'est toi qui l'acceptes comme ça! C'est de la résignation, c'est tout. La fatalité, je n'y crois pas, on se la fabrique soi-même après coup. »

Le visage de Gauvain se fermait. Il supporte mal que quelqu'un nie ce qu'il considère comme une loi de nature.

« Avant qu'on se quitte, ai-je repris avec un sourire, avant qu'on se fâche... J'ai toujours eu envie de te demander quelque chose : Lozerech, maintenant que les années ont passé, tu peux peut-être me le dire : qu'est-ce que tu penses de

74

notre rencontre? C'est un échec? Une connerie? Ou un souvenir qui t'est cher?

– C'est tout ça à la fois, avoua Gauvain. Fut un temps où j'aurais préféré t'avoir jamais connue. Mais ça, ça a passé. Depuis, j'ai souvent demandé après toi quand je rentrais à Raguenès, tu sais. Mais je pouvais pas te faire signe. J'osais pas et puis... qu'est-ce que je t'aurais dit? »

Nous terminions notre deuxième pastis. Gauvain ne buvait jamais de whisky ni de gin et je n'avais pas voulu accentuer le clivage entre nous en choisissant un alcool de Parisienne.

« Eh bien, figure-toi que moi non plus je n'ai jamais oublié. C'est comme si depuis toi j'avais perdu quelque chose dans la vie... quelque chose pourtant que j'aurais jamais trouvé. Seulement entrevu. C'est bizarre, non?

– "Tu es douce aujourd'hui comme la première femme, récita Gauvain, mais les nuits sont froides comme la nuit." Tu vois, je me souviens toujours de ton poème. Je l'ai appris par cœur. »

J'ai posé la main sur son avant-bras qui ne semblait jamais nu à cause de cette toison d'un brun roux. Est-ce que sa peau sentait toujours le blé?

« Je donnerais... je ne sais pas quoi pour te prendre dans mes bras, là, maintenant », dit-il d'une voix sourde et, alors que tout s'était déroulé très calmement jusqu'ici, cette phrase me frappa entre les jambes avant de me remonter au creux du cœur. Nous venions d'entrer dans la zone des turbulences. Je ne regardais plus ses yeux mais sa bouche, signe de déroute. Mais Gauvain faisait tête, boute à la lame. Il croyait encore s'en tirer.

« Allez, il faut que j'y aille, c'est l'heure, dit-il en consultant sa montre, qu'il portait à l'envers, le cadran sous le poignet, pour la protéger des coups.

– Tu m'as déjà dit ça trois fois, éclatai-je. Chaque fois que tu me quittes, tu *y* vas! Ça veut dire quoi, *y*? Le renoncement? Ta routine?

– Merde! Qu'est-ce qu'on peut faire d'autre? cria Gauvain.

– Je ne sais pas, moi, on peut sortir des rails. On n'est pas des bestiaux qu'on mène à l'abattoir. Tu es tout le temps à l'étranger maintenant, on pourrait se voir quelque part. Non? »

Il me regardait, un peu stupéfait du tour que venaient de prendre les événements.

« Tu as changé, Va Karedig.

– C'est l'Amérique peut-être. Tu sais, là-bas, on ne s'encombre pas de bonnes manières, on fonce. Les femmes surtout. Tu regrettes?

– Je ne sais pas si je regrette mais je sais ce que j'ai envie de faire et tant pis pour moi », dit Gauvain très posément.

Il se leva, paya nos consommations, m'entraîna à l'écart des néons du Café et me plaqua contre lui, à moins que je ne me sois plaquée à lui, je ne sais plus. Malgré les années passées, j'ai reconnu sa façon profonde d'embrasser et le coin ébréché de son incisive et sa langue douce qu'il déplaçait à peine pour mieux nous laisser infiltrer nos venins l'un dans l'autre.

En nous séparant, nous nous sommes regardés avec reconnaissance : chacun de nous détenait encore sur l'autre cet immense et fragile pouvoir? La vie nous faisait encore ce cadeau?

« Allez, il faut vraiment qu'on *y* aille, cette fois », dis-je pour briser l'enchantement. Mon car part dans dix minutes.

Frédérique m'attendait, Marie-Josée attendait son mari au port de pêche, nos vies se refermaient

76

sur nous. Mais elles avaient laissé passer l'espérance par erreur. Nous avons ri comme deux mômes qui viennent de jouer un tour aux adultes et qui se congratulent. Puis je l'ai regardé s'éloigner de sa démarche chaloupée qui me plaisait déjà autrefois. Certains hommes ne bougent que leurs jambes quand ils marchent et gardent le torse rigide. Gauvain déplaçait ses hanches avec ses cuisses, et ses épaules avec ses hanches. Tout participait au mouvement comme sur ces images où l'on voit courir un jaguar au ralenti.

On ne s'était pas donné rendez-vous pour les jours suivants à Dakar. Je ne voulais le revoir que délivré de ses attaches familiales, quelque part dans un bout du monde. Mais rien n'est plus difficile que d'arracher huit jours à la vie d'un marin-pêcheur. Le poisson passe d'abord, à pourchasser, à pêcher, à congeler, à vendre. Puis le bateau. Puis l'armateur. Et ce qui reste est pour la famille. Cela ne laissait plus beaucoup d'espace à l'imprévu.

Il nous a fallu près d'un an pour mettre sur pied notre expédition, d'autant plus qu'il ne serait jamais venu à l'esprit de Gauvain qu'on puisse se payer un billet d'avion pour New York ou le Kenya simplement pour voir une personne qui n'était ni malade ni morte. Sa culpabilité lui coûtait déjà bien assez cher sur le plan moral. L'argent de la famille, c'était sacré. Ses désirs à lui ne l'étaient pas.

Ç'aurait pu être Saint-Pierre-et-Miquelon... la chance voulut que ce fût aux Seychelles que l'Armement envoya Gauvain en voyage d'études, envisageant d'y baser quelques thoniers concarnois. Cet alibi professionnel lui permit de se masquer la réalité, à savoir qu'il soustrayait huit jours à sa chère famille pour tenter de revivre l'incompréhen-

77

sible chose – il n'osait pas l'appeler Amour – qui l'avait déjà bouleversé à deux reprises. Et, plus inimaginable encore, une femme faisait dix mille kilomètres sans autre raison que son désir de faire l'amour avec lui. Oui, lui, Lozerech! On lui aurait dit ça... Et en fait depuis qu'il était arrivé aux Seychelles dix jours plus tôt, il hésitait entre la honte et le ravissement, se demandant si toute cette histoire n'était pas le produit de deux esprits dérangés et ne relevait pas de quelque maléfice du Diable.

CHAPITRE V

LES ZIL ELWAGNÉES SESEL

Il était une fois dans un archipel de l'océan Indien, par le plus grand des hasards – ou était-ce la plus impérieuse des nécessités ? –, un marin et une historienne que rien ne prédisposait à se retrouver ensemble, l'un et l'autre habités par un désir si physique qu'ils n'osaient le nommer amour; l'un et l'autre incrédules devant cette attirance et s'attendant chaque matin à retrouver raison; l'un et l'autre enfin s'interrogeant sur ce qui leur advenait, comme vous ou moi, comme tous ceux qui ont buté un jour sur ce mystère lancinant dont seuls les poètes ont su sonder les profondeurs, sans pour autant supprimer la question.

Cette rencontre-là, je ne saurais la décrire à la première personne. C'est seulement en m'abritant derrière un pronom moins personnel que le « je » que je pourrai transcrire le témoignage de George et tenter de cerner de plus près l'évidence irritante du désir amoureux, qui n'est peut-être que l'ultime mensonge du corps.

Donc, dans le petit aéroport des îles Seychelles, qui n'étaient encore dans les années soixante qu'une possession de la Couronne britannique, un pêcheur attendait une prof; son cœur était bourrelé de doutes, d'inquiétude et de remords. Mais il était

79

trop tard : c'est indubitablement pour lui que la prof allait descendre du petit bimoteur venu de Nairobi et il lui faudrait bien ouvrir les bras à cette inconnue qui enseignait Dieu sait quoi, là-bas aux Amériques.

En pantalon de toile claire, le visage hâlé et sans son habituelle casquette bleu marine, rien ne distinguait Gauvain au premier abord des administrateurs britanniques en short kaki et chaussettes blanches, ou des P.-D.G., passionnés de pêche au gros, venus oublier un moment le poids de leur fortune. Il était un des seuls à ne pas porter de lunettes noires et George le repéra tout de suite parmi la petite foule qui se pressait sur le terrain, plus dense sinon plus grand que les autres, le regard soucieux, un de ses broussailleux sourcils levé. Il portait une de ces chemisettes à manches courtes qui vont à si peu d'hommes, et d'où saillaient les muscles de ses bras, taillés pour tirer un naufragé par le collet hors des quarantièmes rugissants. Il l'avait choisie avec soin parmi les pires spécimens exotiques : d'un orange révoltant agrémenté de palmiers rouges et de négresses avec des paniers sur la tête. Ça commençait bien! Elle lui fit signe mais il restait immobile, un peu en retrait : ce n'était pas son genre de se précipiter.

Chez elle non plus ce n'était pas la hâte amoureuse qui prédominait tandis qu'épuisée par le long voyage elle se frayait un chemin pour le rejoindre, un sourire contraint aux lèvres. A cet instant précis, elle se demandait avec perplexité ce qui avait bien pu la décider à organiser, et au prix de quelles difficultés, un rendez-vous aussi lointain et coûteux avec un étranger qu'elle n'avait embrassé qu'une fois en douze ans; et par quelle erreur de distribution elle allait se trouver ce soir dans le lit du fils du fermier de Raguenès... Elle cherchait en

80

hâte quelques repères pour se réconforter : sa carrure d'abord. Elle ne connaissait pas d'homme de ce gabarit. Et puis ces poignets épais qui la rassuraient chez un marin et l'excitaient chez un amant car « trop fort n'a jamais manqué »; cette épaisseur de copeaux cuivrés s'avançant jusque sur les mains; et ses doigts rudement dessinés, qui émergeaient de la rustique paume comme d'une sculpture mal dégrossie dont seules les extrémités auraient été travaillées par l'artiste.

Il suffisait après tout de s'imaginer qu'elle venait de gagner « un séjour dans des îles de rêve », avec « l'homme le plus sexy de l'année », choisi parmi une brochette de baroudeurs célèbres!

Que faire quand on vient de si loin, sinon se jeter dans les bras de l'homme qui vous attend? Elle se fût bien gardée de le faire en France ou même en Europe... mais ici elle ressentait cette liberté particulière que donne la distance jointe au dépaysement et à la chaleur. Gauvain se détendit un peu. Il se sentait mal à l'aise dans ce rôle de touriste de luxe qu'il n'avait jamais joué, et de mari en goguette qu'il avait toute sa vie méprisé. La bouffée de désir qui l'envahit en recevant George dans ses bras vint opportunément lui tenir lieu d'identité.

Tant qu'ils furent en public, ils n'échangèrent que quelques mots anodins, s'observant à la dérobée, leur gêne faisant place peu à peu à cette étrange jubilation qu'ils n'éprouvaient qu'ensemble : George Sanzès et Lozerech ici, ce ne pouvait être qu'une énorme blague dont ils étaient les premiers à rire. Les formalités de douane accomplies, ils se hissèrent dans une Jeep décapotée louée par Gauvain, pour se rendre à l'hôtel. Il y avait retenu deux chambres.

« Tu crois que j'ai fait dix mille kilomètres pour dormir toute seule? lui dit-elle avec tendresse.

– J'avais pensé, dit-il, la mine hypocrite, que tu voudrais être débarrassée de moi de temps en temps... te reposer tranquille...

– Ecoute, gardons-la vingt-quatre heures, on verra comment ça se passe!

– De toute façon, il est trop tard pour la décommander, remarqua Gauvain, pratique. On va choisir la plus belle ce soir, celle que j'avais réservée pour toi. »

Ils la découvrent immense, avec un grand lit colonial à moustiquaire, largement ouverte sur une longue plage bordée de cocotiers dont la brise froisse les palmes avec un bruit métallique. N'ayant jamais vu l'océan Indien, George s'étonne de ce ciel de plomb sur l'horizon alors qu'il reste d'un bleu ardent au-dessus de l'île, communiquant à l'eau la même variété de couleurs. C'est si différent des ciels voilés du Sénégal, avec ses horizons vides et embrumés.

Ils s'accoudent tous deux à la balustrade de la terrasse, feignant d'être attirés par le paysage, mais leurs corps se rapprochent subrepticement et dès que leurs bras se touchent, se répand dans leurs veines l'onde avant-coureuse des grandes redditions. Cette montagne d'absence entre eux commence à fondre mais Gauvain n'ose pas encore écraser cette femme à côté de lui sur sa poitrine et l'emporter pour l'embrocher. Et cette femme n'ose pas poser ses lèvres dans l'échancrure de l'infâme chemisette, sur la fourrure douce de sa poitrine, ni promener ses mains sur les hanches étroites qui l'émeuvent toujours dans ce corps si fort. Ils se tiennent côte à côte, écoutant monter cette marée où ils aspirent à se noyer. Déjà ils flottent et leurs jambes ne les portent plus.

82

Gauvain se retourne le premier vers la chambre fraîche. Il arrache le couvre-lit et le drap du dessus : le lit s'étend devant eux, plage immaculée, carte blanche qu'ils vont marquer d'îles et de continents. Ils se déshabillent l'un l'autre sans ménagements et, sans se quitter des lèvres, patrouillent le long des côtes, des cuisses, feignant de s'intéresser au creux des reins, à la courbure des fesses, se livrant à une partie de sexe buissonnier qui les rapproche inexorablement, ils le devinent aux tremblements qui les gagnent, de ce sexe précisément, qu'ils vont bientôt rejoindre et ne plus quitter.

Ils se jettent alors sur le lit, s'explorent plus intimement, se reconnaissent, reprennent possession l'un de l'autre avec ces gestes des nouveaux amants qui paraissent encore d'une indécence délectable. George retrouve avec un sourire intérieur les boules serrées de Gauvain, presque collées à l'aine et qu'elle reconnaîtrait entre mille... enfin, entre sept ou huit autres paires. Elle les pelote un peu, plutôt par politesse que par intérêt avant de passer à ce qui l'intéresse vraiment. Après le contact louche des testicules, le pénis paraît fait d'une matière plus franche, plus normale. En le palpant, elle s'étonne une fois de plus de sa consistance : il n'est pas dur comme du bois, ni même comme du liège, il n'est dur et tendre à la fois que comme un autre pénis au même degré d'enthousiasme.

Elle l'explore du pouce et de l'index seulement, le pianotant de haut en bas, souriant chaque fois qu'il encense à la manière d'un cheval. Il est lisse comme un tronc de cocotier et curieusement courbe, comme cet arbre l'est parfois, et beige pâle, pas du tout violacé. Elle apprécie que le mot turgescent ne lui convienne en aucune façon. Sa

83

tête bien ronde, maintenant qu'elle est dégagée de sa voilette, lui rappelle ce casque de poilu au rebord bombé, sur la canne que lui avait sculptée en 1944 un soldat convalescent à l'hôpital de Concarneau. Elle presse le pommeau sous sa paume et s'amuse un instant à en redouter l'invasion, à la juger impraticable, vouée à l'échec, dans ce conduit où elle-même éprouve parfois des difficultés à introduire un Tampax! Il est taillé trop fort pour elle, c'est évident.

« Vous n'auriez pas le même modèle, une taille en dessous? lui dit-elle à l'oreille. Celui-là n'ira jamais... »

Pour toute réponse, il épaissit d'un cran, le salaud. En même temps elle se délecte de sa peur, de la hâte croissante de Gauvain qui lutte entre l'envie de la caresser à son tour et le désir volcanique d'exploser en elle, là, tout de suite.

Amoureusement, héroïquement, il commence son approche, décrivant de ses doigts, les cinq, des cercles concentriques autour de ce sexe féminin qui soudain, pour lui comme pour elle, devient le centre du monde, une mer où s'engloutir, où mourir. Elle cesse tout mouvement pour ne rien perdre de ce maelström qui se creuse en elle à mesure qu'il parvient aux rives de l'entonnoir, mais le contact des lèvres glissantes lui fait tout lâcher, pour se précipiter dans le tiède abîme. Et, sans nuances et sans fioritures et sans pouvoir choisir son rythme, il fonce vers sa jouissance à la remorque de cette brute qui vient de naître en lui et qui exige de mener la danse. Ils se perdent bientôt dans cette zone étale où le désir se fond dans le plaisir qui régénère le désir, sans qu'on puisse les distinguer l'un de l'autre ni choisir de commencer ou de finir.

« Pardonne-moi, je vais trop vite. Pardonne-

84

moi », répète-t-il et elle lui répond qu'elle l'aime parfois brutal et il ne la croit pas et c'est pour cela aussi qu'elle l'aime, cet homme : il ne se berce pas de la rudimentaire certitude que les femmes veulent être brusquées.

« Je ne pouvais plus attendre pour me retrouver là, murmure-t-il. Même si je te fais mal. Pardonne-moi.

— Tu me fais bien », répond George en le serrant plus fort.

Il se repose enfin en elle, comme le Bien-Aimé du Cantique, hypocritement immobile et délicieusement lourd. Ce poids aussi, elle l'aime comme elle aime cette paix factice. Bientôt il cherche ses lèvres et de nouveau ils ne peuvent plus parler mais les messages sont transmis, tous les relais s'allument. Comme un pneu de vélo qu'on regonfle, elle sent son pénis reprendre sa forme par saccades, puis ses mouvements, d'abord très lents, jusqu'à ce que, pied à pied, l'impudent visiteur occupe la place, emplissant tout l'espace disponible et davantage, épousant les parois qu'il distend, se heurtant au fond qu'il repousse.

« Installe-toi, fais comme chez toi », murmure-t-elle.

Il grogne en mesure sans répondre et elle lui répète qu'elle l'aime parce qu'il l'émeut profondément les rares fois où il ne se contrôle plus et elle s'occupera de son orgasme à elle plus tard, elle n'a pas envie de le dilapider, elle adore le manquer de peu, l'espérer encore, se le garder au chaud. Pas besoin d'avoir peur avec Gauvain, il saura le débusquer là où il est, plus tard. Elle aime aussi cette latence, cette attente qui se poursuit en dehors des heures ouvrables, à table, en marchant, sur la plage, au soleil. L'amour qui ne finit pas, en somme, le désir qui hésite à s'abolir, qui maintient

85

entre elle et lui ce léger tremblement de l'air, cette pulsation de vie qui donne un prix infini à tous les moments qu'ils passent ensemble.

Un orgasme, finalement, c'est solitaire. On se retire dans la mécanique délicate de l'acmé et, au point ultime, c'est en soi seul que se dénoue la tension. George n'a pas envie d'être seule ce soir, même une seconde. Elle apprécie le plaisir qui ne s'escrime pas vers sa solution, qui circule pour mieux durer et vous roule dans la même houle, vous berçant de l'éblouissante certitude que rien n'approche ces moments-là et qu'on utilise enfin le potentiel de tous ses sens, pour pénétrer dans cet arrière-pays qui est notre patrie perdue.

Pour la première fois, Gauvain et George ont l'avenir devant eux : dix jours. Ils se sentent riches, oisifs, pas pressés. Et leurs valises qui ne sont même pas défaites! Ils se lèvent en titubant. C'est la première fois qu'ils vont ranger leurs affaires ensemble, dans la même armoire. Ils se regardent quand ils se croisent dans la chambre avec une reconnaissance tendre, autant pour ce qu'ils se prennent que pour ce qu'ils se donnent.

Gauvain n'a presque rien apporté pour lui dans sa valise, c'est un tramail qui tient toute la place! Il n'y a qu'un maniaque ou un marin pour transporter un tramail en vacances! Il prétexte qu'il a promis d'en apporter un à un copain breton qu'il a par ici, comme il en a dans tous les ports du monde. Conan lui prêtera son bateau. Ils iront avec lui à la pêche, tout est arrangé déjà.

« Tu as tout de même apporté une autre chemise que celle-là? demande George tenant entre deux doigts l'objet d'un rouge vénéneux.

— Pourquoi? Tu ne l'aimes pas? Je l'ai achetée à Dakar!

— Eh bien, elle sera très bien pour Dakar, où je

86

ne pourrai pas la voir! Pour ici, tu permets que je te la confisque? Elle me fait loucher.

– Tu fais ce que tu veux, Karedig. J'aime quand tu t'occupes de moi. Personne m'a jamais dit quoi acheter et moi j'y connais rien. Et puis je m'en fous, j'achète ce que je trouve. »

Il se tient devant elle, magnifique, lisse, puissant, ses yeux heureux plus bleus que jamais sous ses cils bruns, à la limite de la jeunesse et de la maturité, à peine à l'aube de cette quarantaine qu'il vient d'atteindre.

« Moi je ne m'en fous pas, j'aime que tu sois aussi beau habillé que nu. Et puisque ça ne t'ennuie pas, pendant qu'on y est, je vais faire disparaître du même coup tes sandales tressées! Tu as des baskets très bien et puis tes nu-pieds.

– Et mon pantalon, tu le rafles aussi?

– Tu pourras le remettre... de temps en temps. »

Il la serre dans ses bras contre son sexe indécent, attendri que George se conduise comme une mère, celle qu'il n'a pas eue.

Le deuxième jour, ils se promènent dans Victoria, la capitale miniature, encore tout imprégnée de la présence française, que les Anglais, qui nous ont tout pris, s'efforcent en vain d'effacer depuis 1814. Bientôt, lors de l'indépendance promise par la Couronne, les Seychellois se hâteront d'inscrire sur leurs premiers timbres libres « zil elwagnées Sesel » et déjà la langue créole atteste clairement que la France de Louis XIV a laissé une empreinte indélébile et somme toute heureuse dans ces îles, dont les noms semblent tout droit sortis des opéras de Rameau. En réalité, l'anse Poules-Bleues et l'anse A-la-Mouche, l'anse Bois-de-Rose et l'anse Boudin, les îles Aride, Félicité, Curieuse, comme

Cousin, Cousine ou Praslin, témoignent surtout en faveur de l'imagination poétique des navigateurs et des pirates. Seule la reine Victoria a réussi sa percée et s'est installée en plein cœur de Mahé de La Bourdonnais, qui ne doit pas le lui pardonner.

Une pluie énorme et chaude les poursuit tout le jour et c'est seulement en prenant la Jeep pour visiter les plages voisines qu'ils découvrent qu'à vingt kilomètres de la capitale un soleil écrasant n'a cessé de briller.

Mahé étant réputée pluvieuse en raison de ses montagnes, ils décident de profiter au plus tôt du fifty de l'ami Conan, né natif d'Auray, pour découvrir Praslin derrière sa barrière de corail, à deux heures de mer seulement de Victoria.

Ils n'ont jamais navigué ensemble et Gauvain est tout heureux de faire à George les honneurs de son élément. Elle le découvre au plus beau de lui-même, efficace, rapide, économe de ses gestes comme tout bon marin. On sent qu'il fréquente la salée depuis longtemps et qu'il a déjoué toutes ses manigances... jusqu'à la dernière peut-être, celle qui l'emmènera « dormir dans les goémons verts ».

Trois averses tropicales les giflent et ils en partagent en riant la tiédeur et la violence. George ne se souvient pas d'avoir ri comme ça depuis longtemps. Ri pour le bonheur de rire. Ri pour l'enfance retrouvée. Peut-être ne parvient-on à rire à gorge déployée qu'auprès d'un homme avec lequel on vient de faire l'amour à corps déployé? Gauvain a-t-il jamais ri de cette façon avec sa femme? Chez lui, ce serait plutôt la rigolade entre hommes, aux fêtes carillonnées. Entre femmes, c'est sous cape qu'on rit, mais on se reprend vite : « Allez, c'est pas tout ça, j'ai mon boulot qui attend! » Après quelques années de mariage, de cette vie difficile

88

où s'approfondit encore le fossé entre les sexes, chacun à sa tâche incommunicable, l'un en mer, l'autre à la maison, à l'usine ou aux champs, on perd le chemin enfantin du fou rire.

En approchant de Praslin par l'est, au large de l'anse Volbert, ils posent le tramail après mille hésitations, à la lisière, croient-ils, d'un banc de sable et d'un haut-fond, dans une zone qui paraît prometteuse. Conan y pêche souvent, mais à la traîne.

Puis ils débarquent au village des Pêcheurs où il leur prête un bungalow précaire, recouvert de feuilles de latanier, dans l'îlot Chauve-Souris, à quelques encablures de la côte dont les sépare une eau du plus beau diamant, comme on dit un diamant de la plus belle eau. On ne peut loger là qu'à l'aube d'un amour ardent, quand on sait quoi faire de ses siestes, des heures de pluie, des longues soirées étouffées de verdure où les voix crochues des oiseaux, batraciens et horreurs diverses composent une assourdissante cacophonie.

Le lendemain, dès l'aube, pour aller relever le filet, ils empruntent une pirogue à un jeune Noir qui suit les opérations avec une ironie mal dissimulée, étonné que des Blancs en vacances cherchent pour se distraire à faire le travail que lui est contraint d'assurer toute l'année! Son sourire s'accentue quand il découvre où « les touristes » ont posé le tramail. Quatre requins, une raie à pois bleus, des rougets, une belle carangue, mais des kilos de coraux morts, hérissés de pointes et de crocs, qu'il faudra d'abord arracher du fond de la mer sous peine d'y laisser un filet neuf – impensable pour un marin – puis passer des heures à dégager, maille à maille, des enchevêtrements de corail grisâtre, friable et coupant.

Tandis qu'ils s'activent tous les trois dans la

pirogue, têtes baissées, doigts en sang, dos au soleil, un insecte d'une dizaine de centimètres, oblong et brunâtre, se décroche d'un banc et atterrit sur la cheville de George qui pousse une exclamation.

« Un cent-pattes! » s'écrie le jeune Noir, qui saute sur l'avant en manifestant tous les signes de la panique. A l'aide d'une gaffe il poursuit la chose qui court sur le fond tout en épiant George du coin de l'œil comme s'il craignait de la voir rendre l'âme à tout moment. Sa cheville enfle à vue d'œil mais elle met son point d'honneur à ne pas jouer les mauviettes devant Gauvain.

« Je sens la morsure, bien sûr, mais ça va, crâne-t-elle devant les questions angoissées du garçon qui en conclut que le cent-pattes n'a pas été méchant.

– S'il vous avait vouaiment piquée, dit-il rassurant, vous se'iez en touain de hu'ler. »

A partir de quel seuil une femme blanche est-elle censée hu'ler, dans son échelle de souffrance? George se remet au boulot. Mais elle ne tarde pas à constater une fois de plus qu'il n'est pas payant de jouer les braves. Les deux hommes ont oublié l'incident pour ne s'occuper que du tramail. Où est-il, le temps de l'Oncle Tom où l'indigène se fût précipité sur sa jambe pour sucer le venin?

Hippolyte (c'est le prénom du jeune Noir) propose à plusieurs reprises son couteau pour dégager les paquets de corail du chignon de mailles qui les enserrent, mais Gauvain n'examine même pas cette éventualité. On n'endommage pas un outil de travail surtout celui d'un autre. Hippolyte s'en va dégoûté. Ces Blancs sont décidément absurdes! Pour eux la pêche est un jeu, non? Alors pourquoi s'emme'der! Gauvain et George s'obstinent jusqu'au soir autour du filet et s'esquintent les doigts

90

et s'écorchent les mains mais Conan récupérera son tramail impeccable, ou presque.

Le pied, lui, n'a pas apprécié : il est enflé, informe, la peau est luisante et chaude et la douleur cuisante. Gauvain s'en veut de ne pas s'être inquiété plus tôt. Ils ne se rendent pas compte que par la grâce de ce cent-pattes, ils vont sortir du monde aveugle des amoureux pour entrer dans une manière de conjugalité.

Il installe George à l'ombre, la jambe surélevée, utilise tous les glaçons du petit réfrigérateur à butane pour lui poser des compresses glacées, se fait conduire à Praslin où il loue une bicyclette pour courir au village acheter une bande et du Synthol, se relève la nuit pour lui apporter à boire, avec tant de sollicitude et d'anxiété dans le regard qu'elle n'a jamais trouvé si bon d'avoir mal. Ils ont lu dans le Guide que la morsure de la scolopendre est des plus redoutées. Mais il n'est pas question que cette bestiole vienne gâter une si précieuse semaine : de toute son énergie George cherche à minimiser sa douleur, à s'extraire de son pied et à l'isoler du reste de son corps, pour faire barrage au venin.

C'est dans la mer que cet appendice, devenu tout rond, pèse le moins au bout de la jambe et ils n'ont que quelques pas à faire pour s'installer dans l'eau apaisante. Ils ne quittent pas l'îlot de tout le jour, Gauvain lui massant la jambe qui désenfle lentement, en évitant la zone plus sombre de la piqûre. « Laisse-moi... Je sais faire », la rassure-t-il. A bord, c'est le patron ou le second qui servent d'infirmier, de chirurgien parfois, en cas d'accident, de fracture ou d'abcès.

Tout désemparés de ne pas avoir l'amour à faire, ils font n'importe quoi, c'est-à-dire qu'ils se mettent à converser, découvrant ce qu'ils sont, en dehors de deux sexes. Se sont-ils jamais parlé d'autre chose que d'amour? Ils s'avancent, tout timides, vers ce nouveau mode de relation. George voudrait ne plus être une terre étrangère pour Gauvain. Elle voudrait qu'il sache ce qu'elle aime dans l'existence et à quoi elle passe toute cette immensité de temps où elle vit loin de lui. Elle voudrait qu'il sache pourquoi elle aussi aime son métier et qu'il apprenne à mieux regarder le monde. Et quelle plus facile occasion que cet archipel où l'Histoire se lit à livre ouvert, celle des conquêtes superposées de la France et de l'Angleterre, celle des pirates aussi. Gauvain n'a jamais consulté un Guide. Pour lui, la mer est un lieu de travail, une mine qu'il exploite, un gagne-pain. Il n'a jamais pensé aux grands marins qui l'ont sillonnée. Les îles sont là pour qu'on y travaille, c'est tout. Des thons attendent d'être pêchés, lui est sur terre pour pêcher et ses enfants vivront de ces thons-là. Il n'a pas eu le temps de s'intéresser au passé. La curiosité, c'est un luxe et il se croit exclu de ce luxe-là. Il n'imagine même pas qu'il pourrait y prendre plaisir. Mais là, il est coincé dans une oisiveté forcée et il se trouve que George est une historienne. Alors va pour l'Histoire.

Elle commence par la bande pour ne pas l'effaroucher. Les petits garçons aiment les bandits et les aventuriers.

« Tu n'as jamais lu les mémoires des grands navigateurs?

– Tu sais, à bord, à part les policiers et les bandes dessinées, y a pas grand-chose à lire. Ah si!

92

Je me souviens, j'ai lu un truc sur Christophe Colomb. C'était un livre de Prix que j'avais gagné, à Quimperlé !

– Je vais t'offrir un livre sur l'histoire des Seychelles, en souvenir de notre séjour. C'est un véritable policier, tu verras, avec les Anglais et les Français qui se chassent à tour de rôle, baptisant, débaptisant, rebaptisant les mêmes îles, installant chacun son Eglise, s'enrichissant, s'entretuant et pour finir ce sont toujours les pirates des deux bords qui empochent la mise. Il paraît que toutes ces îles sont pleines de trésors cachés. C'était un de leurs repaires ici, d'autant que c'étaient des îles désertes à l'époque.

– Pirate ! dit Gauvain rêveusement. Ça devait être plus excitant que de cambrioler une villa, toujours !

– Tu me fais rire ! Tu aurais été incapable de " faire pirate " ! Bien trop moral, le fils Lozerech ! Déjà pour " faire amant ", tu as du mal... »

Gauvain lui balance un coup de poing tendre, très loin de sa cheville. Il aime qu'on lui parle de lui, il n'a pas l'habitude.

« Non, toi, je te vois plutôt en capitaine au service de ton roi, lui rapportant fidèlement après chaque expédition tout l'or et les diamants que tu aurais pris aux indigènes ou à l'ennemi – là ç'aurait pas été du vol – tout, jusqu'à la dernière petite cuillère. Et pour ta récompense, je te vois assez bien jeté en forteresse pour le restant de tes jours parce que tu te serais mis à dos des gens importants à la Cour, par ton honnêteté... ou bien balancé à la mer par ton équipage mutiné, parce que tu leur aurais refusé un supplément de butin.

– Tu me vois si con que ça ?

– Hé... Et l'honnêteté dans ce temps-là, ça

93

payait encore moins qu'aujourd'hui. Tu sais ce qui payait quelquefois? C'était de savoir faire l'amour!

– Alors, tu vois : j'avais peut-être une chance comme corsaire! Enfin, d'après ce que tu me dis, moi j'me rends pas compte », ajoute-t-il d'une mine faussement modeste.

Ils rient. Sur ce terrain-là, ils se sentent merveilleusement égaux. George le caresse un peu, juste pour s'assurer que tout est bien là et qu'il bande, même en l'écoutant parler d'Histoire.

« C'est pas une blague, tu sais : les Français ont conquis Tahiti parce que les marins de Bougainville faisaient mieux l'amour que ceux de Cook! La reine Pomaré, mal baisée par le très britannique pasteur Pritchard, a préféré offrir son île aux Français après avoir passé quelques nuits avec je ne sais plus quel Lozerech d'une expédition française. Je vais t'offrir aussi *les Voyages de Bougainville autour du Monde*, je suis sûre que ça te passionnera.

– Mais pourquoi tu me donnerais pas ton bouquin, toi aussi? Ça m'impressionne, que tu aies écrit un bouquin. Pour moi les auteurs sont des gens pas pareils que nous... intouchables, tu vois...

– Non, je ne vois pas du tout! Je trouve que tu touches très bien les auteurs justement! Je ne sais pas si je réussirai aussi bien avec mon livre. C'est un truc un peu universitaire, tu vois. Et puis les femmes... les révolutions, deux sujets qui ne te passionnent pas tellement. Enfin disons plutôt que tu n'y as jamais pensé. Tu ne sais même pas si ça t'intéresse ou non.

– Dis tout de suite que je suis un con, encore une fois.

94

– Mais je te le dis! » George assortit sa phrase d'un coup de poing, à son tour.

« Je me demande ce que je fous avec toi! lance Gauvain qui hésite à le prendre comme une plaisanterie.

– Et moi avec toi? Tu te l'es demandé? Il va bien falloir se le dire en plein jour qu'on s'aime, espèce de con que j'aime! » Elle le prend par le cou et le penche de force vers elle et ils ne savent plus ce qu'ils pensent pendant tout le temps que dure leur embrassement.

« Tu m'intéresses, si tu veux savoir, reprend George. J'aime ton caractère, ton sale caractère. J'aime ta tendresse. Et tu es intelligent en amour, ce que si peu d'hommes sont et ça, ça ne peut pas venir d'un con, alors tu vois... Et ma thèse je vais te l'envoyer, avec une dédicace compromettante! Tu seras obligé de la lire en cachette et de l'enterrer dans ton jardin. »

Le soleil descend sur la véranda croulante de bougainvillées. Tiens, à propos, pense George, lui dire que ce qui reste aujourd'hui de Bougainville, ce n'est pas une île, malgré toutes celles qu'il a découvertes, c'est un arbuste. Ils boivent un peu trop de punch créole et George lui raconte sa vie à l'Université. Elle parle facilement, par tradition familiale et de classe aussi. Chez Gauvain, on ne dit que l'indispensable. Et avec les copains, on ne lâche que de rares confidences en forme de boutades, les soirs de cuite. On ne parle pas de ce qui vous tient à cœur. Ce serait indécent. Comme si la grand-mère Lozerech s'avisait de s'habiller autrement qu'en noir ou la mère de rester au lit un matin. « Là, on a eu du goût » ou « C'coup-ci, on a eu de la misère! » constituent le maximum de la communication, ponctuée de pensifs « Aaah oui! Ça, on peut dire! », après lesquels chacun observe

95

un temps de silence, songeant à sa propre expérience.

Mais ce soir-là, dans l'île de Gabriel de Choiseul, duc de Praslin, lesté de son quatrième punch, Lozerech n'est plus Lozerech. C'est un homme qui laisse enfin filtrer un peu de cet informulé qu'il garde au fond de lui. Et c'est encore pire que l'amour. Plus bouleversant parce que parler à une femme ne ressemble à rien de ce qu'il a fait jusque-là. Dire le dur, ça, il y arrive encore. Mais avouer ce qu'il aime, c'est un peu le viol du meilleur de lui-même. George est un peu soûle aussi, les comprimés, l'alcool... et cela le rassure. Ils ne sortiront pas pour dîner à cause de la cheville et, tandis qu'ils se gorgent de fruits exotiques, Gauvain ne s'arrête plus de raconter : la pêche à Dakar ou en Côte-d'Ivoire, l'aventure qu'est chaque nouvelle campagne, l'excitation quand on arrive sur une « matte », le flot qui se met à bouillonner quand le poisson monte en surface, affolé par la rogue, la canne de fort bambou qu'il faut saisir en hâte, la rampe d'arrosage qui va dissimuler aux thons la rangée de forcenés qui s'apprêtent, du chef-mécanicien au cuistot, à la curée. Et le moment brutal comme l'amour, oui, il l'a dit, brutal comme l'amour, où chacun remonte à bord d'un coup de reins son thon, sa bonite, qui font souventes fois jusqu'à vingt kilos et la voracité des bêtes et la fébrilité des hommes, le sang sur les cirés, les claquements incessants du poisson sur le pont, les hameçons sans ardillon pour permettre un décrochage plus rapide et puis la ligne à l'eau de retour...

George a remarqué déjà que chaque fois qu'il parle de son métier, Gauvain retrouve des expressions bretonnes et un accent plus marqué. Il prend plaisir à lui expliquer son langage codé, le jargon

96

de son métier, les mattes ou bancs de thon repérés, la rogue utilisée pour pêcher l'appât, des sardinelles, qui serviront à leur tour à pêcher les thons, tout ce travail préparatoire à l'affrontement... Oui, c'est plus de travail que la senne, il faut reboetter sans cesse les hameçons. Y a pas mal de casse tellement ça va vite et y a des hommes qui passent à la flotte, mais c'est du sport! Ses yeux brillent. On y lit son estime pour l'adversaire, ce grand prédateur qu'est le thon, « une bête magnifique qui sait se défendre, tu verrais ça! J'ai vu arriver qu'à treize hommes on embarque une palanquée de trois cents poissons en moins d'une demi-heure. Et des maousses! » Elle dit : « Ça doit être un spectacle grandiose! » Lui il répond : « Oui, formidab'... » Grandiose ne fait pas partie de son vocabulaire. « Mais tout ça c'est fini autant dire, conclut-il avec le fatalisme qui caractérise les marins. C'est les armateurs qui décident tout, qui changent les bateaux, les hommes. Nous on est des moins que rien. Les canneurs, c'est périmé. Avec les sennes de nylon que les Ricains utilisent main'nant, c'est dix tonnes d'albacore par jour qu'ils vont ramasser. Et nous c'est dix tonnes par marée, qu'on fait! Ouais, c'est fini », dit-il l'air vague. Il est très loin de George soudain. Il a parlé tout seul.

« Mais tu gagnerais beaucoup plus sur un senneur, non? Et tu aurais plus de confort, un travail moins crevant.

– On gagnerait plus, forcément, mais... »

Il n'achève pas. Il ne peut pas mettre en mots sa nostalgie, son goût pour la pêche artisanale où l'individu représentait une valeur, la seule, avant que le radar ne remplace le flair du patron et que l'électronique ne prenne le relais du courage et de l'expérience.

« A treize ans, je faisais déjà le thon. Enfin c'était du germon en ce temps-là, aut'chose que leur thon rouge... »

Cette pêche-là c'est fini, mais il n'est pas vaincu. La preuve, il est venu ici. Tant qu'à faire dans l'industriel... On parle déjà d'hélicoptères pour repérer les rassemblements d'oiseaux qui chassent le menu fretin en surface, bancs de petits poissons qui eux signalent les gros, par en dessous. Le piège s'agrandit. On commence à avoir dévasté l'Atlantique Nord, mais ici des populations entières de thons les attendent. Son regard se ranime. Il se fout de l'environnement, qu'on appelle encore la Nature. Il aime dévaster, c'est son boulot. Un pirate, après tout. L'avenir, c'est pas son affaire.

Il est 1 heure du matin, Gauvain regarde autour de lui comme s'il retombait sur terre. George somnole à demi dans le creux de son bras. Il a parlé tout seul, mais il n'aurait jamais parlé tout à fait seul. Jamais à aucun de ses frères, ni à sa femme. Aux collègues peut-être, mais des faits, des projets, pas des sentiments. C'est pour les gonzesses, les sentiments. Qu'est-ce qui fait qu'avec celle-là il se découvre un autre homme et qu'il dit ce qu'il ne savait même pas qu'il voulait dire?

Il la porte doucement jusqu'au lit, sa belle poissonne. « Il ne faut pas que tu poses ton pied par terre. Ça fait retomber le sang. Et puis je vais te remettre une compresse et une bande pour la nuit. »

George enfouit son visage dans son cou. C'est la première fois qu'on la porte ainsi, qu'on la soigne, qu'on la panse, qu'on la pense. Elle s'abandonne à elle ne sait quelle douceur. Si elle sait : aux mains de son père, infirmier-brancardier pendant la guerre, parce qu'il avait fait son PCB et une année de Médecine avant de passer artiste. Des mains qui

98

savaient nettoyer les plaies. Sa mère ne supportait pas la vue du sang. Il lui revient l'odeur fade de la teinture d'iode. « Ça pique! » criait-elle rituellement. « Tant mieux, répondait son père, c'est signe que ça agit. »

Ils s'endorment tendrement, leurs esprits, pour la première fois peut-être, embrassés, enlacés, à l'unisson de leurs corps, agrippés l'un à l'autre comme deux enfants.

Le lendemain matin, l'amélioration du pied est si nette qu'ils décident de faire le tour de l'île de Praslin. Ils louent l'unique voiture de l'île pour la journée, ce sera moins fatigant pour George que de pédaler.

Ils font escale dans chaque crique mais c'est la plus modeste, l'anse Marie-Louise, qui leur offre le plus riche trésor sous-marin, à quelques brasses du rivage, sans même avoir besoin de nager, sous un mètre de cristal pur, dans un herbier chamarré de poissons parmi lesquels ils se coulent, remuant à peine leurs palmes. C'est ici même que les navigateurs de *L'Heureuse Marie* découvrirent la cocoteraie de la Vallée de Mai, qu'ils visiteront demain. C'est tout près d'ici que relâcha le pirate La Buse, que les Engliches, incapables de prononcer un *u*, appelaient « La Bouche », après avoir raflé le plus fabuleux butin de l'histoire de la piraterie : le vice-roi des Indes et sa vaisselle d'or, l'archevêque de Goa et ses vases sacrés couverts de pierreries... Ils lisent ensemble le Guide allongés sous les filaos, sur le sable brûlant très loin du monde actuel.

Cet après-midi, ils vont refaire l'amour. C'est la première fois qu'ils s'offrent le luxe d'attendre. C'est la première fois aussi que Gauvain a l'impression de se livrer à la femme qu'il va investir. Il se sent timide, plus ému. C'est ce jour-là qu'il va accepter qu'elle l'embrasse « là », comme il dit, longuement, et qu'il ose manifester un plaisir intense; mais il ne parvient pas à jouir sous ses lèvres. Il a honte de cet abandon-là. A la dernière seconde, il remonte George sur lui, visage contre visage.

« Je te respecte trop, lui dit-il, tu vas trouver ça idiot mais je n'arrive pas à finir comme ça, dans ta bouche.

– Mais fais-moi confiance, je ne ferai que ce que j'aime et j'arrêterai si ça ne me plaît plus. Avec toi, je ne me suis jamais forcée.

– Peut-être mais c'est moi qui ne peux pas. Tu m'en veux? »

Il parcourt les lèvres de George de sa langue comme pour les laver du contact de sa verge.

« Je me sens seul là-haut sans toi, j'aime telle-ment te sentir partout. Tu m'en veux pas? répète-t-il inquiet. Je préfère tellement comme ça pour finir », ajoute-t-il en s'installant onctueusement entre les cuisses de George dans un creux qu'il vient de créer en elle pour lui et qui se referme sur lui. Plus d'anfractuosité, plus d'excroissance, deux corps lisses, remplis, égalisés. Il ne bouge pas en elle.

« Tu ne m'as pas dit si tu m'en voulais? inter-roge-t-il, hypocrite, car il sait très bien ces choses-là.

– C'est pas maintenant que je vais te dire que j'aime ça autrement! J'ai tellement envie de toi que je n'arrive pas à sortir de la position n° 1! »

Il rit de plaisir. Elle rit de lui faire plaisir. Ils rient de détenir l'enfantin secret du plaisir de l'autre. Un secret après lequel on peut courir toute une vie, se dit George.

Il se remet en mouvement, très doucement et leurs dents se heurtent quand ils s'embrassent

100

parce qu'ils sourient encore malgré la gravité de leur plaisir.

Pendant leurs brefs interludes, George se demande comment elle pourra jamais recommencer. D'autant que le dispositif de Gauvain reste impressionnant, même après usage. Elle le lui a fait remarquer, un jour où il se déplaçait nu dans la chambre.

« Tant que tu es dans les parages, je n'arrive pas à débander. Jamais tout à fait. C'est terrible ! » Il éclate de son rire enfantin. « Et dès que j'en parle, tu vois... » Il se contemple du regard attendri que l'on réserve à son insupportable gamin. Il est naïvement fier de plaire et n'éprouve aucune gêne. Ses pudeurs sont ailleurs. Il sait que ce n'est pas du côté du corps que ça cloche chez lui.

« Tout de même ! Dire qu'il aura fallu les tropiques pour que je te voie déambuler tout nu et que je m'aperçoive de ton anomalie ! De ton animalie, plutôt ! »

Elle saisit le sexe de Gauvain dans sa main, le soupèse.

« Même vide, il pèse encore... je ne sais pas, moi... deux cent cinquante grammes ? »

Elle aime le flatter, dire des choses bêtes, s'agenouiller comme lady Chatterley, qu'il ne connaît pas, devant le Divin Engin. Lui mentir un peu même pour qu'il se montre plus passionné encore, bref se conduire comme la plus élémentaire des femmes-objets et donner libre cours à cette part de vulgarité, de gauloiserie qu'elle ne connaissait pas en elle. C'est aussi pour cela qu'elle aime Gauvain : pour cette inconnue qu'il fait surgir et qui la squattérise. Une personne qui ne lit plus le soir afin de s'offrir plus vite à ses caresses, qui s'habille en fonction de ses critères sexuels à lui, qui lui pardonne ses grossièretés, ses erreurs, tout ce qu'elle

101

eût détesté chez un autre, à cause des voluptés qu'elle attend de lui, de ce désir déraisonnable, injustifiable. Mais au nom de quoi, injustifiable? Cette rage de comprendre le sexe comme on comprend les mathématiques! Le sexe n'a d'autre sens que lui-même.

Tout cela n'est ni sérieux, ni souhaitable, se dit George quand la duègne en elle reprend le dessus. Seules des circonstances romanesques ont pu entretenir cet incendie. Ils n'avaient jamais passé dix jours ensemble après tout, mais on pouvait espérer qu'une meilleure connaissance de l'autre, la répétition *(monotone, forcément, précise la duègne)* des mêmes gestes, viendrait à bout de cet envoûtement, ne lui laissant qu'une nostalgie distinguée, plus compatible avec les nécessités de leurs existences à tous deux.

– *Il faudrait commencer tout de même à tenir deux heures sans désirer ce type, disait la duègne. Il faudrait cesser de le dévisager avec ces arrière-pensées dégoûtantes.*

– *Mais, madame, même la nuit, le moindre mouvement de lui m'éveille et comment empêcher que le sommeil se mue en volupté, comme sur ces gravures où l'aile de l'oiseau devient peu à peu une voile, sans qu'on puisse distinguer le moment où ça bascule? Et même le matin, madame, à l'aube, quand tout semble innocent, il suffit d'un doigt sur ma peau, même très loin des zones critiques, pour que ma respiration devienne plainte heureuse, que nos visages s'abouchent, que nos corps s'encastrent, que nos sexes s'acoquinent... – Suffit, dit la duègne. Vous me racontez toujours la même histoire. C'est d'un ennui...*

Chaque matin, George se réveille en redoutant que la duègne n'ait réussi à mettre au pas pendant

102

la nuit cette adolescente livrée aux enfantillages, que personne sauf Gauvain n'a jamais vue. Mais chaque jour, c'est l'adolescente de Raguenès qui frissonne sous la première caresse de cet homme, toujours réveillé avant elle et qui la regarde dormir, se retenant de passer un doigt léger sur la pointe de son sein.

« Les marins ne savent pas faire la grasse matinée », dit-il pour s'excuser, quand il avance la main vers elle et c'est le signal de la défaite quotidienne de la duègne. Une défaite joyeuse car dès qu'ils se découvrent encore ensemble pour tout un jour, ils sont saisis d'allégresse. Et ils font derechef l'amour deux ou trois fois sans descendre de monture. Et quand ils se jugent étendus pour le compte et qu'ils prennent la ferme résolution d'aller prendre *d'abord* le petit déjeuner, un geste imprudent les rabat sur le lit.

Heureusement, ils passent la journée suivante loin de leur hutte, sur la grande île, et Gauvain n'est pas homme à oser faire l'amour dehors. Le soir, ils dînent de poissons et de crustacés dans un minuscule restaurant entre la plage et la route de terre où l'on n'entend aucun moteur mais seulement un petit orchestre indigène, tambour, violon, accordéon et triangle, qui joue d'étranges contredanses et des quadrilles venus tout droit de la Cour de Louis XIV. Cinq musiciens en vêtements disparates, vestons troués ou chemises tropicales, et une très vieille Seychelloise en jupe longue, les pieds nus, de beaux pieds étalés qui ont fait leur métier de pieds, ressuscitent ici sous les lataniers et les filaos les menuets du Roi-Soleil. La femme danse avec une grâce de marquise, mais édentée, son fichu mal repassé sur ses épaules maigres, l'ourlet de sa jupe décousu, le regard coquin et plein d'humour, belle et vraie comme son île. Grâce à eux, il revit pour une soirée le temps où les grands découvreurs n'étaient pas des généraux et pas encore des hommes d'affaires. Dès qu'il y aura plus de vingt touristes à Praslin, on renverra la vieille danseuse chez elle et on mettra une affreuse jeune fille, un orchestre « typique » et des guitares électriques.

Ce soir, ils ne sont que six à écouter et leurs voisins sont aussi des Français, mais apparemment sans états d'âme. Ils sont aussi sans âge. Déjà sur le retour. Mais de quoi ? Madame est impeccable, cheveux gris en chignon, dos rectiligne, visage distingué, un peu carré mais beau, bien que marqué par la vertu trop longtemps pratiquée. Tailleur de toile grège et inévitables sandales blanches. Son époux, ancien administrateur colonial sans doute, laminé par trente ans d'ennui conjugal, rêvasse, le nez baissé, en bout de table. Leur fille, qui n'a déjà plus d'âge, teinte en noir avec des reflets auburn, (« ça fera plus gai, tu ne trouves pas? »), est flanquée d'un pauvre homme qui marche sur les traces du beau-père. Les tropiques n'ont pas entamé leurs carapaces de tortues bourgeoises. Les deux femmes examinent attentivement les assiettes à la recherche d'un microbe indigène, puis froncent le sourcil sur le menu où ne figure que du poisson, avant de rappeler la servante pour lui commander des « toasts ». Ils reviennent de la Vallée de Mai d'où ils ont rapporté un « coco-fesse » qu'ils regrettent déjà. C'est très cher et ils n'oseront jamais l'exposer dans leur salon, c'est trop obscène, ils s'en aperçoivent maintenant.

Seules la mère et la fille échangent quelques phrases devant les maris qui, à intervalles réguliers, opinent du chef. « Ce grand hôtel si agréable, tu sais, maman, au bord du lac de Garde... – Ah

104

oui! Vous vous rappelez, Henri? » Maman vouvoie son mari, sur le visage ennuyé duquel on lit trente ans de vacances face à son épouse, jusqu'à cette retraite, cette interminable vacance... Mais il n'ira pas jusqu'au bout. Il s'est déjà offert une attaque, par précaution, et marche en bégayant.

Mais des Français à dix mille kilomètres de leur patrie, à mille kilomètres de Madagascar, la terre la plus proche, ne peuvent s'ignorer. La connaissance se noue autour du coco-fesse.

« Chaque fruit est numéroté, vous savez, car l'exportation est sévèrement réglementée maintenant, annonce Mme Mère.

— On ne les trouve qu'ici, c'est curieux. Et les princes arabes les achetaient déjà à prix d'or autrefois à cause de leurs vertus aphrodisiaques! » dit George.

Une brève lueur de réprobation passe dans le regard de Mme Mère, à l'idée d'être soupçonnée de cultiver l'érotisme. Gauvain a levé un sourcil. Ça lui dit quelque chose. Pas Aphrodite, mais aphrodisiaque.

« Je trouve drôle que des princes orientaux aient eu besoin de ça! Ils avaient le droit d'avoir autant de femmes qu'ils voulaient », dit-il.

Les deux dames trouvent que la conversation prend une tournure douteuse et l'orientent vers un sujet moins scabreux.

« Les noms de toutes ces îles sont merveilleux, vous ne trouvez pas?

— Si, acquiesce George. C'est tout à fait émouvant que dans ce bout du monde on prononce sans cesse le nom de Praslin, un ministre de Louis XVI qui n'y a jamais mis le pied!

— Et pourquoi Praslin alors? » demande Gauvain. George sait qu'il s'en moque mais elle va le

105

lui dire tout de même puisqu'elle l'a lu le jour même dans le Guide.

« Eh bien, parce que le duc de Praslin était ministre de la Marine et a financé une expédition précisément pour récolter ces fameux cocos-fesse, qui coûtaient déjà si cher.

– Au moins, fait remarquer M. Père, dans les Seychelles, à l'époque, il n'y avait pas un autochtone. Les explorateurs ne se sont pas fait manger comme ce malheureux Lapérouse.

– Séchelles non plus n'a jamais mis le pied par ici. C'était un contrôleur des Finances, Moreau des Séchelles exactement, précise M. Gendre. Je suis moi-même inspecteur des Finances, ajoute-t-il avec satisfaction.

– C'est un beau nom d'ailleurs. Une chance que Newcome ou un autre de ces British n'aient pas réussi à appeler ces paradis " Nouvelles Galles du Sud " ou " South Liverpool " ! George se sent chauvine au bout du monde et adore insulter la perfide Albion.

« South Liverpool ? Les Créoles auraient transformé ça en l'Hiver-Poules, vite fait ! » Gauvain n'en rate pas une au royaume des calembours. Il ne le sait pas, mais il a le sens des mots et beaucoup d'agilité pour compenser ses ignorances.

Mais les Français ne souhaitent pas poursuivre cette conversation. Ils ne savent pas très bien où situer Gauvain et George, ce couple bizarre. Tous les quatre se saluent d'un sourire aseptisé avant de regagner leurs chambres dans l'unique hôtel de Praslin.

« N'achète surtout pas un coco-fesse, enjoint George à Gauvain. N'y touche même pas. On en mourrait ! »

106

Le lendemain ils embarquent pour La Digue. Les jours filent vite maintenant, comme dans un sablier sur la fin. L'île voisine est leur dernière escale. C'est à une jetée de fortune bâtie sur pilotis de bois qu'aborde l'antique goélette *Belle Coraline* après trente minutes de traversée sous la pluie. Il pleut toujours par ici dans un coin du paysage et ils sont restés tout le temps sur le pont à se faire asperger par les vagues. L'amour décidément infantilise.

A La Digue, ni port, ni village. Des maisons basses éparses, un moulin à coprah actionné par un bœuf, une église catholique et un cimetière à l'abandon où reposent des morts aux noms français. C'est en char à bœufs que l'on se rend à Grégoire's Lodge, l'unique auberge à bungalows de cette île qui ne compte que quatre voitures mais deux mille habitants. La verdure est bruissante de gouttes, dans les chambres les draps sont mouillés et le concert nocturne des grenouilles, insectes et oiseaux, coupé de temps à autre par un cri strident, s'ajoute au froissement incessant des palmes pour interdire tout sommeil. Les chemins de terre sont à cette saison des fondrières et les vagues charrient des tonnes de varech au parfum puissant qui leur rappelle Raguenès. Mais sur la côte sous le vent, parmi les éboulis géants de granit rose de cette Bretagne tropicale, se cachent des plages d'une blancheur insoutenable parmi les cocotiers, bordées par un lagon d'absinthe douce.

Les soirées sont parfaites car le vent se tait au crépuscule. C'est l'heure adorable qui précède les cacophonies nocturnes. Devant leurs « jus de fruit améliorés » comme les appelle Gauvain en les noyant de gin, ils évoquent leurs enfances si proches et si étrangères, et les gens de chez lui, qui devenait chez elle pendant les semaines de vacan-

107

ces. Pour l'un et l'autre, les mêmes gens, les mêmes paysages, mais ils arrivent si rarement à les faire coïncider.

Ils ont loué des bicyclettes et font le tour de l'île chaotique jusqu'aux blocs erratiques de granit poli de l'anse Patate, assourdie de rouleaux énormes.

Le soir ils marchent une dernière fois sur la frange lumineuse de la mer, offrant leur peau nue au vent presque liquide, puis ripent vers leur lit, amarré tout au bord de l'eau, parmi les crissements et les feulements.

C'est Conan qui vient les chercher pour les ramener à Mahé. Ils passeront la dernière nuit à l'auberge Louis XVII, où la patronne racontera pour la millième fois la légende du petit Capet, fils de Louis XVI, qui arriva ici avec sa vaisselle aux armoiries des Bourbon et y passa le reste de sa vie sous le nom de Pierre-Louis Poiret.

Demain, ils vont se quitter, et se quitter, pour eux, c'est se perdre, peut-être pour toujours. Ils ont déjà connu plusieurs « pour toujours ».

Dans le désir illusoire de faire le plein de lui, George veut tout lui demander, ce soir, se faire caresser jusqu'à satiété avec directives à l'appui. Elle préfère en général lui laisser l'initiative des étapes... quand il estime qu'elle a eu son compte de préliminaires et qu'il est temps de passer à la suite... c'est souvent un peu tôt. A peine trop tôt, juste délicieusement frustrant. Elle apprécie mieux l'extase amoureuse avec un zeste de frustration. C'est la précarité des caresses qui leur donne tout leur prix. Et Gauvain l'émeut lorsque à bout d'attente il se dresse sur ses genoux, avec un visage

108

concentré, presque douloureux – c'est bien son tour – sourcils froncés, yeux furibards, comme s'il allait s'attaquer à l'Anapurna, et qu'il l'attire sur lui avec une détermination farouche. Ils font alors l'amour assis, face à face, se regardant jusqu'à la limite du soutenable.

Ce soir-là, elle n'aura pas besoin de le retenir contre elle : il n'esquisse pas un geste pour se lever après l'amour. Il s'apaise contre sa cuisse mouillée dans l'odeur tendre de leur intimité et renonce à courir effacer les traces du plaisir. Marie-Josée réprouve sûrement ces débordements. Passé l'heure de forniquer, on se rince, on se rajuste et on redevient une personne propre qui peut regarder ses enfants en face. Gauvain s'est montré surpris, la première fois, que George ne manifeste pas de dégoût pour son sperme répandu et se plaigne au contraire qu'il la laisse dans sa froidure pour courir vers la douche. Elle, elle n'allait pas se laver, ne fût-ce que pour rompre avec le sordide rituel de sa jeunesse, du temps où chaque seconde aggravait les dangers d'ensemencement et où nulle eau de Cologne, pulsée au cœur même du lieu de perdition, ne suffisait à garantir l'impunité. Ils demeurent donc enlacés, se gardant bien de parler d'avenir.

Leurs avenirs, ils s'envolent demain dans des directions opposées. George écrira à Pointe-Noire, poste restante, comme d'habitude. Il répondra tous les quinze jours, quand il touchera terre si tout va bien. Et pour dire quoi ? « Il fait grand vent, Madame... » Quelle triste idée d'aimer un cormoran. Au moins court-il moins de risques sur ces mers-là.

George, elle, n'aura pas trop des quinze heures de voyage de retour pour se rassembler, remettre ses éléments en place et son sexe pour commen-

109

cer. Espèce de con, oui, c'est à toi que je cause. Tu vas connaître un peu de repos. Tu en as bien besoin, mon bonhomme! Depuis dix jours sans cesse dérangé, arpenté, comblé, violenté et pourtant toujours prêt, comme un vrai petit scout! J'ai été ton esclave et tu m'as bien eue. On abrite comme ça sous sa peau de drôles d'individus. Mais ce n'est pas toujours aux mêmes de faire la loi.

La fête est finie, mon bonhomme!

CHAPITRE VI

ATTENTION : DANGER!

DITES-MOI que tout cela passerait vite si je vivais avec Gauvain et qu'aucun de nous ne doit bouleverser sa vie, surtout pas lui.

Dites-moi qu'il serait fou de se fier à son corps, qu'il est versatile et peut entraîner l'esprit vers des choix déraisonnables qui se révéleraient bientôt catastrophiques.

Dites-moi que si je veux garder cet amour-là, il faut accepter de le perdre.

Car pour l'instant, je ne parviens pas à retouver mes marques. Je séjourne en marge de ma vie, dans un sas de décompression où je tente de me désintoxiquer de la délicieuse drogue d'être adorée. En arrivant à la surface il me faudra également réapprendre l'amour bien tempéré de Sydney, ses épaules maigres, son dos déjà voûté, sa nonchalance, alors que la densité des muscles de Gauvain est encore sous mes paumes et que sa présence fervente ne me quitte pas. Je porte sur moi, comme une jeune fille sa première lettre d'amour, le petit feuillet quadrillé qu'il m'a glissé à l'aéroport, « pour quand tu seras sortie de ma vie une fois de plus ». Autant que le texte, me touche cette écriture appliquée, au service d'une orthographe impeccable, celle des bons écoliers d'autrefois,

111

reçus au Certificat d'Etudes dans les premiers du département : « Avant j'avais l'impression que les jours se ressemblaient tous et qu'ils se ressembleraient jusqu'à ma mort. Depuis toi... ne me demande pas d'expliquer. Je sais seulement que je veux te garder dans ma vie, et dans mes bras de temps en temps si tu le veux bien. Tu considères ce qui nous arrive un peu comme une maladie. Si c'en est une, je ne veux pas guérir. L'idée que tu existes quelque part et que tu penses à moi quelquefois m'aide à vivre. »

Heureusement je connais trop Gauvain – ou je crois le connaître ? – pour craindre qu'une passion amoureuse puisse lui enlever longtemps l'amour de son métier, donc le goût de vivre. La mer va reprendre le dessus, lui rendre le sens de ses vraies valeurs, l'amener peut-être à me détester quelque temps pour l'avoir fait dévier de sa route. Si cela doit l'aider je le souhaite pour lui, car, dans cette relation, je me sens trop la gagnante, donc la coupable. J'ai l'impression de tellement moins souffrir que lui de ce qui nous arrive et d'en jouir tellement davantage, puisque j'en savoure sans remords l'incongruité.

Sydney ne sait rien, ou si peu. Je ne veux pas lui livrer Gauvain en pâture, le combat serait inégal et je serais tentée de trahir mon cormoran, de me désolidariser de lui en le décrivant tel qu'il est à Sydney pour qui l'intelligence prime, même dans les rapports amoureux. Il me démontrerait que j'aime un garde-chasse, que c'est une expérience très chic et, en partie par lâcheté, en partie pour épargner l'amour-propre de Syd, je renoncerais à lui expliquer ce qui me lie si profondément à Lozerech et que je ne m'explique pas moi-même. Heureusement, si je ne sais pas mentir, je suis assez douée pour l'omission.

112

Je ne me confie qu'à Frédérique et à François. Ma sœur commence à se demander ce que je trouve encore dans cet interminable feuilleton et m'encourage à changer d'horizon. C'est une personne sentimentale mais sérieuse, mariée à un gentil écologiste bêta, barbu comme ils le sont volontiers, fanatique de camping, d'escalade et de course à pied et en conséquence porté au sommeil le soir et à une brève « sauterie » le dimanche à l'aube, avant de filer au stade où l'attendent les copains. C'est du moins ainsi que j'imagine leur vie sexuelle, intuition confirmée par l'air pincé que prend ma sœur quand je lui décris mes coupables égarements, avec le secret espoir de la déstabiliser et de hâter son évolution vers un divorce que je crois indispensable à son épanouissement.

« Quand je pense que c'est toi qui m'appelais Frédérique avec un Q, dans le temps! Pour une George sans S, tu ne manques pas d'R en tout cas! me dit-elle, renouant avec notre tradition enfantine des jeux de mots et calembours.

François en revanche trouve mon aventure avec Gauvain trop romanesque pour la considérer comme une vulgaire liaison. A chacun de mes retours d'escapade, il s'enquiert de mes sentiments et à lui je peux tout dire car il représente à la fois un flirt de jeunesse, un ami fidèle, un médecin et un homme qui serait en plus... une femme, concentrant ainsi des qualités que l'on ne trouve qu'exceptionnellement réunies chez la même personne.

A mes amis américains, je ne raconte rien, sauf à Ellen, si friande, trop friande de ces aventures qu'elle ramène invariablement au sexe, et qui prétend avoir deviné d'après ma figure et même dans ma démarche, « que je venais de me faire baiser royalement ». « Il y a un certain déhanche-

113

ment dans ta démarche et une béatitude idiote sur ton visage qui ne trompent pas », prétend-elle. Comment lui faire admettre que, oui, c'est le sexe qui m'attire chez Gauvain, mais qu'en même temps c'est beaucoup plus que le sexe ?

Pourtant j'ai retrouvé Sydney avec joie et même avec soulagement sur bien des plans. J'avais envie que nous lisions le journal ensemble le soir au lit, que nous commentions les événements du monde et que nous reprenions nos disputations sur l'art ou la littérature. Son humour aussi me manquait et notre entente à demi-mot. Avec lui, je réintégrais ma patrie, l'univers des clercs, de ceux qui analysent ce qu'ils vivent, qui discutent et théorisent sans fin, qui « se remettent en question » comme il aime à dire. Gauvain aime le rire mais l'humour le met mal à l'aise et il n'est pas assez dégagé des contingences pour pouvoir se mettre en question : il vit et fonctionne comme un loup et ne rêve pas de devenir autre chose qu'un loup. Il chasse pour vivre et s'il y prend une joie sauvage, c'est par surcroît. S'il n'en tirait que souffrance, il agirait de même. Son but ne se discute pas : c'est de nourrir sa femelle et ses petits et son travail est sacré puisque c'est son destin de loup.

Il n'est sorti qu'une fois de sa piste, pour moi et au nom de motifs qu'il a l'habitude de considérer comme peu valables : le plaisir, une incompréhensible attraction. Ne seraient-ce pas les attraits du Diable lui-même ?

Quant à moi, je m'étonne autant du silence actuel de mon corps que de ses vociférations quand je vis près de Gauvain. Comme après une soûlerie on ne peut plus voir l'alcool, je me demande comment j'ai pu me conduire en obsédée sexuelle et en ressentir une telle félicité. Je ne suis pas très demandeuse ces temps-ci avec Sydney, mais nous sommes trop occupés pour qu'il s'en aperçoive. Je dois rentrer définitivement en France en juillet et il a décidé de prendre une année sabbatique pour m'accompagner. Il va falloir nous trouver un appartement, inscrire Loïc dans un lycée, déménager tout ce que nous avons accumulé en dix ans et, enfin, quitter nos amis, ce qui, aux Etats-Unis, n'est pas le plus simple. Nous courons de party en party et ces adieux répétés finissent par nous déprimer. Mais c'est un rituel inévitable, car, en Amérique, l'amitié, la solidarité qui lient tous ceux qui appartiennent au corps enseignant dans un pays plutôt déculturé, tiennent un peu d'une franc-maçonnerie, faisant de nous les membres d'une famille affectueuse mais exigeante, susceptible mais très conformiste. J'aspire à retrouver l'individualisme français, le laisser-aller, le manque d'esprit civique, les rivalités internes élevées à la dignité d'un art...

Je ne regretterai vraiment ici qu'un seul couple, celui que forment Ellen Price et son mari Alan, tous deux professeurs à l'université de New York. Elle surtout, efficace, pragmatique et douée de ce sens des affaires que même les intellectuels ici ne dédaignent pas. Ellen est en plus d'une parfaite beauté, typiquement américaine : c'est-à-dire qu'elle est atteinte d'une absence d'imperfections qui crée un sentiment d'irréalité. Blonde aux yeux très bleus, on la sent nourrie du meilleur grain, vitaminée, psychanalysée jusqu'à l'os, habituée à considérer la richesse et le confort comme un dû, et le chagrin comme une maladie, pur produit en somme de la technologie US.

Elle travaille depuis deux ans à un ouvrage sur la jouissance féminine qui s'intitulera en toute simplicité *Orgasm!* Le fait d'enseigner à NYU la lavant de tout soupçon de pornographie lui a permis,

115

derrière l'alibi des *Women Studies*, d'envoyer des questionnaires d'une audace et d'une précision bouleversantes à des milliers de femmes de tous âges, et même d'obtenir une bourse de recherche sur ce sujet, ce qui serait impensable en France. Ce mot d'orgasme, qui choquait encore chez nous en 1965, prend ici une résonance quasi scientifique. Me voyant aux prises avec un « problème » – tout ici constitue un problème et tout doit se résoudre ou se soigner – elle s'est empressée de m'envoyer la première version de son livre, persuadée qu'elle va m'apprendre à jouir pleinement avec Gauvain.

« Il faut que tu vérifies si tout est O.K. de ce côté-là », me dit-elle très sérieuse, prodigue de ce O.K. américain qui veut dire tout et rien, qui sert à exprimer oui, peut-être, tout va bien, il fait beau, fiche-moi la paix, on va voir, ou à la prochaine !

Elle se considère volontiers comme la première exploratrice du continent noir, Kinsey ayant opté selon elle pour une vision trop statistique de la sexualité féminine. Quant à la sexualité masculine, a-t-elle déclaré l'autre soir au cours d'un colloque devant ses collègues stupéfaits, elle est d'une simplicité si rudimentaire qu'elle ne mérite pas qu'on lui consacre plus de dix pages.

J'escomptais au moins trouver dans son livre la réponse à la question que tant de femmes se posent : « Est-ce que je jouis comme il faut jouir ? »

Mais d'abord, comment définir l'orgasme ? Avec une belle audace Ellen propose : « Une vague énorme qui prend son origine dans les doigts de pied… » Bigre ! Ma vague à moi s'origine bêtement dans les parties dites honteuses, y compris le coccyx, s'enfle et culmine dans cette seule région, vidant les zones nobles de leurs prérogatives et contraignant le cerveau à ne plus penser qu'à

116

sentir. Et même quand on me caresse les seins, manœuvre qui met en route automatiquement le processus « honteux », c'est vers le bas que se répercute la sensation. « Down under », comme on dit de l'Australie.

« Réjouis-toi, commente Ellen, ça prouve que tu fais partie des soixante femmes sur cent dont les *nipples* sont érogènes. »

Le mot *nipple*, lui, n'a rien d'érogène. Il est vrai que « mamelon » ou « bouton de sein », avec leurs connotations de tétée ou de mercerie, ne valent guère mieux. J'apprends par la même occasion que les *nipples* de dix à quinze pour cent des hommes seulement sont sensibles à la stimulation. Les pauvres! Mais elle échoue à me décrire le mode de propagation de cette onde qui descend du sein jusqu'au sexe. Par un nerf, le nerf honteux justement? Par une ligne de force chinoise? Un trajet mental? – Je dirais qu'en amour, tout fait ventre, comme vous dites en France. C'est une très jolie expression que vous avez, déclare Ellen.

Son livre a eu au moins le mérite de me rassurer sur cette « éjaculation féminine » dont j'observais avec un complexe croissant les descriptions extasiées dans Sade et consorts. « Elle déchargea furieusement... Cette inépuisable citerne de foutre qu'elle semblait avoir en réserve... Elle inonda à trois reprises le vit du Marquis... » Fichtre! Etionsnous des infirmes de la décharge, moi et les quelques amies que j'avais pu interroger? Pas du tout, m'a rassurée l'auteur. Les enquêtes prouvent que le phénomène n'a pu être observé que chez de très rares femmes et d'une manière très épisodique. Ouf!

« Aucune glande de cette région, sauf dans des cas extrêmes les glandes de Skène, ne pourrait fournir une quantité appréciable de liquide », m'af-

117

firme une Ellen péremptoire qui dissèque les vagins comme un géographe les ressources du bassin de la Volga.

Il me restait une inquiétude : les clitoris de trois pouces que décrivent certains auteurs érotiques et quelques ethnologues.

« Fantasmes masculins, confirme Ellen, et ignorance crasse de l'anatomie féminine et des mécanismes de l'intumescence. »

Aah bon!

Cependant le travail d'Ellen n'apporte aucune explication aux intumescences du cœur et son livre s'apparente davantage à une recette de cuisine ou à un Manuel de Bricolage qu'à une réflexion philosophique sur le plaisir. Je n'ose lui signaler que Cowper Powys ou Reich expliquent et valorisent la jouissance, toutes les jouissances, sans tomber comme elle dans le stakhanovisme du sexe.

« Combien en as-tu compté pendant ta semaine avec Lozerech, par exemple? » me demande-t-elle à mon retour, certaine que je l'ai noté.

Elle me contemple avec un brin de compassion quand je lui réponds que mes relevés sont flous et que j'apprécie parfois autant le long slalom qui mène au poteau d'arrivée que l'arrivée elle-même. C'est ce parcours, parce qu'on ne prévoit jamais tout à fait par où il passera pour vous amener, pantelante, suppliante ou exaspérée, à la dernière porte, qui fait tout le prix de la jouissance finale et toute la différence avec le plaisir solitaire, que l'on s'obtient à tout coup avec un minimum d'efforts et à l'aide de deux ou trois fantasmes défraîchis sortis d'un fond de tiroir et qu'on n'oserait avouer à quiconque.

Sans doute faut-il en conclure que le désir n'a pas de configuration descriptible et qu'une rose

118

n'est pas une rose, n'est pas une rose. C'est bien réjouissant, n'en déplaise à Ellen.

Il est toujours dangereux de transplanter un amant qui n'est plus de la première fraîcheur.

Rentrée en France, mon regard sur Sydney n'est plus le même. Aux States, il était avec Loïc l'élément essentiel de ma vie et me tenait chaud. Ici, j'ai retrouvé ma famille, mes amis d'enfance et d'ailleurs, mes chers auteurs français, mes journaux familiers, y compris les pires, qui me parlent des malheurs de Guy Lux, de l'épée d'académicien de Joseph Kessel, de l'affaire Naessens ou de Bettina, ragots bien français, beaucoup plus passionnants à mes yeux que le divorce de Lana Turner, le poids d'Elvis Presley ou les escroqueries de Frank Sinatra. C'est tout juste si je ne trouve pas à Sydney parfois une allure de plouc texan!

Tout cela est d'une mauvaise foi d'autant plus évidente que Sydney s'est plongé avec délices dans son bouillon de culture favori, le Nouveau Roman français, auquel il ne reproche que de s'appeler encore « roman ». Il se trouve enfin dans les lieux mêmes où naquit ce genre littéraire qui périme selon lui tous les autres. Il respire l'odeur du Nouveau Roman et découvre la personne de leurs auteurs, joyeux drilles ou ennuyeux théoriciens, comme tout le monde, et qui ne portent pas de signe distinctif ou de vêtements particuliers. Je le soupçonne d'en être déçu. Mais il va pouvoir se consacrer toute cette année à l'ouvrage qu'il projette depuis deux ans et qui sera digne de ses modèles, car il prévoit d'en extraire toute étincelle de vie qui risquerait de le faire assimiler à une quelconque œuvre romanesque.

Depuis plusieurs années déjà, grâce à la complicité d'universitaires américains, il s'est réfugié dans le rassurant cocon du mépris pour la littérature à succès. Ne trouvaient grâce à leurs yeux que les auteurs dont les ventes étaient insignifiantes et dont la lecture suscitait un abominable ennui, le comble étant atteint par un récent roman « structuraliste », dont le héros pour plus de sûreté se prénomme « La Structure » et dont Sydney compte s'inspirer. J'en ai abordé la lecture avec une totale bonne volonté, qui s'est muée à mesure que j'en tournais les pages en *ferme* volonté de continuer, pour aboutir au mot « fin » grâce à un sursaut désespéré de ce qui me restait de volonté !

Est-ce l'influence indirecte de Gauvain ? Je ne parviens plus à croire à la sincérité, à la spontanéité de Sydney lorsqu'il cherche à justifier l'austérité de son roman, sa sécheresse et l'absence d'un semblant de caractère ou d'un soupçon d'action, par une ambition de rigueur et de littérature pure. Je n'y vois qu'une accablante grisaille. L'alternative est soit de me considérer comme inapte, ou bien Sydney et ses acolytes comme des farceurs, mais d'extrêmement sérieux farceurs. Ils me pardonnent d'ailleurs mon peu d'enthousiasme : je ne suis qu'une historienne après tout.

Nous ne prenons que quinze jours de vacances studieuses cet été-là chez Frédérique en Bretagne. Je prépare le cours que je dois assurer à Paris VII pour la rentrée et travaille sur le livre que les PUF m'ont commandé, d'après ma thèse sur « Les femmes et les Révolutions ».

Quand il m'arrive de croiser Gauvain à Raguenès, nous échangeons quelques phrases polies. Seuls nos regards nous rassurent : c'est bien nous

120

qui, en d'autres temps, en d'autres lieux, savons si bien nous étreindre; c'est bien nous qui avons échangé tout cet hiver une correspondance dont la politesse n'était pas la principale qualité. Car nous avons continué à nous écrire, lui m'adressant de Pointe-Noire ses petites notes quotidiennes expédiées en bloc tous les vingt ou vingt-cinq jours, quand son bateau relâchait pour les vivres, le gasoil et pour décharger le poisson; moi envoyant poste restante des lettres qui ne parvenaient jamais à correspondre aux siennes, coups de stylo dans l'eau, vaines tentatives pour rejoindre un cormoran qui se trouvait sans cesse en plongée.

En fait cette correspondance ne parvient qu'à mettre en évidence la bizarrerie de notre relation : Gauvain n'a pas laissé de traces visibles dans ma vie et ne connaît aucun des lieux où j'ai habité en dehors de ma maison d'enfance. Il n'est que ma vie rêvée et je lui écris d'un pays où tout est possible et où rien n'est vrai. Mais je tiens à cet échange : les prestiges de l'écriture, de toute écriture pourvu que l'on possède un minimum de technique, agissent, même sur quelqu'un qui croyait encore il y a peu qu'écrire voulait dire « donner des nouvelles ». Je le dévergonde doucement, ne le choquant que juste assez pour l'éveiller à ce type de plaisir, puisque les autres nous sont pour l'instant refusés.

Nous projetions de nous retrouver en Casamance une semaine ou deux, quand sa campagne de thon toucherait à sa fin et avant qu'il ne rejoigne sa famille à Larmor. Cette obligation de nous rencontrer loin de nos habitats respectifs ne me déplaisait pas, car elle ajoutait encore à l'irréalité de notre histoire, qui était sans doute sa condition de survie.

Le rendez-vous était déjà fixé pour fin avril à

Dakar, d'où nous devions descendre vers la Casamance où nous attendait un bateau que Gauvain avait loué.

Or, le 2 avril, Marie-Josée fut victime d'un grave accident d'auto sur la route de Concarneau et son dernier fils, Joël, atteint d'une fracture du crâne, dut être transporté dans le coma à Rennes.

Gauvain me téléphona à Paris, sans un mot sur ses sentiments comme d'habitude, pour me prévenir sèchement qu'il ne fallait plus songer à partir ensemble ni à nous voir, « pour le moment », ajouta-t-il tout de même. Il devrait sûrement passer tout son congé, trois mois, à Larmor. « Je t'écrirai », conclut-il avant de raccrocher très vite. Les communications coûtent cher depuis le Sénégal!

Sans doute du fait de notre relation désincarnée, je ne parviens jamais tout de suite à ressentir dans ma vie réelle la déception et le chagrin qui affectent ma vie rêvée. Et puis il faut l'avouer : d'une certaine façon, je suis soulagée de récupérer ces vacances de Pâques pour Loïc. Les activités amoureuses se vivent toujours aux dépens des activités maternelles ou professionnelles ce dont on se sent coupable en permanence. Je n'avais encore rien dit à Sydney… Je m'en réjouis. La lâcheté est parfois récompensée.

Ce changement de programme me permettra aussi d'accueillir Ellen qui débarque en France, plus orgasmologue que jamais. Son livre marche très fort en Amérique mais son ménage, lui, est en chute libre. Il est parfois dur de digérer le succès de sa femme, plus encore quand il est basé sur le sexe et qu'il fourmille d'exemples et d'anecdotes dont le phallus d'Al n'est généralement pas le héros! On le regarde d'un œil lubrique ou apitoyé : est-ce lui qui pratique « le tourniquet chinois »? le

122

vibrato accéléré du poignet? Est-ce à lui qu'Ellen a fait le coup du pubococcygien décrit page 74?

L'orgasme commençant à devenir à la mode en France depuis la récente traduction du *Rapport Kinsey*, Ellen espère faire traduire son livre dans la foulée. Elle court les stations de radio, les magazines féminins et les journaux, où son audace documentée, son mélange de naïveté et de cynisme, son accent américain et son visage de poupée candide font merveille. Elle organise chez nous des soirées-témoignages, comptant ajouter à son livre un chapitre sur l'orgasme latino-chrétien. Ce genre de conversation inclinant au plaisir lui fournit l'occasion de travaux pratiques non négligeables, auxquels elle cherche généreusement à nous associer, Sydney et moi.

Mais je constate non sans regret que le souvenir de Gauvain me reste assez chevillé au corps pour me détourner d'une participation active à ces jeux.

Pourtant mon cormoran ne m'écrit plus depuis l'accident de sa femme, afin de se punir, j'en suis persuadée. Ainsi a-t-on besoin, chez les primitifs, d'un rite expiatoire. Pour Gauvain, tout est comptabilisé là-haut et devra se payer un jour. Ce jour est venu pour lui et d'ailleurs Gauvain est toujours prêt à payer. Et le sort l'accable comme il aime à le faire à l'égard de ceux qui s'offrent à ses coups et qui n'estiment pas que le bonheur leur est dû. Pour Lozerech, c'est le malheur qui est normal.

Marie-Josée est rentrée à Larmor, mais elle devra rester allongée dans une gaine de plâtre pour des semaines encore. Joël est hors de danger mais il souffre de troubles psychomoteurs et ne retrouvera sans doute jamais une vie normale. La mère de Marie-Josée est venue s'installer auprès de sa fille pour la soigner, amenant avec elle son mari aveugle. Ils ne s'en iront plus maintenant. Autour de Gauvain, la famille, la Bretagne, l'adversité se sont resserrées, l'enfermant lui aussi dans un carcan à travers lequel mes mots ne lui parviendront plus.

Après quatre mois de silence et à la veille de repartir pour l'Afrique, il m'a fait parvenir une courte lettre me demandant pardon de ne pas savoir être égoïste. La vue de sa petite écriture sage sur l'enveloppe beige de mauvaise qualité m'a émue plus que je n'aurais voulu. « Karedig, je veux que tu saches que tu es ce qu'il y a eu de meilleur dans ma vie », écrivait-il sur ses habituels feuillets rayés, petit format, de ceux que l'on trouve dans les épiceries-buvettes. « A chacune de nos rencontres, je me disais que c'était peut-être pour nous le bout de la route. Tu connais mon foutu fatalisme. Mais la vie ne m'a pas fait de cadeau. Je pense parfois à ce qui aurait pu être si les préjugés de ta famille et ton refus de me faire confiance autrefois ne nous avaient pas conduits là où on est. Garde-moi une petite place dans ton cœur. Pour ma part, " me ho Kar ". Tu chercheras dans ton dictionnaire breton. Et ce sera toujours pareil. Mais la vie ne l'a pas voulu. »

Je ne lui ai pas répondu puisqu'il ne me disait même pas s'il irait encore poste restante chercher son courrier. Et puis l'inciter à m'aimer me paraissait presque une escroquerie. Comment lui réclamer un amour qui le rendait malade de remords tandis qu'à moi il donnait une raison supplémentaire de vivre?

Les mois passant, j'ai partiellement recentré sur Sydney ce que je réservais pour Gauvain. C'est souvent le meilleur de soi que l'on garde pour sa part d'aventure, bien qu'on s'en défende. Nous avons retravaillé ensemble sur le texte français de

124

son livre qui a paru au printemps chez Stock. Il n'en attend pas grand-chose sinon l'estime de ses amis et des quelques critiques qu'il admire. C'est du moins ce dont il se persuade.

De mon côté, je me partage entre mon nouveau travail et la réacclimatation de Loïc dans un pays qui n'est plus le sien. On ne vit pas impunément dix ans en Amérique, à l'âge où se forgent vos admirations et vos raisons d'exister. Heureusement Jean-Christophe me seconde. Il a eu deux filles avec sa nouvelle femme et en est secrètement déçu. Son fils en a repris du prestige à ses yeux et nous nous retrouvons autour de lui sans rancune ni amertume, dans cet état d'affectueuse indifférence qu'on ne peut expérimenter qu'avec un ex-époux. Je m'aperçois que je saurais maintenant m'entendre avec lui. C'est quand les gens ne vous impressionnent plus qu'on pourrait les manœuvrer et c'est quand on ne les aime plus qu'on saurait enfin s'en faire aimer.

J'approche doucement de ces zones-là avec Sydney aussi. Vent calme, mer belle. Mais le calme à trente-cinq ans, est-ce la valeur suprême ? Peut-être, si je regarde le couple d'Ellen et d'Alan qui sont en train de divorcer, elle dans l'enthousiasme, lui dans l'amertume et le dégoût de lui-même; ou le tendre couple de François et de Luce dans lequel vient de s'installer le malheur, sous la forme d'une minuscule tumeur dans le sein gauche de Luce. Oui, si j'imagine l'attachement écrasant qui ligote désormais Lozerech à une Marie-Josée brisée par l'infirmité de leur fils.

Oui, sans doute faut-il considérer cet équilibre affectueux et sans passion comme le bonheur.

CHAPITRE VII

DISNEYLAND

LES années peuvent parfois passer sur certains amants sans qu'ils redeviennent jamais des étrangers. Au premier regard libre qu'ils se jetèrent, Gauvain et George surent de source certaine que ces trois années, faites de tant de mois et de tant de semaines, n'avaient été pour eux qu'un long entracte.

Cette fois, c'est lui qui avait rompu le silence le premier. Au retour d'une marée plus dure que les autres, du fond de cette Afrique où il se sentait si éloigné de ses racines, du crachin du Finistère, de l'odeur de son océan à lui, si démuni de bras familiers, d'une maison tiède qui soit la sienne, il avait eu envie soudain de se plaindre de sa solitude. Et à qui faire part de cette chose indécente qu'était pour lui « le cafard » sinon à celle qui avait déjà su l'écouter dans le passé ?

C'étaient juste deux pages pour dire que ça n'allait pas trop mais qu'on faisait aller, que la pêche n'avait pas donné cet hiver-là et que si c'était pour si peu qu'on se crevait le cul et qu'on menait une vie de galérien, alors autant revenir planter des patates.

Pour George non plus ça n'allait pas trop fort, côté cœur, et en quelques lettres, l'envie de se

127

revoir leur revint, l'envie de dormir ensemble, de s'abreuver, ne fût-ce que quelques jours, l'un à l'autre.

Le problème, c'était que Gauvain ne voyait pas comment prélever la somme nécessaire à un voyage sur le maigre bénéfice que lui laissait sa campagne de l'hiver. George, elle, disposait d'un peu d'argent cette année-là, mais ce n'est qu'au bout de longues tractations qu'elle parvint à lui faire accepter un « prêt » qui lui permettrait d'acheter un billet d'avion pour la Jamaïque, où Ellen Price leur offrait son appartement. Il insista sur sa volonté de la rembourser par mensualités, ne tolérant pas l'idée d'être « entretenu par une femme », comme il disait solennellement.

Gauvain n'avait ni le temps, ni l'imagination, ni le réseau d'amitiés nécessaires pour monter ce genre de complot et c'est George qui se chargea d'ajuster le délicat mécanisme qui devait les amener, lui d'Afrique, elle de Montréal où elle assurait une série de cours, à quelques heures d'intervalle seulement, dans l'aéroport de Miami où ils s'étaient fixé rendez-vous.

Arrivée la première et faisant les cent pas devant le couloir vitré où devait apparaître Gauvain, si tout se déroulait conformément aux prévisions, George se demandait une fois de plus à quelle force ils obéissaient tous deux. « *Le cul* », *disait la duègne.* Certes. Mais pourquoi ce cul-là? Il y en avait plein, en Afrique comme en Europe, des culs, et pour tous les goûts. Pourtant, plus la vie passait – et George allait sur ses trente-huit ans – plus elle expérimentait d'amours petites ou moyennes, plus elle rencontrait d'organes sexuels masculins surmontés de leurs propriétaires, plus elle nouait de relations avec les cerveaux qui se piquaient de commander à ces organes-là, et plus sa relation

128

avec Gauvain lui paraissait unique. Plus aussi elle découvrait que les sexes ne sont pas réductibles à leurs maîtres. L'intellectuel plein d'humour peut se révéler un simple marteau-piqueur, le séducteur, un adorateur de son pénis, et le rustre cacher en lui le plus délicat des orfèvres.

C'est cet orfèvre-là que George attendait pour prendre un charter vers Kingston où ils passeraient dix jours dans le studio prêté par Ellen. Comme nombre de leurs collègues d'Université américains ou canadiens, Al et Ellen avaient acheté quelques années plus tôt un casier-vacances au Montego Beach Club, immense condominium de semi-luxe, avec terrasse surplombant une non moins immense plage. « Juste ce qu'il te faut, je m'en suis déjà servie dans des circonstances analogues », avait dit Ellen, qui n'était jamais si heureuse que quand elle encourageait l'adultère.

Mais en découvrant quelques heures plus tard l'imposant clapier de béton, inséré dans une suite ininterrompue d'immeubles tout aussi accablants, George connut un instant de panique. Comment allait-elle passer dix jours ici sans autre ressource que « je te tiens, tu me tiens par la bistouquette » ? Gauvain n'allait-il pas regretter de s'être endetté ? Seraient-ils déçus l'un par l'autre ? Ce jour allait arriver, fatalement. Et à trente-huit ans, on commence à se faire les premiers soucis, côté corps. Et on commence à inspecter « les copines », qu'on appelait « les amies » à vingt ans, à se renseigner sur ce qui se fait, côté sexe, sur ce que les hommes aiment et que les femmes font de nos jours.

C'est avec ce puéril souci que George s'était décidée à aller voir des films pornos pour la première fois de sa vie, protégée par le fait qu'elle se trouvait très loin de chez elle, à Montréal, où elle passait un mois chaque année pour une série de cours dans le Département d'Etudes féministes à l'Université Laval. Elle en était sortie consternée. Vus sur écran géant, auprès de copains qui rigolent, ces ramonages monotones lui avaient paru minables et la sexualité une activité dérisoire. C'est ainsi qu'elle lui apparaîtrait sans doute vue de sa vieillesse, qu'elle imaginait prochaine. Du moins fallait-il le souhaiter, sinon, comment supporter de vieillir ?

Déjà elle atteignait l'âge où un long voyage, succédant à un mois de travail intensif dans un climat éprouvant, ne vous arrange pas. Et pour comble, pendant le vol qui l'amenait à Miami, elle venait de lire dans un magazine une longue étude sur la piètre opinion que les femmes avaient de leurs organes sexuels. Quarante pour cent d'entre elles le classaient dans la colonne : « plutôt moche » ! Comment Gauvain allait-il trouver le sien ? Existait-il d'ailleurs des cons vraiment jolis, objectivement charmants et pas seulement aux yeux de chers crétins enamourés ? George avait toujours douté de son « bizourlou », comme disaient ses amies québécoises et l'amour ne pouvait durer selon elle que parce que les hommes ne l'avaient jamais bien regardé. Et ceux qui l'avaient regardé de près, les auteurs érotiques, ne pouvaient qu'alimenter ses pires craintes et bousiller son propre érotisme. Même les écrivains les plus estimés, un Calaferte par exemple, rejoignaient sur ce sujet le peloton immonde dont le seul but semblait être que les femelles se résignent à l'abjection hideuse de leur sexe. Comment se réjouir de posséder « une fente stupide refermée sur un entrelacs de tentacules, parsemée de ventouses flasques, hérissée d'une multitude de petits clous, de canifs,... et de crocs invisibles, gélatineux et pointus » ? Comment laisser voir à un innocent qui

130

n'aurait pas lu ces auteurs, sa « démence ovarienne qu'aucune pine n'est assez grosse pour satisfaire », ou bien « ce trou béant, ordure suintante et suppurante » ?

Face au « flambeau écarlate », au « chibre impérieux », à l'« éperon divin », décrit par les mêmes auteurs, il ne restait qu'à s'abîmer dans la honte.

Craignant qu'on n'aperçoive ses ventouses flasques ou ses crocs gélatineux, George avait toujours pris soin de rapprocher ses jambes, dès qu'un regard s'attardait sur son anatomie intime. Certes, le dispositif de l'homme prête à rire, avec sa trompe pendouillante et ses deux vieilles poches, déjà fripées à la naissance. Mais cet ahurissant trio, l'homme a su le vendre et le faire respecter. Les femmes ont manqué leur promotion. George ne s'est toujours pas habituée à cette anémone de mer qui habite entre ses cuisses, à ses volutes inertes et rosacées qui prétendent devenir le siège de la plus sublime des extases et justifier qu'un homme fasse quatre mille kilomètres pour les rencontrer ! Ce ne pouvait être qu'un malentendu.

Gauvain devait se faire la même réflexion, pensait-elle avec angoisse, puisque ni dans l'avion, ni dans le car, ni dans l'appartement dont ils venaient de prendre possession, il n'avait esquissé un geste pour l'embrasser. Ils parlent de choses et d'autres, défont leurs valises pour se donner une contenance et, devant l'imminence de l'épreuve de vérité, c'est lui qui propose d'aller nager avant dîner.

« J'ai fait beaucoup de progrès, tu verras. »

Avant de descendre, il sort solennellement de son sac un volumineux paquet.

« Regarde ce qu'il y a dans ce pochon, je l'ai choisi pour toi. Excuse-moi, j'avais pas de quoi te faire un beau paquet-cadeau. »

131

Elle ouvre toujours ces « pochons » de papier brun avec appréhension car elle n'est pas une bonne personne et parvient mal à masquer son accablement devant les trouvailles successives de son cormoran. Le cadeau du jour s'avère le plus atroce de toute la série, qui en comporte pourtant de repoussants. Elle refrène un cri d'épouvante devant le coucher de soleil en nacres avec palmiers de corail teinté et indigènes en jupes de raphia fluorescent, agrémenté d'une ampoule électrique à l'arrière pour faire rougeoyer l'astre du jour. Ma doué, Vierge Marie! Heureusement, Gauvain ne vient jamais chez elle et ne verra pas son tableau rejoindre le musée des horreurs au fond de sa penderie, où gisent déjà la danseuse sculptée dans une noix de coco, son premier présent, le sac à main en chameau doublé de satin rayonne orange ou le coussin marocain brodé à leurs signes du zodiaque, le Verseau et le Bélier.

Elle l'embrasse pour se donner une contenance et dissimuler le frisson de honte qui la parcourt à l'idée de Sydney découvrant dans sa valise l'ahurissante œuvre d'art.

Gauvain, lui, contemple son cadeau avec attendrissement puis le remballe avec soin pour le ranger dans l'armoire Louis XV en formica qu'il referme à clé, des fois que... George tire le store de lamelles plastifiées multicolores devant la baie, puis ils bouclent à triple tour, selon des recommandations insistantes affichées sur chaque porte, leur nid d'amour Nº 1718. Si Sydney la voyait ici, dans ce cadre comique à force d'être fonctionnel, face à un type qui n'a pas l'air trop décidé, il partirait d'un de ces rires inextinguibles qui le saisissent chaque fois qu'il peut ridiculiser autrui. Il rit rarement avec innocence.

Bonne fille, la douce mer des tropiques com-

132

mence à dissiper les miasmes d'un trop long voyage et d'une trop durable absence. Sur leurs corps débarrassés des vêtements d'hiver, ils retrouvent peu à peu des repères familiers. Mais ils se sentent encore étrangers. Pour ce premier soir, ils iront dîner au restaurant. La Kalabasha propose ses tables au ras de l'eau, sa musique douce et son service luxueux, et tant pis si le vin jamaïcain est infect, fade et acide à la fois, et si la langouste des mers du Sud ne vaut pas la bretonne ni même la verte de Mauritanie. Ils jouent au jeu des deux touristes qui viennent de se rencontrer dans l'avion.

« Vous aimez la mer?

– J' me suis jamais posé la question. J'ai pas le choix, comme qui dirait : j' suis marin! »

Faudrait-il qu'il soit beau, l'inconnu qui lui parlerait ce langage, pour que George éprouve l'envie de le mettre dans son lit! Mais il est beau justement, d'une beauté d'amant, beau comme on ne l'est pas dans les Universités, beau comme un Travailleur de la mer dans Victor Hugo.

« Et qu'est-ce que vous êtes venu faire en Jamaïque, peut-on savoir?

– Eh bien, je me le demande! Mais vous savez, je viens tout juste d'arriver.

– Et vous ne connaissez personne? C'est dommage, un beau garçon comme vous! J'ai peut-être une amie... »

Gauvain reste coi. Il ne sait pas jouer, il parle toujours sérieux et les compliments le mettent mal à l'aise, sauf au lit.

L'orchestre vient opportunément à leur secours et ils vont rejoindre les couples qui se dirigent vers la piste de danse. Les musiciens jouent des airs jamaïcains nappés de sauce américaine pour ne pas effrayer la clientèle, maintenant que la musi-

133

que a une connotation politique. George a mis un corsage noir bordé d'une bande de dentelle au décolleté. Elle ne porte jamais de noir ni de dentelle; mais aussi bien elle ne dîne jamais non plus en Jamaïque avec un marin breton. Ça fait un peu Pigalle, cette dentelle, mais il fallait ça, ce soir. Ils n'ont pas été face à face depuis si longtemps qu'ils ont oublié en quelle langue ils se parlaient. C'est à la fois imbécile et excitant.

Ils reviennent à pas lents vers le « condominium » le long du front de mer. Les boutiques de « Curios » sont fermées, les « supermarkets » éteints, et la mer luit pour rien, pour le plaisir. Ils commencent à s'apprivoiser l'un l'autre.

« J'habite là, au 17e étage, dit George. Vous montez prendre un drink? »

Ils lèvent les yeux vers l'immense ruche : dans chaque alvéole on devine un couple, sûrement légitime, c'est une enclave américaine ici... Sur chaque terrasse on entend tinter les glaçons dans les punchs au rhum où les mâles vieillissants vont puiser l'ardeur et l'inspiration qu'escomptent leurs impeccables femelles, coiffées et désodorisées de frais.

Dans l'ascenseur Gauvain devient enfin grossier. Le visage sans expression, il presse la partie bombée de son pantalon sur la hanche de George qui l'effleure de la main, heurtant comme par mégarde l'endroit où ça dépasse. « Bonjour, dit la bitte. – Heureuse de vous rencontrer », répond la main. Leurs corps ont toujours su dialoguer. Pourquoi ne pas avoir commencé par là? Les deux autres couples de l'ascenseur n'ont rien vu. Chacun monte à sa niche, accompagné par une musique gluante, vers l'extase promise à mots couverts sur les affiches qui ornent la cabine : « Farniente dans un air lourd des parfums enivrants d'une île tropi-

134

cale... La vie sauvage et libre, dans le confort que vous aimez. »

Tous deux vont s'accouder à leur terrasse enivrante et se joindre aux douze cents paires d'yeux libres qui se posent sur la plage enfin déserte où quelques Noirs en uniforme orange ramassent les emballages de plastique, les bouteilles de bière et les tubes de crème solaire. Chacun déguste sa tranche de bonheur sauvage.

George pressent qu'elle va puiser un plaisir pervers à ces vacances commercialisées comme elle n'en a jamais connu. Elle en savoure déjà les charmes grossiers, rehaussés par le souvenir de toutes ces randonnées culturelles organisées pour Sydney, dans des cars au confort douteux, à la découverte du Berri avec « Les Amis de George Sand », ou des Trésors de Bruges sous la houlette de Mlle Pannesson, animatrice des excursions du musée du Louvre, départs place de la Concorde, tous les dimanches à 6 heures du matin. Rien ne va gâcher le plaisir qu'elle sent monter en elle, puisque tout est ridiculement fait pour le favoriser. Alors que tout est si malaisé dans la vraie vie.

A peine entré, Gauvain a posé les lèvres sur son décolleté. C'est sûrement la dentelle noire qui a fonctionné. Il glisse un doigt sous la bretelle de son soutien-gorge jusqu'à son sein, manœuvre traîtresse connaissant son point faible, mais elle se retient. Se déshabiller tout de suite ne serait pas de jeu. Ils ont dix jours pour se conduire comme des animaux et ils ne s'attendent que depuis trois ans après tout! Ce soir ils vont jouer qu'ils seraient Bel-Ami et le Lys dans la Vallée, a décidé George à part elle.

« Qu'est-ce que je vous sers? propose-t-elle.

– Vous... sur canapé. »

135

Non, c'est pas vrai, crie la duègne, une réplique comme celle-là ne passerait pas, même dans un vaudeville de Camoletti. – C'est pour ça que je l'aime, dit George. Je ne peux jamais jouer comme ça avec les autres. Alors fous-moi la paix, veux-tu? – Et ce living, insiste la duègne, tu as vu? Un décor de Hollywood, pour Série B : scène de séduction entre un vacher et une châtelaine. – Tu pourrais au moins dire cow-boy ici, coupe George. – Quelle différence? dit la duègne. De toute façon, la scène est déjà finie si j'en crois le témoignage de mes yeux : ton vacher bande comme un âne! Peut-être devrais-je dire comme un nègre, ici! Dans moins de cinq minutes, vous allez être enfilée, ma chère.

« Il fait un temps à ne pas mettre un sein dehors, mais au moins les deux », minaude George, imperméable aux sarcasmes, tandis que Lozerech, une main frôlant son centre magnétique à travers sa robe légère, de l'autre s'efforce de dégrafer son soutien-gorge.

« Pourquoi en mets-tu avec les seins que tu as?
– Pour que ça dure plus longtemps », souffle-t-elle.

Elle a éteint le lampion rouge de leur terrasse et ouvert le jean de ce type qu'elle a rencontré dans l'avion. Il a des cuisses si belles qu'il n'est pas ridicule avec son pantalon sur les chevilles. Son torse est hâlé depuis qu'il travaille dans l'Atlantique Sud. Et ces zones de peau d'enfant entre les plaques de fourrure... il n'est plus question de lys dans aucune vallée, seulement d'une anémone de mer qui bouge sous la vague. Montre-moi comment tu fais l'amour, bel étranger, je t'ai oublié depuis si longtemps. *Oui, duègne, il va me le mettre, ce drôle de truc beige avec un casque au bout, et figure-toi qu'à cette minute rien ne me*

136

semble plus beau sur terre que de m'ouvrir à cet homme et, quand il sera profond, de me refermer sur lui. Jusqu'à la fin du monde, lon la, jusqu'à la fin du monde.

Ils ne se sont toujours pas embrassés mais leurs yeux ne peuvent plus quitter la bouche de l'autre, ni leurs mains se détacher de la peau de l'autre qu'elles caressent avec une lenteur qui devient bientôt douloureuse. Alors ils se traînent emmêlés vers la chambre dont George ferme au passage la climatisation malfaisante. Deux tableaux représentant des négresses aux seins pointus, des huttes de paille et des ananas encadrent le grand lit, histoire de rappeler aux locataires qu'ils sont bien sous les tropiques.

Gauvain pousse George sur ce lit mais il a encore le courage de ne pas la couvrir de son corps. Il s'assied à ses côtés comme devant un instrument dont il se préparerait à jouer. Elle le trouve beau quand il va faire l'amour et que son regard intense se voile d'une douleur qui la bouleverse. Elle attend. Pas pour longtemps maintenant. Ils sont entrés dans ce domaine qui n'est qu'à eux et où s'effacent les données de leurs vies quotidiennes. Il penche son visage vers elle et, sans la toucher de ses mains, il commence à embrasser ses lèvres. Leurs langues font l'amour pour eux. Puis une de ses mains rampe vers un sein tandis que l'autre s'enquiert entre ses jambes du degré d'expectation de George, si doucement que c'est plus violent que la violence. Mais ils ne pourront tenir longtemps seulement avec leurs bouches mêlées et ses doigts à lui le long de ses cuisses à elle, là où elles deviennent des lèvres, et ses mains à elle autour de son membre à lui. Quand tous deux sont à bout, il s'étend tout à fait sur elle, lui écarte les jambes avec les siennes, se présente à l'entrée du port avec

137

son étrave et y pénètre enfin d'une poussée infiniment lente. « Un centimètre à la seconde », précisera-t-elle, pressée de questions par Ellen, qui notera, goguenarde : « Même pas un quart de nœud à l'heure! Pour un marin, tu avoueras... »

C'est presque sans vagues que l'orgasme arrive, ils le distinguent à peine de son entourage tant tout est intense; et ils jouissent longuement, peut-être même deux fois, qui sait? Pas eux certainement, qui demeurent longtemps immobiles pour rester sur la crête du plaisir.

« Je suis heureux, cette fois j'ai su attendre », chuchote Gauvain avant qu'ils ne s'endorment l'un dans l'autre, tandis qu'une brève et lourde averse rafraîchit l'air noir.

Le jour suivant, ils ont les yeux plus bleus et le corps plus délié. George embellit à vue d'œil, ointe du désir permanent de Gauvain. Comme Alice au Pays des Merveilles, elle est passée de l'autre côté de la vie, là où les lois d'en haut n'ont plus cours. Pour lui, ça recommence : c'est la négation de tout ce à quoi il veut croire, mais il renonce à lutter. Il leur reste encore neuf jours pour satisfaire leur obsession mutuelle et ils se regardent avec une reconnaissance incrédule.

George se demande une fois de plus pourquoi ils ne passent pas à des échanges moins simplets. « Mes pauvres amis, vous n'en êtes qu'au B.A.-Ba du verbe baiser! » dirait Ellen si elle les voyait. Mais sans doute ne vivent-ils jamais assez longtemps ensemble. Chaque fois, ils recommencent l'amour à zéro et chaque fois, alors qu'ils pourraient envisager des raffinements, il fallait se quitter! Face à Gauvain, George se réduit à une amoureuse boulimique comblée par les plus élémentaires caresses. C'est de gros pain de campagne qu'elle a faim, et de vin fort. Elle passera à la

138

Nouvelle Cuisine plus tard. Est-ce cela que son père appelait la nymphomanie, ce mot qu'elle trouvait si beau et qu'il ne prononçait qu'avec une moue de dégoût? Elle avait des nymphes, oui, mais c'est Gauvain qui se montrait nymphomane! Et innocent à la fois car il découvrait les charmes de l'intimité avec la crainte d'inventer la perversité.

« Tu sais, Karedig, lui dit-il un soir avec hésitation, je vais peut-être te paraître bizarre... mais j'aime notre odeur d'après l'amour, depuis que tu m'as appris à rester près de toi... »

George dissimule son envie de sourire. Elle prend l'air attendri d'une mère qui pousse son oiseau à s'envoler : « Va, petit cormoran, n'aie pas peur, c'est comme cela que ça doit être, continue... »

Dès le deuxième jour, ils cherchent à fuir la plage quadrillée de vendeurs de cocas et de hot dogs, polluée par la musique coulant du bar à partir de midi et partent à la recherche d'un morceau d'île vierge. C'est à Negrin qu'ils le trouvent, au bout de l'île. Là le grain de sable est gratuit, on ne leur loue pas de force un parasol ou une chaise longue, et, sous les palétuviers qui ombragent la plage, ils peuvent déguster dans des huttes de feuillage la délicieuse soupe de lambis locale qu'on ne daigne pas servir dans les restaurants sérieux.

Le soir, ils font la cuisine chez eux puis vont danser quelque part en plein air en se remémorant cette première danse à Ty Chupenn Gwen, où tout a commencé. En rentrant ils décident comme chaque soir de ne pas faire l'amour puisqu'ils l'ont déjà fait à cinq heures et qu'ils le referont en pleine nuit. Et bien sûr ils finissent par le faire. Et ce sont les meilleures fois. La monotonie de leurs réactions les enchante.

Le matin, George reste au lit tandis que Gauvain prépare les corn flakes et les *eggs and bacon*. Puis ils s'inscrivent à quelque excursion : le Village Typique ou le Wild River Tour, parmi des Américains loquaces qui disent « *your wife* » en parlant de George à Gauvain, ce qu'il adore, des Canadiens qui se soûlent à la bière dès le matin et des Allemands en short et caméra, qui ne manquent pas une explication du Guide.

Ils expérimentent ce phénomène étrange : ayant vécu si peu de temps ensemble, ils se sentent aussi intimes qu'un vieux couple. Avec aucun homme George n'a abordé le sujet de ses règles par exemple, du désir accru qu'elle ressent les jours précédents, et même pendant. Son éducation l'a habituée à passer sous silence ces questions et à en escamoter tous les signes à ses partenaires masculins. Est-ce parce qu'il aime George si inconditionnellement ou parce qu'il vit près de la Nature, Gauvain ne semble pas éprouver le moindre dégoût pour ce qui se passe dans les ventres féminins. Il insiste pour tout savoir d'elle et elle lui parle comme elle n'avait même pas espéré le faire. On peut connaître et aimer beaucoup d'hommes sans jamais aborder aux rives de cet abandon tranquille. A Gauvain elle pourrait, elle voudrait montrer son sang, tant elle est sûre de sa tendresse pour chaque anfractuosité d'elle-même, pour chaque poil, chaque moue, chaque geste, chaque défaut. Il est un des rares hommes « d'après », comme s'il conservait toujours assez de désir en lui pour trouver plaisir à caresser, à embrasser, à murmurer. C'est intenable parfois.

« Lozerech, dis-moi, je me pose souvent la question : crois-tu que c'est pour " ça " (George appuie son index sur le filet d'anchois à demi replié qui gît sur la cuisse de Gauvain), que nous échafaudons

140

toutes ces combinaisons, que nous réalisons des tours de force pour nous rencontrer? Ce serait seulement pour obéir à nos plus bas instincts, aux désirs de nos corps, à nos peaux en somme?

– Moi je dirais que ça vient de plus loin. De quelque chose de plus profond.

– Et si ce que nous avions de plus profond n'était que la peau justement? Le corps sait ce qu'il veut au moins, il est imperméable aux raisonnements, il est implacable, le corps. L'idée ne te plaît pas? Tu préférerais que ce soit l'âme, hein? »

Gauvain passe ses doigts dans sa tignasse bourrue comme pour s'éclaircir les idées. Il se tripote les cheveux chaque fois qu'il pense.

« J'admets pas d'être commandé par quelque chose que je comprends pas, c'est tout.

– Et tu prétends comprendre la Foi, toi? Ou l'Amour, quand il te pousse à faire des folies?

– Non justement, je comprends rien. Quand je suis avec toi, ça va toujours, je me pose plus de questions. Mais quand je suis seul, ça me travaille. J'ai l'impression de plus être le patron à bord, quoi!

– Moi au contraire : j'ai l'impression d'atteindre à une des sagesses de la vie. Cette union que nous vivons, c'est aussi puissant qu'une communion mystique. C'est comme un décret de la nature qu'on accepterait. Et c'est rare de les entendre, les décrets de la nature. »

Gauvain écoute, à la fois ébranlé et méfiant. George est en train de l'embobiner là, avec ses beaux discours. Qu'en restera-t-il les nuits où il se tournera dans sa couchette d'un bord et de l'autre sans trouver le sommeil, se demandant s'il est un faible ou un salaud, sans doute les deux, de ne pas arriver à tirer un trait sur cette liaison. Cette liaison

141

dont il s'avoue à regret qu'elle est le sel de sa vie.

« George, tu écriras notre histoire un jour ? » lui demande Gauvain, à sa grande surprise, quelques jours plus tard, alors qu'ils devisent autour de la piscine du club, d'un bleu artificiel, bordée de parasols Pepsi orange et marron. Mais il faut savourer cette laideur et déguster ce calice jusqu'à la lie. C'est un art exquis de faire ce que l'on déteste, de temps en temps.

Gauvain ressemble à un bel Américain ce soir-là, avec son polo de coton rose, une couleur qu'il n'aurait jamais osé envisager pour lui, et ce pantalon de seersucker qu'elle vient de le forcer à accepter; et cet air repu et abandonné que donne l'amour à répétition; et cette manière de prononcer Georch', un peu chuintante et si bretonne, qui la met à sa merci.

« Tu l'écriras un jour, hein ?

– Mais qu'est-ce que tu veux que j'écrive ? Ils se couchent, ils se lèvent, ils se recouchent, il la baise et rebaise, il la comble, elle le fait reluire, il lui fait des yeux de merlan frit...

– Normal pour un marin !

– Tu as tout sauf des yeux de poisson.

– Les thons ont de beaux yeux, tu sais, noirs bordés d'argent. Dans l'eau, je veux dire. Tu les as jamais vus vivants, toi, tu peux pas savoir.

– Peut-être mais je sais que toi, tu as des yeux complètement vicieux, pas dans l'eau, mais dans l'air! En tout cas quand tu es avec moi. J'ai toujours envie de te crier : " Oui... quand tu veux, où tu veux, comme tu veux... " J'ai peur que ça se voie. D'ailleurs ça se voit sûrement.

– Eh bien, il faut écrire ça aussi. Des fois, je comprends pas comment tu continues à m'aimer,

142

moi. Il faut expliquer comment ça peut arriver, une histoire pareille. Toi, tu saurais faire.

– Mais non justement! Il n'y a rien de plus impossible à raconter qu'une histoire d'amour. Et puis je ne suis pas romancière.

– Tu es historienne, c'est pareil. Je ne sais pas pourquoi, mais j'ai envie de la voir écrite dans un bouquin, notre aventure, pour être sûr qu'elle est vraie, que j'ai vécu ça, moi! Peut-être parce que j'ai jamais pu dire un mot à personne là-dessus.

– C'est vrai que ça soulage d'en parler. Moi j'en discute avec Frédérique. Et puis avec François, que tu connais. Et Sydney est au courant de ton existence aussi.

– Moi, si ma femme apprenait, ça ferait du vilain, dit Gauvain brusquement assombri. Je vis à côté de mes pompes quand je suis avec toi. Chaque fois que je remets mes sandales que tu peux pas piffer, c'est comme si je rentrais à la maison! Celui qui m'aurait dit que je pourrais vivre comme ça, je l'aurais jamais cru. Ah ça, non par exemple!

– Allez, on en commande un autre, tu veux? » George redoute que les yeux de Gauvain s'embuent. Pleurer est si inadmissible pour lui, il s'en défend si fort.

« Tu vois, à l'heure qu'il est, je me dis que je préférerais crever que ne plus te voir. Et puis dès qu'on n'est plus ensemble, je me dis que je suis dingue... que ça peut plus continuer. »

Un silence. George promène sa main sur les poignets trop larges de Gauvain qui l'attendrissent toujours. Le contact de ses poils l'électrise délicieusement.

« J'ai tellement envie de toi, ça ne finira donc jamais? » dit-il presque à voix basse.

Ils se taisent un moment, savourant le crépuscule, leur liberté, le luxe qu'ils s'offrent. Les mots

143

ne sont pas encore des poignards puisqu'ils ont la nuit devant eux et plusieurs jours et plusieurs nuits encore : tout un océan de tendresse pour y tirer des bords.

« Tu sais quel serait le meilleur moyen pour que ça finisse? » questionne George.

Gauvain hausse son sourcil gauche, naïf.

« Ce serait qu'on vive ensemble, complètement. Je t'énerverais vite et tu piquerais de ces colères...

– Tu dis toujours ça, réplique Gauvain ulcéré. Moi, je suis sûr et certain que j'aurais su t'aimer toute ma vie. Sinon, il y a longtemps que je me serais débarrassé de toi, avoue-t-il sans sourire. Je suis jamais heureux, tu sais. Je suis pas honnête avec Marie-Josée. Je m'habitue pas. Et je peux rien faire. Si ce serait faisab', je divorcerais. »

George sourit tendrement : il use toujours du conditionnel après « si ». Mais est-ce bien le moment de lui expliquer qu'après « si », malgré les apparences, on doit mettre l'imparfait? Elle ne peut pas le reprendre sans cesse, elle tique sur tant de détails déjà. Elle a horreur qu'il dise *bouquin*, *toubib*, *patelin*, *clebs*, qu'il appelle parfois la mer *la baille* ou *la flotte*. Mais pourquoi? demande-t-il. Il ne comprend pas pourquoi ça ne va pas, *toubib*! C'est précisément cela, le drame des classes sociales, des préjugés, de la culture : cela ne s'explique pas.

« D'ailleurs, c'est moi que tu supporterais plus, reprend Gauvain d'une voix très douce. Je sais que je suis pas à ton niveau mais ça me fait rien, c'est drôle. Et j'aime quand tu me corriges. C'est ton métier, après tout. Par exemple, tu m'as appris à voyager, à voir des choses que j'aurais jamais eu idée de remarquer. On prend pas le temps, nous aut'. On s'aperçoit même pas qu'on vit!

144

– C'est vrai, ça, Lozerech. Et à propos de vit... je te signale qu'il y a au moins cinq heures qu'on n'a pas fait l'amour. Tu n'es pas malade, au moins ? »

Gauvain éclate de son rire trop fort d'homme qui vit avec des hommes. Le seul antidote à la certitude qu'ils ne vivront jamais ensemble, c'est le rire. Et une certaine dose de grossièreté aussi. Gauvain aime que George soit grossière parfois. Ça la rend plus humaine, plus proche. Il la sent si étrangère par moments.

« Tu viendrais pas un peu... prendre le temps de vivre ? » Il la regarde, l'œil frisant, déjà sûr de sa réponse.

« Tu es immonde, dit George. C'est toujours tôah qui m'attaques, tôah, tôah...

– Tu te fous de môah ? Et tôah, comment que tu prononces donc ? Je croyais que j'avais perdu mon accent breton, depuis le temps.

– Comment veux-tu le perdre, tu ne t'entends même pas ! Et tu passes ta vie avec des gens qui ont le même. Mais je l'aime, ton accent. Qui sait le rôle qu'il joue dans cette attraction absolument honteuse que j'éprouve pour toi ? »

Ils se prennent par la taille pour gagner le casier 1718. La plage est déserte maintenant et les pélicans se battent en piaulant. La nuit, les oiseaux se croient encore chez eux et oublient le Hilton, le Holiday Inn et autres nids à touristes. A la pensée de l'hiver qu'il faudra affronter dans quelques jours, George est prise d'une soudaine envie de courir encore une fois sur le sable. Dans ces cas-là, Gauvain s'installe sur la digue. Faire de la gymnastique ne lui viendrait jamais à l'idée et que d'autres en fassent lui paraît comique. Elle s'élance sur le sable mouillé, écornant par moments l'eau bruissante qui dessine des festons sur la plage, remon-

145

tant puis se retirant, comme aspirée par le large, puis revenant, au rythme mystérieux des vagues, un peu comme celui de l'amour. – *Tu ne penses qu'à ça, décidément, dit la duègne. – Pas du tout, c'est toi qui ne comprends pas qu'il y a des instants privilégiés où tout est amour.*

Tandis qu'elle court, légère, George se fond dans le paysage, l'absorbe de tout son être, savourant les mouvements aisés de son corps, le temps rythmé par le bruit sourd de ses talons et cette impression de naître qu'elle éprouve chaque fois, comme si revenait une lointaine et furtive mémoire de la première espèce qui soit sortie de la mer pour respirer ce drôle d'élément sec que l'on nomme l'air. Et le désir amoureux n'est qu'une des composantes de ce ravissement.

Elle voudrait faire provision de tout ce bonheur pour après. Mais l'amour, c'est comme le soleil, ça ne s'engrange pas. Chaque fois est unique et s'efface comme ces vagues qui rentrent dans le sein de l'océan.

Gauvain attend, les jambes pendantes, au bord de la jetée. Une mer sans bateaux l'ennuie. Les vacances l'ennuient. C'est George qui est son emploi du temps, sa seule raison d'être ici.

« Tu es mouillée comme une sirène, dit-il en la recevant dans ses bras. Tu veux que j'enlève le sable de tes pieds, j'ai la serviette.

– Surtout pas, j'adore garder du sable sur moi. Ça me prouve que je ne suis pas à Paris, tu comprends... »

Ces idées qu'elles ont, les Parisiennes! Gauvain la serre contre lui. Il n'y a que dans l'amour que plus rien d'elle ne lui est étranger.

Cette heure qui précède le sommeil, ils l'adorent. Gauvain se couche le premier tandis que George déambule, se prépare, applique un peu de baume

146

sur un coup de soleil, vérifie qu'il ne reste pas de sable dans les conduits.

« Quand tu auras fini de tourner et de virer », s'exclame-t-il bientôt.

Elle se précipite sur lui et c'est comme s'ils appuyaient sur un disjoncteur. Le courant passe et tout s'allume et crépite. Elle avait lu des cas de ce genre dans les romans mais n'avait jamais cru à la sincérité des auteurs. Maintenant les faits étaient là : elle ne s'arrêtait que pour ne pas tuer Gauvain et aussi pour ménager ses muqueuses.

L'étonnant restait pour elle que Gauvain s'émût autant de son corps, se passionnât pour cette tranche de pastèque qu'il connaissait par cœur, défaillît en lui frôlant le pubis ou les lèvres et se pâmât en arrivant au vallon. Comment cet homme pouvait-il s'extasier sur son vagin et ne pas s'intéresser à Picasso? Faire cinq mille kilomètres pour se coucher sur elle et ne pas se déranger pour voir Notre-Dame? – *Il aime mieux mon vagin, c'est tout! dit-elle à sa duègne pour l'asticoter. Ah! Etre aimée jusqu'au fond de soi! La duègne crache.*

« Lozerech, mon chéri, décris-moi ce que tu trouves là-dedans, s'il te plaît. Dis-moi comment sont les autres et en quoi le mien serait différent. »

Il lui affirme qu'elle, elle recèle un jardin des merveilles entre les jambes, un Lunapark, un Disneyland avec montagnes russes, water-chute et femme à barbe. Il dit qu'il négocie de nouveaux virages, trouve à se garer différemment, qu'elle possède des cloisons mobiles, des éléments gonflables, bref qu'elle le rend fou, bref ce qu'une femme ne se lasse pas d'entendre. Elle en vient même à attribuer les incessantes érections de Gauvain à ses charmes, alors qu'elles ne sont que les signes de

147

ses exceptionnelles qualités sexuelles. Lui attribue à George le crédit de toute cette animation alors qu'elle n'a qu'une vague notion de ce qui se passe dans ses sous-sols. D'ailleurs elle n'a jamais pris la peine de suivre les conseils d'Ellen Price « pour mieux assumer notre vagin ». Ellen recommandait impérativement la gymnastique : « Commencez par vingt ou trente contractions du muscle pubo-coccygien chaque matin, ou bien faites-les assise chez le coiffeur par exemple, ou debout en attendant l'autobus. Vous arriverez à deux ou trois cents contractions par jour en gardant l'air parfaitement naturel. Pour vérifier que vous avez obtenu un vagin olympique (là, George n'avait pas résisté à l'envie d'essayer) chaque fois que vous videz votre vessie, exercez-vous à contenir le flot à plusieurs reprises. »

Gauvain rigole. Qu'on puisse écrire sérieusement sur de pareils sujets le sidère et le confirme dans l'idée que tous ces intellectuels sont bien des piqués.

« Toi, tu n'as pas besoin de ça en tout cas », dit-il avec une conviction adorable. C'est bien commode qu'il ignore tout des « ruses féminines ».

En revanche quand sa moralité refait surface, il s'inquiète :

« Est-ce que ce n'est pas anormal de prendre de plus en plus de plaisir au tien? Ça me fait presque autant d'effet que si c'était moi.

— Comment veux-tu que ce soit une anomalie de vouloir faire plaisir? »

Ils se heurtent les dents en s'embrassant.

« Quelle brute, dit Gauvain. Tu vas m'en casser une deuxième, si ça continue.

— Bon, très bien, on arrête. J'ai une crampe au

148

pubococcygien, justement, parce que je ne fais pas assez d'exercice. »

Elle prend un livre tandis que lui tombe dans un de ces brefs sommeils têtus qu'il a, un sommeil de môme, presque rageur. De marin aussi, qu'un rien peut interrompre. Chaque fois qu'un bruit soudain le réveille, en un dixième de seconde, Lozerech est sur le pont et il ne se contente pas d'ouvrir un œil, il se dresse, en alerte : « Qu'est-ce qui se passe ? » George retrouve alors le geste tendre qu'elle avait pour Loïc quand un cauchemar le réveillait : « Dors, chéri, tout va bien, il ne se passe rien. » Il avait pris l'habitude de répondre : « Si, il se passe quelque chose : tu es là ! »

C'est la nuit, pendant ces heures où les défenses tombent, qu'il se met à parler de lui. Elle l'écoute soudain devenir éloquent, le petit garçon de son enfance, l'amoureux de son adolescence, devenu ce capitaine courageux et obscur d'un monde qui n'a pas eu son Le Roy Ladurie. Il lui dit les grands moments de sa vie en mer, ceux que seul un marin peut connaître; et les moments drôles aussi. L'été précédent, son équipage a pris l'avion pour rentrer d'Afrique, à l'époque des congés. C'était la première fois qu'on rapatriait ainsi des marins, la plupart n'avaient jamais pris un avion.

« Si t'aurais vu dans le Super-Constellation... la panique ! Ils ont eu plus peur dans cet engin-là que dans la pire tempête sur leur chalutier ! Total, à l'arrivée ils étaient ronds comme des boudins tous tant qu'ils étaient ! Mais tu m'écoutes plus... Je t'ennuie, hein ?

— Mais si je t'écoute. Tu disais : ronds comme des boudins.

— Je ne sais pas pourquoi je me mets à te raconter tout ça... Tiens, ça me fait penser, j' t'ai jamais dit la fois où... »

Tout en parlant, il caresse doucement, elle flâne aussi le long des chemins qu'elle aime. Ils ont éteint la lumière pour se sentir à l'unisson. Ils sont de quart, tous deux, sur le pont d'un bateau qui taille sa route dans la nuit noire, vers le bout du monde.

Quand on est en Floride, aucune chance d'échapper à Disneyland, tous les Américains qu'ils avaient rencontrés étaient formels et ceux qui l'avaient visité, enthousiastes. Et Gauvain pour une fois en avait très envie. C'était le seul monument dont il eût entendu parler sur le territoire des Etats-Unis! Et puisqu'ils devaient de toute façon transiter par Miami, ils décidèrent d'écourter leur séjour afin de ne pas rentrer en Europe sans avoir vu les immenses marais des Everglades, et un ou deux musées, sans oublier les fameux « Cloisters » du monastère de Saint-Bernard, construit en 1141 à Ségovie et « transporté aux Etats-Unis pierre à pierre par Randolph Hearst », précisa l'agent de voyages avec respect comme si ce démantèlement eût ajouté quelque chose d'inestimable au chef-d'œuvre.

Le même Tour Operator leur enjoignit de passer trente-six heures au moins dans le Monde Enchanté de Walt Disney et se chargea de tout avec un empressement suspect. Mais c'est seulement sur l'aéroport de Miami, quand ils s'installèrent dans une limousine grande comme un studio parisien, climatisée, vitres bleutées, méticuleusement conçue pour qu'on y circule en vase clos, coupé du paysage, du vent, des odeurs, de la vraie couleur du ciel, que George se sentit prise d'an-

150

goisse. Gauvain ne parlant pas un mot d'anglais, c'est elle qui allait conduire cette capsule étanche dans un univers de cauchemar, sans âme qui vive sur le bord des routes pour demander son chemin, parmi cet entrelacs de gigantesques ponts suspendus, d'échangeurs géants conçus par un dessinateur fou, et d'autoroutes à huit voies où circulaient à vitesse constante des milliers de limousines semblables, qui n'allaient évidemment nulle part et se contentaient de rouler à 50 miles à l'heure pour faire semblant d'exister. Car pourquoi iraient-elles d'une ville à l'autre puisque ces villes étaient toutes pareilles, qu'elles s'appellent Tampa, Clearwater, Bonita Springs, Naples ou Vanderbilt Beach?

Quelqu'un doit être fou, pensait George écrasée par cette ambiance surréaliste : ou ce sont les habitants des villages d'Europe, bêtement groupés autour de leur clocher, avec l'épicerie-buvette, leur poivrot sur le trottoir, l'odeur de pain chaud devant la boulangerie et le vieux « marchand de couleurs » en blouse grise; ou bien ce sont les mutants d'ici, se croisant sans fin sur ce monstrueux réseau routier qui rappelle les circuits de trains électriques, bordé de milliers de Shopping Centers grands comme le Taj Mahal, avec leurs fontaines de marbre, leurs verrières et leurs cinémas où l'on joue partout les mêmes films, suivis de zones résidentielles qui ont l'air d'avoir été terminées la veille tant elles sont nettes et nues, posées sur des pelouses plus artificielles que des moquettes, puis de centres-villes où des mausolées de trente étages abritent des milliers de couples retraités qui attendent luxueusement la mort, entourés de villas individuelles dont le principal ornement est la *driveway* goudronnée qui mène au triple garage en façade, permettant de monter en voiture sans même passer par le jardin; celui-ci d'ailleurs n'est qu'une épure de jardin, sans une fleur ni une chaise longue ni un vélo d'enfant renversé, simple espace vert qu'une tuyauterie invisible asperge deux fois par jour, même quand il pleut, puisque le programmateur est branché pour la saison. De loin en loin, un émouvant terrain vague, coincé entre deux gratte-ciel, rappelle avec ses ronces et ses avoines folles que la nature a existé et que l'herbe ne pousse pas toute tondue.

Mais la Floride n'oublie pas qu'elle est d'abord un parc d'attractions. Tous les cinq ou six kilomètres, un panneau comminatoire enjoint à l'automobiliste de ralentir pour ne pas manquer les phoques les plus intelligents du monde, les tigres les plus féroces, les Indiens les plus indiens. Effectivement surgit bientôt un portail hispano-américain, ouvrant sur un temple aztèque ou une forteresse néogothique, c'est selon, où l'on vend des tickets pour la Nature : Jungle Gardens, Wild Animals Park ou Alligator Farm. Et les mots ennemis se résignent à voisiner sur l'affiche fluorescente, bien que la seule idée de rapprocher parc de jungle, crocodile de ferme, ou tigre de jardin, dût suffire à faire fuir tout être doué de raison. A commencer par le tigre.

Et il y a seulement cent cinquante ans que l'Espagne a cédé cette immense presqu'île marécageuse aux Etats-Unis! George tente de faire partager son désarroi à Gauvain mais le fils Lozerech est subjugué par tant d'opulence étalée.

Ils s'arrêtent pour visiter le modeste domicile de Mr Harkness Flagler, le cofondateur de la Standard Oil, comme on dirait l'auteur de *La Divine Comédie*. « Le Flagler Museum est conservé en l'état depuis 1906 », signale respectueusement le guide comme s'il parlait d'un très vieux millésime. Le salon a été découpé dans un palais ducal de

152

Mantoue, le plafond arraché à la Giudecca de Venise, les murs sont préraphaélites et les salles de bains pompéiennes. Ce sont les vraies mosaïques, les peintures originales, mais leur âme s'est perdue en route. Tout est frappé d'inauthenticité ou de ridicule.

« Vise le guide, on dirait... » mais George s'arrête. Comment décrire la gueule et la voix de Dufilho à quelqu'un qui n'a jamais été au spectacle ? Gauvain n'a jamais vu Venise non plus, ni Mantoue, ni Pompéi, comment serait-il choqué ? Pour une fois les antiquités, qu'il croyait obligatoirement poussiéreuses et délabrées, lui apparaissent toutes neuves avec leurs dorures et leurs sculptures auxquelles ne manque pas une volute, pas un doigt de pied. Il modifie son jugement : l'ancien, ça peut être formidable !

Quelle idée aussi de visiter avec Lozerech ! Elle oublie qu'il n'est bon qu'à faire l'amour. Elle aurait dû rester à proximité d'un lit.

Ils reprennent la route. George n'a repéré que deux ou trois musées dignes d'intérêt mais ils sont séparés par des dizaines de miles de route insipide. Auprès de Sydney, ce serait drôle. Avec son esprit destructeur, il rayerait la Floride de la carte des Etats civilisés. Gauvain ne remarque rien de spécial, pour lui un paysage, c'est un paysage et les idées générales ne sont pas son fort. Alors il tente de meubler le silence et de distraire George.

« Tiens, je vais t'en dire une bonne : tu sais pourquoi la bière quand on la boit, descend et ressort aussi vite ? »

Non, George ne sait pas

« Eh bien, parce qu'elle n'a pas besoin de changer de couleur en route », dit-il ravi, guettant sa réaction.

Elle n'esquisse même pas un sourire, pour lui

153

faire comprendre une bonne fois pour toutes que ce genre de plaisanteries en usage chez les alcooliques de Basse Bretagne est dénué du plus petit commencement de début d'intérêt. Mais elle sait qu'il en conclut seulement à son manque d'humour à elle. Pourra-t-elle un jour lui expliquer que l'humour ce n'est pas... que l'humour c'est... Cela ne servirait à rien. Ce sont les gens qui n'en ont pas qui sont le plus chatouilleux sur le sens de l'humour.

« Tiens, à droite ils construisent une maison neuve, indique-t-il un peu plus loin, pour changer de conversation.

– C'est rare qu'on construise de vieilles maisons, laisse tomber George.

– Exact », dit Gauvain froidement avant de se cantonner dans le silence.

L'appétit vient opportunément à leur secours. Alléchés par les appels réitérés d'un *Real Fresh Seafood* (sous-entendant qu'il peut exister des *false fresh seafood*), ils s'arrêtent dans un Fisherman's Lodge, à moins que ce ne soit un Pirate's Grotto ou un Sailor's Cove. De toute façon, le dernier *real fresh fisherman* a été chassé de ces lieux depuis longtemps et les grottes ont des immeubles de vingt étages sur le dos. D'ailleurs ils ne verront pas un port de pêche de tout le voyage, seulement des « parkings à yaks », comme dit Gauvain; et ils n'apercevront pas une seule poissonnerie, présentant des poissons identifiables, à têtes et à queues, mais seulement des filets de chair incolore en sachets plastique, alignés dans les bacs réfrigérés des supermarchés.

Ils déjeunent d'huîtres prédécoupées, fades et grasses, soigneusement rincées de leur eau de mer, et de clams si charnus qu'on se sent coupable de les mâcher. Puis se baignent dans quelque endroit

154

indéfinissable de l'immense plage qui borde la côte est de la Floride sur des centaines de kilomètres, dont chacun est uniformément saupoudré de vieillards et de vieillardes, assis sur des fauteuils pliants et vêtus de tissus couleur de berlingots. Puis reprennent en hâte la route car George veut voir avant le soir les « Cloisters », désossés en Espagne et reconstitués ici sur un lopin de terre préservé entre des immeubles modernes. Le St Bernard's *real* Monastery est à un cloître cistercien ce qu'un robot est à un homme. D'ailleurs quand on voit le mot « real » ici, c'est le moment de se méfier! Les pierres sont bien espagnoles, mais le carrelage est mexicain et le sol de la chapelle en balatum façon tomettes.

« Est-ce qu'il y a eu des moines ici? demande Gauvain tandis qu'ils déambulent dans le cloître qui parvient, inexplicablement, à conserver un zeste de spiritualité.

— Non, puisque ce monastère est artificiel de A à Z. Il n'est là qu'à cause du caprice d'un milliardaire, Randolph Hearst. Tu as vu *Citizen Kane*?

— Non, ça ne me dit rien.

— C'est un film d'Orson Welles qui racontait justement la vie de ce Hearst, un magnat de la presse qui... Je te raconterai ça ce soir. »

George soupire d'avance à l'idée des explications à fournir. Il faudrait partir du *Mayflower* pour bien faire, remonter jusqu'aux Conquistadores, évoquer le génocide des Indiens, chaque récit en entraînant un autre... En somme un cours magistral ou, mieux encore, dix ans d'école, de familiarité avec l'histoire, la littérature, la géographie. Quel désert parfois, la vie d'un Lozerech! Que voit-il d'un pays, lui qui ne peut associer au visible qu'un autre signe visible?

Le soir venu, elle est d'une humeur de dogue.

155

Elle s'en veut de lui en vouloir. En plus, pour raisons d'économie, ils ont dû se rabattre sur un Howard Johnson, le degré zéro du fast food.

Pour la nuit, ils ont retenu dans un motel « avec vue sur la mer ». Il s'appelle Sea-View pour achever de tromper le client mais il a été assez habilement présenté sur le prospectus pour qu'on ne s'aperçoive pas qu'il est photographié de profil et que seules les deux fenêtres sur la tranche étroite surplombent l'océan. Leur fenêtre à eux ouvre sur le parking. Mais ne s'ouvre pas puisqu'elle est scellée! Et leur chambre jouxte la machine à glace qui fabrique et broie des glaçons jour et nuit. Il est vrai que le climatiseur, qui protège du délicieux air marin, parvient à peu près à couvrir le vrombissement de la broyeuse de glace, surtout quand il est relayé par le ronflement du bulldozer qui ratisse et égalise la plage, comme chaque soir.

Leurs lits jumeaux sont séparés par une table de nuit inamovible. On ne dort pas ensemble dans ce pays et on ne fait pas non plus l'amour l'après-midi : il n'y a pas de bidet! Il faut, ou bien passer à la douche avant et après... fastidieux! ou bien utiliser le lavabo, placé dans un renfoncement sans rideau et visible de partout... disgracieux! Les Américaines savent-elles que rien n'est plus laid qu'une femme qui se lave le derrière debout, les genoux fléchis et les jambes écartées? Quant aux WC, ils sont disposés à côté de la baignoire, comme il est d'usage dans toutes les salles de bains du Nouveau Monde, afin de faire profiter le baigneur du moindre remugle émanant de la cuvette. George ne comprend rien à la topographie des sanitaires dans ce pays.

« Même chez les Bretons, c'est mieux que ça, remarque Gauvain. Les cabinets sont au fond du jardin! Sans doute que les Américains « font »

156

directement sous emballage plastique, comme pour leurs filets de poisson ou comme les verres à dents sur le lavabo, regarde! »

La scatologie étant un des meilleurs moyens de retomber en enfance, George consent à rire et à oublier l'inculture de Gauvain pour cette nuit. Elle l'autorise même à lui faire l'amour.

Et pour se faire pardonner ses pensées malveillantes, dans un esprit de pénitence, elle ira jusqu'à avaler quelques gorgées de lui.

Mais non, décidément, ce n'est pas fameux. Ce n'est pas d'une vraie amoureuse de ne pas aimer le goût du sperme, se dit-elle, ennuyée, se retenant de courir se rincer la bouche. – *Ce n'est jamais le goût du sperme qu'aiment les femmes, la rassure la duègne. Elles aiment le goût du plaisir masculin. Nuance!*

En plus le sperme sec est désagréable. George le tolère sur ses cuisses, pas quand il lui amidonne le menton. Et peut-être les femmes renâclent-elles à dévorer ces millions de petits enfants, même si ce ne sont que des demi-portions, qui vont continuer à gigoter comme des têtards dans leur estomac. George ne se sentait pas une âme d'ogresse. Elle ne se sentait même pas d'âme du tout, cette nuit-là.

Une courte nuit car le lendemain, dès 6 heures du matin, ils sont sur le pont, parés pour l'Excursion nº 4, deux jours à Disneyworld, en compagnie d'un bataillon de parents échappés de la tour de Babel si l'on en juge au nombre de nations représentées, et surchargés d'enfants dont la plupart sont déjà déguisés en Mickey ou en Donald. C'est

157

juché sur les wagonnets d'un faux vrai petit train à vapeur que le Groupe nº 4 (« Gardez bien vos badges sur vos revers, folks! » enjoint le guide) parvient en vue du château médiéval néogothique rose et blanc qui domine de ses tourelles à mâchicoulis la Main Street, bordée de maisons où tout est factice sauf les boutiques qui vendent pour de vrais dollars de la vraie merde.

Le Tour nº 4 donne droit à toutes les attractions du Monde Enchanté : le voyage intersidéral dans une fusée authentique, avec effet d'accélération et illusion optique de globe terrestre qui s'éloigne : trois minutes trente. Le débarquement sur la planète Mars : deux minutes. Vingt mille lieues sous les mers : six minutes quinze, parmi des monstres marins dont même un myope à dix mètres discernerait la fausseté. Et puis le plat de résistance culturel et patriotique, l'Animatronic des Présidents des Etats-Unis, idées courtes sur écran géant et automates grandeur nature. Parmi eux un Lincoln de cire fait un long discours moralisateur, mais on ne précise pas qu'il a fini assassiné, pour ne pas traumatiser le jeune public. En conclusion, les cinquante Présidents américains, sur fond de drapeau national, rappellent qu'il faut être bien sage dans le beau pays qui a inventé la liberté.

George a commencé dès le matin à déblatérer. Rien ne trouve grâce à ses yeux et l'éblouissement de Gauvain moins encore. Il circule les yeux écarquillés et la bouche ouverte comme les autres garçonnets de tous les pays du monde, unis dans la même ferveur, qui en oublient de s'empiffrer de pop-corn et laissent couler sur leurs blousons leurs ice-creams aux couleurs vénéneuses. Mais une fois dans l'engrenage, impossible de s'en sortir. Les visiteurs, conditionnés par paquets de cent, canalisés, minutés, émotionnés selon un programme

158

immuable, sont poussés poliment mais fermement vers des couloirs à sens unique d'où il n'est pas question de s'échapper, guidés par la voix omniprésente d'un Big Brother dont les conseils sont des ordres, vers des aires de repos calculées pour le marcheur moyen, des rest-rooms pour des vessies moyennes et des Candy-Stores disposés sur des positions repérables par l'enfant le plus bigleux, où le parent se trouve coincé face aux revendications du rejeton, qui désigne d'un doigt poisseux d'autres rejetons déjà comblés, barbouillés de chocolat et maculés de jus de fruit artificiels, exigeant d'accéder au même paradis sucré.

Hors de question d'échapper à la Maison Hantée, ou au Repaire des Pirates Caraïbes, hallucinants de fausse vérité : villes pillées, jonchées d'automates ivres qui vous menacent de leurs sarbacanes et vous chantent des chansons obscènes soigneusement expurgées, cavernes croulantes de trésors, naufragés livides pendant à des rochers, squelettes auxquels s'accrochent encore quelques débris d'uniformes, alligators de plastique claquant leurs mâchoires automatiques au passage des wagonnets de touristes... Une perfection technique accablante au service d'émotions rudimentaires. Rien n'a de sens qu'immédiat; on se sent poussé de scène en scène et leur précision méticuleuse jointe à l'accumulation des détails et à l'absence de temps mort, interdisent la formation de la moindre pensée.

Le plus irritant, c'est que George est apparemment la seule personne à trouver tout cela déprimant! Les parents américains semblent ravis et repartiront convaincus de tout savoir désormais sur la vie en Polynésie, la jungle, les fusées interstellaires et d'avoir regardé dans les yeux les authentiques descendants des Caraïbes. Et il ne se

159

trouve personne pour leur rappeler que les derniers Caraïbes, acculés dans leur dernière île, ont choisi de se précipiter dans la mer du haut d'une falaise, pour ne pas tomber au pouvoir de notre belle civilisation occidentale.

« Regarde-les... La bonne conscience... La satisfaction d'être américains, les meilleurs, les plus justes. Ils sont aussi fiers de Disneyworld que s'ils avaient construit la cathédrale de Chartres!

– Et alors? Ça t'ennuie qu'ils soient contents? Tu décides que les gens sont des cons dès qu'ils s'intéressent à autre chose que toi, remarque Gauvain comme s'il découvrait enfin le gouffre qui les sépare. Moi, j'ai jamais rien vu de pareil et je trouve ça formidable. Je m'amuse comme un gosse qu'aurait rien vu d'autre que le zoo de Guidel et le cirque Martinez, qui faisait la tournée des plages du Finistère chaque été! »

Effectivement, se retient de dire George, toi tu n'as rien vu. Pire, tu n'as jamais rien regardé. Elle lui en veut de Disneyland tout entier, de toutes ces faces béates, de ses yeux d'enfant, et même du lendemain car l'excursion qu'ils ont choisie comporte trente-six heures d'immersion dans cette horreur! Pour le moment les attend une des douze cents chambres du Contemporary World Resort. Gauvain va adorer parce que l'hôtel est traversé par un monorail, sorte de métro aérien suspendu, qui parcourt le Hall et le Grand Salon toutes les huit minutes, trimbalant sa cargaison de familles infantilisées qui vont s'amuser avec le même sérieux que l'on va travailler.

« Tu me pardonneras, mais c'est au-dessus de mes forces de retourner demain dans le Monde Enchanté de Mr. Disney. La seule idée de voir encore un Mickey me fait gerber. Tu t'amuseras bien mieux sans moi en visitant le World Circus et

160

le Marineland. Je te parie qu'ils ont mis des oreilles de Mickey aux cachalots! »

Pour la première fois, Gauvain s'aperçoit que George peut être odieuse. Décontenancé, il tente de la raisonner, registre où il ferait mieux de ne pas s'aventurer.

« Tu as vite fait, toi, de mépriser les gens qui sont pas comme toi. Tu oublies, ajoute-t-il d'un ton sentencieux, qu'il faut de tout pour faire un monde.

– Pas possible? »

Gauvain pince les lèvres sous le coup. Il doit avoir ce visage de prolétaire borné quand il est humilié par son armateur et qu'il n'ose pas lui répondre. Demain matin, c'est entendu, il continuera la visite tout seul. De toute façon, il a payé son ticket!

« Ce serait dommage de gaspiller », dit George.

Il se demande si elle a voulu être désobligeante. Sur l'argent, ils n'ont pas le même point de vue, et il ne sait jamais quand elle plaisante, c'est un de ses problèmes.

Ce soir-là, ils se sentent poussiéreux et lourds de fatigue. Disneyland, c'est crevant, ils sont au moins d'accord là-dessus.

« Tu veux que je te coule un bon bain chaud? propose gentiment Gauvain quand ils regagnent leur chambre.

– Non, je préfère un mauvais bain froid, ne peut s'empêcher de répondre George.

– Pourquoi tu es si mauvaise quelquefois?

– Tu dis de ces évidences par moments... Ça m'énerve.

– C'est moi en général qui t'énerve. Si tu crois que je ne m'en rends pas compte...

– Mais on s'énerve tous les deux, à tour de rôle,

161

c'est forcé. Et puis c'est cette journée éreintante. Je suis crevée, ce soir. »

Elle ne dit pas qu'elle vient de repérer une bille dure et douloureuse sur sa vulve. Elle redoute un abcès. – *Mais non, c'est ta glande de Bartholin qui se fâche, dit la duègne, qui est persuadée qu'elle a fait Médecine. Trop de trafic, ça engorge forcément. C'est bien gentil tes parties de jambes en l'air, mais il va falloir te calmer un peu, ma fille! D'ailleurs, tu as vu ta bouche? On est toujours puni par où l'on a péché.*

Effectivement, voilà qu'un bouton d'herpès se pointe sur sa lèvre supérieure, qui commence à lui donner un ridicule profil de lapin. Encore un coup de Walt Disney! Elle ressemblera à Donald pour le dernier jour avec Gauvain! Cette idée la rend plus hargneuse encore. Lui, vexé, s'est retranché dans cette carapace de crustacé qu'il sait sécréter. Pour la première fois depuis qu'ils se connaissent, ils se demandent ce qu'ils fabriquent ensemble. Ils voudraient être chacun chez eux, chacun dans sa famille, dans son clan, avec des gens qui parlent la même langue et apprécient les mêmes choses qu'eux.

En se couchant ce soir-là, George sort un livre de sa valise et Gauvain ouvre son « bouquin », un policier, n'importe lequel, qu'il a acheté à l'aéroport et dont il tourne les pages en se léchant l'index ou en soufflant pour écarter les feuillets. Ça l'énerve, ça aussi. Il déchiffre laborieusement, faisant circuler sa tête de gauche à droite et retour, pour suivre les lignes, le sourcil froncé, une ride profonde se creusant sur son front comme s'il avait à déchiffrer un document codé. Au bout de trois pages, il commence à bâiller, mais il ne veut pas s'endormir avant elle.

Dès qu'elle a éteint, il s'approche doucement,

162

prêt à battre en retraite au premier signe d'impatience.

« Je voudrais te tenir dans mes bras, seulement... Tu veux bien? »

Elle plaque son dos contre son ventre à lui en signe d'acquiescement et il l'enserre. Une tendre paix descend sur elle dès qu'elle se trouve dans la ceinture de sécurité des bras de Gauvain. Il ne cherche pas à tricher, il ne bouge pas une phalange. Il a même remisé ses pièces à conviction entre ses cuisses, par délicatesse, et se contente de la serrer étroitement. Ne sait-il pas, ce reître, que leurs corps s'enflamment tout seuls, par simple contact? George se retourne soudain face à lui et ils se retrouvent instantanément en état de désir et rien ne leur paraît plus important que de suivre ensemble ce chemin où ils ne se déçoivent jamais.

Le dernier jour, il leur reste à voir les Everglades. Au moins personne n'a encore réussi à bétonner ces milliers d'hectares de marécages, ces vases mouvantes où seuls parviennent à s'accrocher des palétuviers.

Plus encore qu'ailleurs en Amérique, il faut ici faire mille kilomètres avant d'espérer changer de paysage. Le long de l'interminable ligne droite qui relie le golfe du Mexique à la côte atlantique à travers un mélancolique univers de marais bordés d'arbres rabougris, en dehors des camions et des vastes et silencieuses limousines roulant à vitesse constante, les seuls êtres vivants sont des oiseaux : aigrettes, grues huppées, hérons, busards, aigles et puis l'oiseau national, l'inévitable pélican, ni sauvage ni apprivoisé, mais effectivement si lassé des longs voyages qu'il a fini par s'installer bien en vue sur les poteaux des embarcadères d'où l'on visite les canaux, sa seule distraction restant de se faire photographier six cents fois par jour en moyenne.

Ils déjeunent à Everglades City, dont le nom les a séduits, mais ce n'est qu'une vague zone urbanisée, qu'on ne saurait appeler bourg ni village, tout au bout de l'immense presqu'île. Dans un chalet suisse (pourquoi pas puisqu'il n'y a pas de style du pays?) le menu promet *the best fresh sea-food in Florida. Best*? Mon cul! *Fresh*? Mon cul! *Sea!* C'est la plus polluée du monde, dit le Guide Bleu. Il reste *Food*. Mais l'ambiance est joyeuse et sympathique et les Américains dégustent avec entrain leurs infectes victuailles servies en tas impressionnants couronnés de ketchup, dans des assiettes en carton. Les crevettes, les grenouilles, les clams et les fresh fingers sont parfaitement interchangeables. Mais le Français est un râleur, c'est bien connu.

« On a l'impression de mâcher les animaux en plastique de Disneyland, tu ne trouves pas? »

Gauvain hoche la tête, prudent.

« Et tu as vu le sachet de Cofimate? demande-t-il.

– Cofimate? Aah! K-fii-meït, tu veux dire.

– Tu sais bien que j'ai l'accent breton dans toutes les langues!

– Au moins ils ont la franchise de ne pas appeler ça du lait. " Produit crémant non laitier ", c'est magnifique, non?

– Alors qu'on croule sous le lait en poudre, ici comme en Europe, je suppose, dit Gauvain.

– Et tu as vu les ingrédients? Ecoute ça, je te traduis : Huile de coco partiellement hydrogénée, caséinate de sodium, mono et diglycérides, phosphates, sodium, et bien sûr artificial flavours et artificial colours! Qu'est-ce qu'ils peuvent bien

164

mettre comme colorants artificiels pour parvenir à faire du blanc?

– En tout cas c'est pas mauvais, remarque Gauvain.

– Mmmm, le dipotassium surtout, c'est exquis. L'ennui, c'est que ça laisse intact le goût du café américain.

– Et tu as remarqué le beurre? On dirait de la crème à raser. »

Au moins le gruyère est autrichien et le vin italien. La petite Europe paraît soudain riche à craquer de vaches à lait, de fromages, de poissons divers, d'églises du XVe ou du XVIIe vraiment construites au XVe ou au XVIIe et qui continuent à vivre là où on les a mises; leur petite Europe regorge d'art, de châteaux, de fleuves qui ne se ressemblent pas, de recettes de cuisine régionale, de petites nations divergentes, de maisons bretonnes, basques, alsaciennes, tyroliennes... Ils se réjouissent d'être européens et plus encore français et plus encore bretons. Il leur revient le goût d'être ensemble.

Ils vont maintenant retrouver pour des heures encore les marécages, les palétuviers, les aigrettes, hérons, grues, busards et pélicans, sans oublier les deux ou trois villages séminoles, reconstitués au bord de l'autoroute pour que les touristes puissent les découvrir sans fatigue et s'instruire sur le mode de vie des Indiens dans leur habitat authentique, réduit à trois huttes, dont l'une abrite une boutique de « curios » où l'on vend des ceintures de cuir brodées de laine et des mocassins mal cousus. Si les Indiens apprenaient à coudre, ce ne serait plus de l'artisanat primitif.

Derrière une haie de bambous, on distingue la caravane moderne avec antenne de télévision où

165

les primitifs passent la nuit quand ils ne font plus semblant d'habiter leur habitat séminole.

Pour leur dernière soirée, Gauvain a décidé de dépenser un peu de l'argent gagné par Lozerech : il a retenu deux places dans un restaurant de luxe recommandé pour sa gastronomie. Mais le maléfice de Walt Disney les poursuit : cette fois ce n'est plus l'enfance mais la vieillesse qui est omniprésente. Gauvain et George sont les seuls à ne pas se déplacer avec cannes ou béquilles, à ne pas être agités de tremblote des mains ou du menton, à exhiber des dents dont l'irrégularité est garante d'authenticité, face aux claviers impeccables des dîneurs. Elle imagine tous ces zizis rabougris dans des pantalons à 500 dollars, ces pubis désertiques et désertés; elle s'apitoie sur ces mains noueuses, ces coudes usagés, ces croûtes qui parsèment les crânes chauves des hommes parmi quelques soies incolores qui n'accèdent plus à la dignité de cheveux, ou ces taches irrégulières qui maculent les joues de toutes ces vieilles blondes. La force insolente de Gauvain lui apparaît soudain comme une bouée où se raccrocher parmi ces êtres en perdition, et ce qu'il détient dans son pantalon à 399,50 F comme le seul antidote à la mort.

Sur scène s'agitent des « danseurs typiques », dont l'insolente peau noire semble à l'abri des injures du temps et dont la grâce et la souplesse doivent paraître déchirantes à ceux dont les mouvements s'amenuisent chaque jour.

« Tout de même, dit Gauvain, il y a une chose qu'on ne peut pas enlever aux Noirs (oh, non! Pitié! Il ne va pas le dire!), c'est le sens du rythme. Ils ont ça dans la peau. »

La duègne ricane. Tiens, il y a longtemps qu'elle n'était pas intervenue, celle-là. A Disneyland, elle

166

n'avait pas pipé. Les événements travaillaient pour elle. – *Tu vois, douze jours, c'est déjà trop, fait-elle remarquer. Ça craque vite, une belle entente quand c'est basé sur le cul. – Arrête d'appeler ça le cul. Tu n'es qu'une vieille vierge rancie qui n'a jamais vibré et tu n'as aucune notion de ce qu'est la poésie. – Ma pauvre fille, dit la duègne, dès que l'on te chatouille où il faut, ton vagin s'érotise, et tu chantes le Magnificat. Ce n'est qu'une légère sécrétion de tes glandes, ma chère, une simple excitation des corpuscules du plaisir.*

Pour l'heure ce sont leurs papilles gustatives qui s'excitent mais la dégustation de délicieuses huîtres Rockefeller n'empêche pas Gauvain de se laisser étreindre à son tour par l'angoisse de l'âge.

« Dire que dans quelques années, moi aussi je serai en retraite! Dès que je serai en 17e ou 18e catégorie, comme j'aurai suffisamment d'annuités, j'arrête. Et on devrait avoir de quoi vivre, même si on sera jamais comme ceux-ci.

– Mais comment vas-tu supporter de rester à la maison toute l'année? Toi sans ta galère, je t'imagine mal.

– C'est vrai que pour ce qui est de rester à la maison, ça, j'ai jamais fait! En tout cas, je prendrai un canot. Je pourrai toujours aller pêcher la godaille. Je serais incapable de rester m'occuper d'un potager. »

Pour la plupart des marins, la terre c'est l'ennui et compagnie. Eux qui, sur mer, savent discerner l'endroit où ils sont à la couleur de l'eau, refusent dans un jardin de distinguer une pivoine d'une anémone.

« Mais avant ça, j'ai un projet, reprend-il tout en découpant d'avance son T-bone steak en petits

167

carrés dans son assiette. Faudra que je te raconte. Une vraie histoire de fous.

– Quel genre? Tu arrêterais la pêche?

– T'es pas bien, non? Et d'abord, je pourrais pas à cause de mes annuités. J'aurais pas le compte. Et puis mettre mon sac à terre avant d'être obligé, ça me ferait mal au cœur. Non, c'est un truc que m'a parlé mon cousin de Douarnenez, tu sais, Marcel Le Louarn. Y aurait beaucoup d'argent à gagner. Et avec Joël qui pourra jamais travailler, on en aura besoin. »

Il hésite à continuer. Il se tient les yeux baissés et parle sans regarder George, en émiettant son pain sur la nappe.

« L'ennui, c'est que pour toi et moi, ça risque de pas être facile. Je serais du côté de l'Afrique du Sud, de c' coup-là.

– Pas facile, qu'est-ce que tu veux dire?

– Eh ben... on pourra peut-être pas se voir pendant longtemps.

– Et ça ne te fait pas hésiter?

– Qu'est-ce que tu veux, c'est mon métier, hein?

– Tu me sacrifierais pour pêcher un peu plus de poisson et dans un pays encore plus lointain? C'est ça que tu essaies de me dire? »

La duègne, qui était partie se coucher, atterrit en trombe sur la table du restaurant. Elle sent qu'il va y avoir du sport. – *Tu t'es entendue? Ça y est, tu parles comme une Paimpolaise à présent!*

« C'est mon métier, répète Gauvain, et on n'a pas le choix quand on a choisi ce métier-là, dit-il comme une évidence. Faut le faire comme il doit être fait, un point c'est tout.

– Tu pourrais continuer où tu es, non? Tu gagnes assez bien pour le moment.

168

– Peut-être mais, à ce que j'ai entendu dire, cette pêche-là va plus rapporter. Les gens préfèrent le poulet industriel maintenant, ils mangent plus de poisson. Même pour le chalut, c'est la mévente et les prix du thon dégringolent. Va falloir trouver aut' chose.

– Et ce serait pour quand, ce projet mirifique? Ça m'intéresse de savoir. Tu comptes un peu dans ma vie, figure-toi.

– Nom de Dieu, si tu crois que c'est facile pour moi! J'ai pas une famille riche derrière, moi. J'ai un enfant infirme et une femme pas costaud, maintenant. Je suis pas fonctionnaire, moi. Faut bien que je prends mes responsabilités, que je pense à eux d'abord. »

Plus il est irrité, plus il fait de fautes de français. Nom de Dieu, qu'est-ce qu'elle fout avec ce type qui ne pense qu'à passer en 17e catégorie?

« Ecoute... Pour moi non plus ça n'a pas toujours été simple, qu'est-ce que tu crois? Ça te soulagerait peut-être qu'on laisse tomber? Qu'on ne se voie plus?

– Pour être soulagé, je serais soulagé. »

La sincérité brute de Gauvain la surprend toujours.

« Bon, eh bien, la situation est claire, il me semble : tu ne tiens plus tellement que ça à me voir, ça te complique trop l'existence et...

– J'ai jamais dit ça, coupe Gauvain. J'ai dit qu'en un sens, je serais soulagé, c'est pas pareil. Et puis d'ailleurs c'est pas pour tout de suite. Je sais même pas pourquoi je t'ai parlé de ça. »

On apporte la note que Gauvain scrute longuement avant de sortir ses dollars, qu'il compte en se léchant l'index. Puis il remet sa veste, l'air sombre. George a gardé son châle : on attrape la mort dans ces restaurants climatisés.

169

En sortant, ils croisent un centenaire dans son youpala, accompagné d'une épouse chauve. George se serre machinalement contre Gauvain et ils rentrent au motel sans parler. Ils vont se quitter le lendemain et se sentent déjà orphelins.

« Pour mon projet, y a rien de fait encore, c'est juste une idée », murmure-t-il un peu plus tard à l'oreille de George avant qu'ils ne sombrent dans le sommeil, enlacés l'un à l'autre comme deux pieuvres.

Le lendemain, le réveil va sonner à 5 heures. Ce n'est pas une heure pour les attendrissements. Ils ne partent même pas ensemble. George rejoint Montréal, avec escale à Boston pour passer la journée avec Ellen, qui s'apprête à son tour à s'envoler pour la Jamaïque, pubococcygien bandé. Gauvain, lui, part dès le matin pour Paris. Il va remettre ses sandales tressées à semelles crêpe avec un sourire triste, enfiler son blouson Jacquard à fermeture Eclair, tricoté par Marie-Josée, et disposer sur le dessus de son sac « pour en arrivant à Paris », sa casquette bleu marine. Il va se rhabiller en marin-pêcheur et il ne sera plus à elle. D'ailleurs en veut-elle? Son bouton de fièvre est devenu pendant la nuit un bubon pesteux qui lui déforme complètement le mufle. Se sentir si laide l'incite à ne plus aimer Gauvain et elle a hâte soudain de le voir partir.

Il l'embrasse sur le coin de sa lèvre inférieure et elle serre une dernière fois contre elle ce torse dense dont elle fait à peine le tour avec ses bras. Pourquoi a-t-elle envie de pleurer chaque fois qu'elle quitte cet homme-là? Sans se retourner, il monte dans le car du Miami International Airport. Il est contre les taxis et il refuse toujours que George l'accompagne; depuis cette première fois à

170

la gare Montparnasse, les quais ont une odeur de jamais plus.

George remonte dans sa chambre finir sa valise et elle se prépare à aller nager une dernière fois quand le téléphone sonne.

« Georch'... C'est moi. »

Lui qui déteste les téléphones, a trouvé moyen de faire fonctionner un appareil dont les instructions sont rédigées en américain, de se procurer des *cents*, de se souvenir du numéro de l'hôtel... elle fond.

« Tu as déjà vu un bonhomme pleurer au téléphone ?

— ...

— Eh bien, regarde dans le fil. Et oublie tout ce que je t'ai dit hier. Pis je vais te dire aut'chose : c'est comme si quelque chose de moi mourait chaque fois que je te quitte. Je te dis ça maintenant parce que je saurais pas l'écrire. Même quand je te déteste, je t'aime. Tu comprends ça, toi ? »

George se sent la gorge serrée.

« Georch' ? Tu m'entends ? Tu es toujours là ?

— Oui, mais je n'arrive pas à...

— Ça fait rien, c'est moi qui voulais te dire quelque chose pour une fois. Et aussi, ça m'a fait plaisir hier soir que tu me fasses la tête parce que je parlais de partir en Afrique du Sud. C'est drôle, c'est un peu comme si tu étais ma femme ! »

Comme d'habitude, Gauvain devient intelligent quand il est malheureux. Quand il est tranquille, quand il s'amuse, quand il veut plaisanter, George le trouve con. Ah, c'est joli, l'amour !

« Ben, c'est pas tout ça, il faut que j'y aille. Ne ris pas, c'est vrai, cette fois, j'ai plus de sous américains ! »

Il rit comme elle aime. Ils ont leurs mots de passe tout de même, ce stock d'allusions, de plai-

171

santeries, de complicités, de souvenirs de jeunesse aussi, sans lesquels un amour n'est qu'une aventure sexuelle.

« Ecris-moi. »

Ils l'ont dit en même temps.

CHAPITRE VIII

VÉZELAY

Je me préparais à épouser Gauvain. La réception avait lieu dans le grand salon de mes parents à Paris, parmi leurs œuvres d'art et les objets de collection de mon père que je ne reconnaissais absolument pas. La maison ressemblait à une église baroque italienne surchargée d'ornements! Quelqu'un désignait successivement les œuvres les plus intéressantes à Gauvain en lui disant : « Vous vous rendez compte de ce que peut coûter un vase comme celui-là, ou cette sculpture, ou ce tableau? Près de vingt mille dollars! – Cette croûte-là? » faisait Gauvain, incrédule. Il ignorait le cours du dollar mais il était indigné et de plus en plus convaincu que l'art n'était qu'une vaste escroquerie montée par les snobs.

Il portait un costume normal mais avait gardé sur la tête sa casquette de marin et je n'arrivais pas à le rejoindre pour lui dire de l'enlever. Les invités s'esclaffaient sous cape.

Je me répétais : « Si on divorce, il aura la moitié de toutes ces " croûtes " qu'il déteste! Comment ai-je bien pu décider de l'épouser? » En plus il fumait une petite pipe sculptée qui faisait ridiculement loup de mer et je me disais : « Tiens, je ne savais pas qu'il fumait la pipe, il ne m'avait rien dit, AVANT ! »

Et puis soudain il venait s'asseoir derrière moi qui m'étais réfugiée sur un pouf, au fond du salon, et il me prenait la tête contre sa poitrine si tendrement que je pensais : Voilà, je me souviens maintenant : c'est pour cela que je l'épouse. Précisément pour cela.

Mais je continuais à trouver ridicule de me marier. Quelle idée à nos âges au lieu de vivre ensemble tout simplement.

Il se passait des tas d'autres événements au cours de ce mariage, je rencontrais des amis, tous très surpris de ma « trahison »; je pourrais donner plein de détails passionnants, mais à mesure que je m'y arrête, ils perdent tout intérêt, comme il arrive dans la majorité des rêves, quoi qu'en pensent les rêveurs. La panique me saisit quand une amie me téléphone pour m'annoncer qu'elle a fait un rêve extraordinaire cette nuit et qu'il faut absolument qu'elle me le relate, que je vais être stupéfaite. C'est la certitude d'un filandreux récit plein d'épisodes insignifiants et de descriptions soporifiques que la rêveuse estime d'un intérêt exceptionnel et absolument indispensable à ma compréhension. « C'était chez moi et en même temps, je ne reconnaissais rien... tu vois ce que je veux dire?... » ou bien : « Je volais dans l'air au-dessus de la ville comme si c'était la chose la plus naturelle du monde, tu comprends ? Et tu ne peux pas imaginer le bonheur que j'en ressentais... »

Mais si, on comprend; mais si, on peut très bien imaginer. On a tous volé, on est tous sortis de sa maison pour trouver une ville inconnue autour. Sauf rares exceptions, tout cela est d'une banalité écœurante et mes rêves sont parmi les plus écœurants que je connaisse : terre à terre, vulgaires,

174

pleins de détails vécus le jour précédent, et transparents à décourager le plus obtus des psychanalystes. Je comprends mal que sous mon conscient, relativement intéressant et estimable, clapote un inconscient si minable.

Cependant, même les rêves les plus médiocres laissent chez celui ou celle qu'ils ont visités une empreinte, un parfum qui met plusieurs jours à s'évaporer. Quelqu'un est sorti du temps et de l'espace pour vous faire signe, Gauvain m'avait serrée dans ses bras cette nuit-là et lui aussi, j'en étais sûre, m'avait vue en rêve.

Tout endolorie par son souvenir, je lui ai écrit une lettre plus tendre que d'habitude, que j'ai regretté ensuite de lui avoir postée. Car je savais que, plus encore qu'à lui, elle était destinée à l'âge qui venait, à la rage de vivre et à la rage de ne plus vivre un jour, aux occasions perdues, à l'envie de faire l'amour et puis peut-être tout simplement au plaisir d'écrire « je t'aime ». Je ne disais déjà plus « je t'aime » à Syd en ce temps-là.

Mais je sais ce qu'en vaut l'aune et aussi que Gauvain risque de le prendre pour argent comptant car il ne se méfie pas assez des dames dont le métier est d'écrire des histoires, ni des dames frustrées d'amour fou et qui rêvent.

Je l'ai vu peu et mal, mon cormoran, pendant ces années-là. Quand il rentre de Dakar par avion, je ne peux même pas l'accueillir à Orly car son équipage l'accompagne et il estime impossible de rester même deux jours à Paris puisque les autres repartent le soir même pour Lorient et que leurs Paimpolaises les attendent à Lann-Bihoué. Et il prétend qu'il n'existe aucun mensonge valable à faire à Marie-Josée! J'en éprouve une certaine rancune. Nous parvenons tout juste à déjeuner ensemble, parfois à grappiller un après-midi. Pour-

175

tant au restaurant, ce n'est pas Gauvain que je retrouve mais Lozerech avec sa casquette de patron, ses éternels blousons, à carreaux devant, unis derrière (les touristes seulement portent des kabiks), et notre gaucherie chaque fois que nos corps ne peuvent se toucher.

Je lui raconte mes voyages, ne m'habituant pas à ce qu'il confonde Napoli et Tripoli, l'Etna et le Fuji Yama. Lui tire de son portefeuille ses photos d'Afrique dont il est si fier : « Tu vois, ma voiture c'est celle-là, à moitié cachée derrière le camion. » Ou bien des culs de chalutiers entre des grues, au fond d'un arrière-port. Ou l'entrée d'un dancing quelque part au Sénégal avec trois silhouettes floues : « Celui-là, c'est Job dont je t'ai parlé. Les deux autres, tu connais pas. » Et puis le palais de justice de Dakar, pris un jour où il pleuvait.

On parle un peu de politique jusqu'à ce qu'il lâche quelques-unes de ses formules définitives : « Des baratineurs, tous tant qu'ils sont! » ou bien : « Une sacrée bande de cons, voilà ce que j'en dis, moi!... » A moins que ce ne soit « une vraie palanquée de salauds », selon l'événement.

Livrée aux seules ressources de la conversation, notre intimité s'étiole. Il nous reste le carnet mondain : Yvonne, qui est devenue veuve et qui a bien du mal avec ses gamins. Le second a fait des bêtises et il est actuellement en taule. Ses enfants à lui, ça va, du moins les deux aînés mais ils ont tant de diplômes qu'il ne sait plus quoi leur dire. Je n'ose pas trop lui avouer que Loïc a dédaigneusement refusé de faire des études supérieures et qu'il milite dans un groupuscule gauchiste et écologiste qui prône la non-violence mais aussi l'absence de tout travail productif pour ne pas polluer l'environnement ni contribuer à enrichir cette horrible société de consommation et de gaspillage. Difficile

176

de faire admettre à Lozerech, qui y accède à peine, que notre civilisation du confort est à condamner.

« Et puis notre ancien voisin, Le Floch, le père du Le Floch qui tient le magasin d'articles de pêche à Concarneau sur le quai, tu sais, eh bien, il est mort le mois dernier... »

« C'est notre sort à tous, Karedig, un jour ou l'autre...

– Tu ne peux pas dire autre chose, pour une fois...

– C'est un fait, George. Et pour le pauvre Le Floch, au fond... Pas souffert... C'est pour ceux qui restent que... Mieux là où il est... »

Il n'en rate pas une.

Je me demande parfois pourquoi nous continuons à nous rencontrer dans ces désolantes conditions. Mais Gauvain me téléphone à chaque retour pour m'aviser du jour de son passage et je décommande n'importe quel rendez-vous pour me trouver libre, comme si, au-delà de ces arides rencontres, nous maintenions entre nous un contact pour je ne sais quel avenir, au nom de quelque chose de secret que nous portons au fond du cœur.

A certains stades de l'existence, on pense que faire l'amour est l'essentiel. A d'autres, on croit plutôt à l'intelligence, au travail, à la réussite. La douce tiédeur de mes relations avec Sydney après huit ou neuf ans de vie commune et l'oubli du divin bouleversement avec Gauvain, faute d'exercices récents, m'incitaient à privilégier mon métier à cette époque, d'autant que mon nouveau travail me passionnait. Je l'avais accepté en partie parce que je m'apprêtais à embouquer le périlleux détroit de Magellan de la quarantaine et que le tocsin des « maintenant ou jamais » commençait à résonner à mes oreilles. A vingt ans, on voudrait tout et on

177

peut raisonnablement tout espérer. A trente ans, on croit encore qu'on l'aura. A quarante, il est trop tard. Ce n'est pas que l'on ait soi-même vieilli, c'est l'espérance qui a vieilli en soi. Ainsi je ne serais plus jamais médecin, mon rêve d'adolescente; ni archéologue en Egypte, mon idéal de petite fille; ni biologiste, ni chercheuse, ni ethnologue. Tous ces rêves m'avaient tenu chaud et avaient enrichi mon paysage intérieur. Vieillir, c'est peu à peu se désertifier. Au moins la carrière de journaliste qu'on m'offrait dans une revue d'Histoire et d'Ethnologie m'apportait-elle l'occasion de papillonner dans mes domaines favoris.

Je projetais aussi d'écrire une Histoire de la Médecine et des Femmes, ce qui me permettrait de satisfaire ma triple vocation d'autrefois. Le bel âge après tout, c'est celui où l'on sait à quels rêves on tient le plus; celui où l'on peut encore en réaliser quelques-uns.

Voyageant souvent pour mon journal, *Hier et Aujourd'hui*, je m'étais fait mettre en congé sans solde de l'Université pour deux ans.

Gauvain lui aussi venait de changer, sinon de vie, du moins d'affectation. L'Armement de Concarneau s'était finalement décidé à baser aux Seychelles quelques superthoniers pour y faire de la pêche industrielle et il avait été chargé de commander un de ces énormes bateaux-usines, baptisé le *Raguenès*. La première saison de six mois avait été fructueuse et pourtant Gauvain m'écrivait des lettres où je devinais malgré sa pudeur qu'il n'était pas heureux. Dakar restait un peu une succursale de la France, c'était plein de Bretons, on y parlait sa langue. A Mahé, où la langue officielle était l'anglais, il se sentait isolé au bout du monde. Il ne cachait pas sa hâte de rentrer

178

avant « l'hiver indien » où la mousson déchaîne l'océan.

En France ce fut un printemps déchirant de beauté, une de ces saisons où les amours les plus mortes se remettent à bourgeonner, où l'on voudrait être oiseau et ne se consacrer qu'au plaisir de vivre, même un éphémère bonheur. A ces moments-là, il suffit parfois d'un zéphyr pour vous rendre vos vingt ans.

Je raccompagnais Gauvain à Orly au soir d'un de ces déjeuners qui me laissaient toujours sur ma faim. Plié en huit dans ma Coccinelle, il remplissait tout l'espace disponible et sa touchante robustesse, ses larges genoux contre le tableau de bord, son chef bouclé qui frôlait le toit et ses mains qui paraissaient toujours plus énormes en ville, faisaient lever en moi plus que des souvenirs. Dans le petit habitacle, nos arrière-pensées tournaient en rond et l'air s'épaississait de désirs étouffés. J'allais dire quelque chose mais je ne trouvais pas les mots quand je sentis la main de Gauvain sur ma cuisse. J'en percevais le tremblement.

« Oui », ai-je murmuré. Et il y avait bien des choses dans ce oui : oui, je t'aime encore mais oui, c'est trop tard et nous n'allons pas jouer à ça toute notre vie, ça deviendrait ridicule, non ?

Il a posé sa tempe contre la mienne d'un geste familier et nous avons roulé jusqu'au parking souterrain sans un mot. La vie nous semblait très cruelle tout à coup et tout ce printemps inutile.

Tandis que je garais ma voiture au fond du troisième sous-sol de l'enfer, il m'a pris la main presque brutalement, saisi d'une soudaine impossibilité de me quitter comme les autres fois.

« Ecoute... J'aime pas te dire ça, mais j'en peux plus par moments de jamais te voir... enfin, je te vois, mais... enfin tu comprends ce que je veux dire. Alors j'ai eu une idée. Je sais pas exactement quand on repart pour Mahé, mais je devrais pouvoir gratter cinq ou six jours, juste avant. Le bateau sera en peinture pour alors et il y a toujours du retard. On pourrait les passer ensemble si tu veux... et si toi tu es libre. Et si tu en as encore envie, bien sûr ? »

Envie ? Je le parcourais des yeux pour me remémorer tout ce que j'avais aimé : son visage de corsaire que rajeunissait l'espoir qu'il venait d'y allumer, ses cils retroussés dont le soleil avait roussi les extrémités et cette bouche sur laquelle j'avais si souvent découvert le goût de l'éternité. Mais une certaine lassitude m'envahissait, à l'idée d'un nouvel accès de fièvre qu'il faudrait juguler comme les précédents et étouffer sous les cendres afin de pouvoir reprendre la vie normale. N'avions-nous pas passé l'âge de ce genre de jeux ?

« Ne dis pas non tout de suite, intervint Gauvain qui suivait mes pensées. Je sais d'avance ce que tu pourrais dire. Et je serais d'accord à cent pour cent avec celui qui me conseillerait d'arrêter tout ça. Mais c'est plus fort que moi », et sa rude main si douce se mit à frôler les contours de mon visage tandis que ses yeux de huskie sibérien devenaient noirs de tendresse. « Quand je te vois je peux pas admettre que je t'ai perdue. C'est péché mais je te considère comme ma femme, celle que j'ai voulue dès le début. »

Une onde d'émotion se propagea à la vitesse de la lumière ou à celle du souvenir, à travers mon corps jusque-là prudemment muselé. Au fond du troisième sous-sol du parking d'Orly, le printemps venait soudain de pénétrer. Je n'ai jamais su résister au printemps.

« Alors on la recommencerait, cette connerie ? On reprendrait le risque d'être malheureux ?

180

– Etre malheureux, je m'en fous. C'est de ne jamais être heureux qui... qui...

– Mon Lozerech, on n'a plus le temps de parler d'amour, tu as vu l'heure? Laisse-moi plutôt regarder vite mon agenda. »

Je devais justement faire un reportage prochainement, sur ce village gaulois que l'on projetait de reconstituer non loin d'Alésia. Pourquoi ne pas risquer un séjour culturel avec Gauvain et l'emmener avec moi, à Vézelay par exemple? L'idée de l'amour tout à coup m'enflammait.

« Et si je t'invitais en France pour une fois? Comme je serai logée de toute façon, un lit ou deux, ça ne fera pas de différence et on pourrait s'offrir un petit voyage gastronomique, historique et tout...

– D'accord, surtout pour le " et tout "! Mais je prendrai aussi l'Histoire, s'il le faut, tant pis pour toi! »

Il me serra avec tout l'emportement qu'il pouvait déployer dans l'espace réduit de la voiture, saisit son sac à l'arrière et s'éloigna de cette démarche chaloupée qui me donnait déjà du vague au corps autrefois. En remontant au grand jour, j'ai humé avec délices l'air des hangars et des échangeurs et me suis demandé comment j'avais fait pour me passer de cette intensité de vie.

C'est donc pour une fois au cœur de la terre française que j'ai retrouvé mon cormoran, quelques semaines plus tard, mais un cormoran étrangement abattu et qui traînait ses ailes comme un oiseau mazouté. Le plaisir de m'avoir à lui pour quelques jours ne suffisait pas à masquer son

181

malaise et l'appréhension de son départ imminent pour les Seychelles.

« Quatre jours, c'est trop peu, c'est presque pire que rien, me dit-il en montant dans la voiture, pour s'excuser de sa nervosité inhabituelle. Je ne sais pas vivre si vite, moi! »

Pour la première fois depuis qu'il m'était apparu, torse nu, debout sur une charrette parmi les gerbes mûres et qu'il m'avait démoli le système – car une émotion qui dure vingt ans s'apparente à un ravage – ce n'était plus le triomphant centaure, insensible à la peine et au temps. Ses yeux paraissaient plus petits et moins violemment bleus et je distinguais sur ses tempes quelques filins blancs striant ses frisures d'astrakan. Son visage commençait à se distendre aux points d'usure et les bosses et les creux s'étaient accentués autour de ses yeux qu'il plissait souvent, entre deux profondes rides frontales. On devinait pour la première fois sous ses traits toujours beaux la figure du vieillard qu'il serait.

Nous avons quitté Paris dans ma fidèle Coccinelle par une de ces hypocrites matinées de fin d'été où tout annonce la trahison, bien qu'on ne la décèle nulle part. L'automne restait encore tapi derrière ces floraisons qu'il prodigue, asters, hélianthes, chrysanthèmes, faux printemps des glycines et des roses, croyant tromper son monde. Mais la terre gisait, éventrée par les socs, ouverte aux regards, ses moissons rasées, dépouillée de ses chevelures d'herbes folles. Seuls les vignobles bourguignons s'apprêtaient à vivre leur heure triomphale.

Etait-ce ce pressentiment de l'hiver qui, chaque année, empoisonne subtilement mes fins d'été? Ou bien l'infinie distance du lieu de vie de Gauvain, qui maintenant ne respirait même plus dans mon

182

hémisphère, mais à quatre degrés sous l'équateur? Les amarres que nous nous jetions pour nous haler l'un vers l'autre tombaient dans le vide et quelque chose de plus coriace que l'absence s'était installé entre nous. Nous avons parcouru trois cents kilomètres sans réussir à nous joindre. Je n'arrivais plus à trouver ma place dans sa vie. Et en avais-je une d'ailleurs, autre que rêvée? Lui aussi paraissait mal à l'aise, mais je sais qu'il ne supporte pas de rester assis longtemps dans une voiture. Il s'agitait comme un ours en cage, dégageant sans cesse son cou de ses épaules comme pour le dévisser, déplaçant ses fesses dans son pantalon, qui lui coinçait sans doute les parties, croisant et décroisant ses jambes sans parvenir à décider laquelle placer sur l'autre. Il ne lui manquait, pour être tout à fait insupportable, que de répéter : « Maman, c'est encore loin?... Maman, quand est-ce qu'on arrive? » Mais sa grande main épaisse reposait sur ma cuisse droite comme une promesse. Et Gauvain tient toujours ses promesses. Nous ne sommes pourtant pas parvenus à établir cette trêve absolue qui lors de nos autres rencontres nous permettait d'oublier nos vies quotidiennes, dès la première seconde de nos retrouvailles. Il se sentait si las qu'il en venait presque à avouer son besoin d'amour et qu'un geste de tendresse suffisait à l'amener au bord des larmes. Il ne faisait plus l'amour comme on dévore un festin, comme on piaffe ou comme on respire, mais plutôt comme on se jette à l'eau, comme on se venge, comme on se soûle. Et il me prenait à témoin de son tourment avec une sorte de rage, cherchant à se délivrer de quelque chose qui l'étouffait. Le mot « dépression » n'avait jamais fait partie de son vocabulaire, ni par conséquent de sa vie. Quant au terme de « cafard », il paraissait à juste titre dérisoire. Faute de pouvoir dire « angoisse existentielle », il répétait : « Chui pas dans mon assiette. »

Le travail était beaucoup plus dur qu'en Mauritanie ou en Côte-d'Ivoire et les brèves escales au port moins gaies qu'en Afrique où il retrouvait tant de copains, Bretons, Basques ou Vendéens. Et ces îles de la joie de vivre où personne ne voulait « se casser le cul » finissaient par lui donner des doutes sur les choix qu'il avait faits. En plus, c'étaient trente jours de mer de suite là-bas, « trente jours de rang », comme il disait, en compagnie de trente « Métropolitains » et de trois Noirs, qui ne faisaient pas à eux trois le travail d'un mousse breton.

Pour la première fois de son existence, ses certitudes étaient entamées. C'était ça qui le fatiguait. Il ne pouvait pas vivre sans ses certitudes et il était incapable d'en changer. Il revenait obsessionnellement à ses problèmes, le jour, tandis que nous dégustions nos escargots de Bourgogne ou nos fricassées de champignons sauvages dans les restaurants de cette région constellée d'étoiles gastronomiques; la nuit, après l'amour, quand il ne pouvait trouver le sommeil.

Je découvrais son orgueil. Il supportait mal de ne plus être respecté dans son métier. On pouvait lui demander de mourir pour sauver un « yak » en perdition, pas de mettre en question ce qui faisait qu'à ses yeux son métier n'était pas comme les autres.

« Tu comprends, les Seychellois, ça les fait rigoler de nous voir trimer. Ils disent que c'est de la connerie de venir de si loin faire un boulot pareil, avec des bateaux qui coûtent plusieurs milliards, et tout ça pour envoyer du thon en boîte aux Français, qui ont tout ce qu'ils veulent à bouffer déjà! Et tu sais ce que ça coûte un thonier comme on a? »

184

Non, je ne sais pas ce que ça coûte. Et je n'ai pas forcément envie de l'apprendre à deux plombes du matin et c'est notre première nuit ensemble et j'ai envie de dormir, ou de baiser ou de dire des petites bêtises de lit, pas d'apprendre le prix d'un thonier-congélateur rendu sur place à Mahé! D'autant que la situation exige que je réponde, effarée : « Non? Pas possible! » quand il m'annoncera, non sans fierté, un nombre de milliards qui de toute façon, de jour comme de nuit, dépassera mon entendement.

« Alors, tu te rends compte! Pour le patron, c'est l'angoisse en permanence. C'est pas le boulot qui te crève, c'est l'angoisse. En plus tu te trouves responsable d'un équipement électronique et d'un matériel sophistiqué dont t'as pas idée du prix. C'est une catastrophe si tu casses, ou bien si tu tombes en panne. Chaque journée d'immobilisation coûte des fortunes à l'Armement. Et pour l'équipage aussi, c'est du manque à gagner, bien sûr. Et on peut rien réparer dans ce pays de cons, tout le monde s'en fout et personne sait travailler. Y en a pas aucun pour rattraper l'autre. Et total, on passe pour des cinglés!

— Et peut-être que vous l'êtes, en un sens?

— P't-êt' bien. Mais j'pourrais pas être autrement, c'est ça, l'emmerdant. Et, de toutes les manières, même si je voulais, je pourrais pas changer de métier : je sais rien faire d'autre. »

Je lui dis que si et que j'aime ce qu'il fait et sa façon de le faire plus encore. Et je me coule dans le personnage de Bécassine, incapable de comprendre la dure vie du mâle et qui n'aspire qu'à une chose : se faire peloter. Il est généralement réconforté par ce genre d'attitude. Et peut-être par ce genre de femmes? Il a besoin de futilité. Solange

Dandillot et le Forçat de la Grande Bleue font l'amour, enfin.

Non sans humiliation dans ma jeunesse, je m'étais plutôt assimilée à Andrée Hacquebaut, abandonnée sur un paillasson devant la porte du Maître bien-aimé, du temps où Montherlant classait souverainement les jeunes filles, refusant l'intelligence aux ravissantes pour mieux les mépriser, et la beauté aux intelligentes pour mieux les rejeter dans les ténèbres, loin de son divin Pénis.

Avec Gauvain, je pouvais jouer les deux rôles. Mais c'est Solange qui était en scène aujourd'hui et qui froufroutait et babillait pour lui faire oublier la mer. La garce, hélas! revient toujours au galop, et nous cinglons de retour vers l'océan Indien qui est venu battre les fondations de l'hôtel de la Poste!

« Le pire, reprend Gauvain, enchaînant sur sa dernière phrase comme si l'amour n'avait été qu'un bref entracte, c'est que tout ça a plus rien à voir avec la pêche. C'est un autre métier. C'est tout juste si tu vois le poisson à présent. Sitôt pêché, sitôt étripé et sitôt foutu en congélation. Et toi, tu trimes comme à l'usine. D'ici qu'on pêche directement le thon en boîte... »

Les thons, Solange Dandillot en a sa claque. Les sales bêtes sont montées avec eux en voiture, elles les ont accompagnés à table et en excursion, elles sont maintenant dans leur lit! Il ne reste qu'à s'installer dans les bras de Lozerech et à placer un commentaire çà et là, puisqu'il n'est pas question de dormir. Mais comment poser des questions autres qu'inadéquates? On s'obstine à croire qu'on peut appliquer à ces vies-là nos critères de confort, de santé, de bien-être, alors que les objets les plus courants, un lit, une bibliothèque qu'on croit connaître, ne sont plus un lit ou une bibliothèque

186

sur un bateau. A bord tout est faussé par le monstrueux paramètre qu'est l'océan.

« Tout de même, quand tu parlais du chalut en Irlande au début, je me souviens, tu disais : " C'est le bagne ! " C'est moins pénible sous les tropiques, non ? Vous ne dormez plus dans des couchettes-cercueils... Il y a des douches.

– C'est pire que le bagne en un sens. »

Il ne donne pas de détails, l'ampleur de la tâche le décourage.

« Personne peut décrire ça », se contente-t-il de marmonner, avant d'observer un silence peuplé d'images intraduisibles en français. J'en profite lâchement pour larguer les amarres. Mais Gauvain n'a pas fini. Il poursuit son monologue, les bras croisés derrière la tête, les yeux au plafond, une de ses cuisses en travers de la mienne pour m'assurer que son corps est avec moi, si son esprit divague.

« Pour le temps, y a trop rien à dire, c'est vrai. Mais c'est pas ça qui me gênait. Au moins, j'étais un marin . Maintenant, c'est plus du poisson que tu pêches : c'est des billets de banque. Et c'est plus le patron qui commande, c'est la machine. C'est comme si je serais devenu un ouvrier !

– Un ouvrier qui travaillerait en pleine mer, avec le vent, les vagues...

– Les vagues ? Tu les entends même pas ! ricane Gauvain. Je voudrais te voir à bord, tiens, huit jours seulement ! Y a tous les moteurs qui marchent vingt-quatre heures sur vingt-quatre, ceux des couloirs à congélation où tu entasses les thons, ceux qui font la glace pour les bacs à saumure, et quand il fait 40° dehors, faut que ça donne ! Et puis le moteur du bateau par là-dessus : 2000 CV ! Et puis l'hélico pour repérer les mattes, je l'avais oublié celui-là. Pour le boucan, il bat tous les records. Finalement tu sais plus ou tu es et tu sais pas ce qui est pire : la salle des machines où il fait 45° ou les couloirs de congélation où les murs sont couverts de givre... Et même quand tu rentres au port, t'as encore le moteur de la climatisation et puis le moteur de la grue qui sort le thon des cales par paquets de deux mille kilos. Moi, j'ai été habitué à manier des caisses, à crocher dans le poisson direct. J'aime pas bien être au service de la mécanique. Non, faut être fou pour travailler dans ces conditions. En tout cas, moi je suis trop vieux. Et puis comme y aura plus de thons... Enfin, j'm'en fous, je serai en retraite pour alors. »

Résignée à ne pas dormir, j'ai rallumé. L'air est tendre, cette nuit, et nous nous sommes accoudés à la fenêtre de la petite chambre mansardée qui s'ouvre sur les toits emmêlés de Vézelay, sur les collines tranquilles, sur ce paysage immobile qui s'étend en silence sous les yeux de Gauvain, le comble de la campagne et de la paix paysanne, telle qu'il doit parfois en rêver par les nuits de mauvais temps. Il a tiré une cigarette de la poche de sa veste, pour la première fois depuis que je le connais.

« Tu permets, demande-t-il, c'est nerveux.

— En somme, tu es malheureux là-bas?

— J'dirais pas ça. »

Toujours ce souci de ne pas surestimer sa peine. Mais ce soir, même l'amour ne peut rien pour lui, c'est d'une oreille attentive qu'il a besoin.

Le lendemain, Gauvain semble s'être allégé d'une part de son fardeau. Nous déjeunons dans l'herbe de pain et de saucisson, de fromage et de fruits et je le traîne vers quelques « vieilles pierres » comme il dit. C'est la première fois que nous visitons notre pays ensemble et, en d'autres temps, il apprécierait. J'utilise d'ailleurs toutes les ficelles

188

de mon métier pour l'intéresser. Nous retrouvons même Vauban, son Vauban de la Ville Close, inhumé ici dans une petite chapelle qu'il se fit construire bien loin de la mer, au pied du château de Bazoches qu'il avait acheté et qui date, lui, du XIIᵉ, comme le moindre édifice de cette région.

Nos longues marches à travers ces paysages si terriens, la présence constante et rassurante du passé, apaisent peu à peu l'âme de mon oiseau de mer. Son visage retrouve sa qualité d'enfance mais ses yeux paraissent moins bleus. Certains yeux d'eau pâlissent ainsi à la campagne. C'est lorsqu'ils reflètent le bleu de la mer qu'ils prennent toute leur vigueur.

Le troisième soir, qui était déjà notre avant-dernier, comme s'il eût senti chez moi un certain désenchantement devant les mois d'absence à venir et le sort de cet amour qui ne voulait ni vivre tout à fait, ni mourir pour de bon, Gauvain eut une soudaine inspiration.

« J'ai quelque chose à te demander, dit-il tandis que nous terminions un de ces repas si raffinés qu'ils vous donnent l'illusion de devenir plus intelligent. Est-ce que tu serais d'accord pour me rejoindre encore une fois à Mahé? On finit juste avant la mousson et censément que j'aurai un peu de temps pour alors. Je sais que c'est très loin mais... » Il soupira. « Je pense tellement à toi là-bas, à comment tu étais, à ce qu'on a fait ensemble... C'est plus les mêmes îles sans toi... Enfin quoi, si tu venais, je crois que je repartirais de meilleur cœur la semaine prochaine.

— C'est le plus beau souvenir de ma vie, ce séjour aux Seychelles avec toi. Mais, je...

— Je suis ennuyé de te demander ça, reprend vite Gauvain sans me laisser le temps de soulever des objections, parce que le voyage est terrible-

189

ment cher, je sais. Mais il y a un aéroport international depuis juillet, c'est plus facile. Et on pourra habiter chez Conan, tu te souviens de lui? Il est coopérant là-bas maintenant que les îles sont indépendantes. Tu ne dépenseras rien une fois là-bas, je t'invite le temps que tu veux. Mais y a le voyage, c'est sûr. Et si tu venais, ajoute-t-il, tu sais que ce serait notre vingtième anniversaire? On pourrait fêter ça sur le *Raguenès*, on serait pas dépaysés! »

– *Au bout de vingt ans, faire quinze mille kilomètres pour l'organe sexuel de M. Lozerech! Ça fait cher le carat, dit la duègne.*

Oui et ça fait tellement cher que ça n'a plus de sens tout à coup. Je ne sais plus où j'en suis, mais Gauvain a posé sa main sur la mienne, une de ses grosses mains encombrantes qu'il ne sait jamais où mettre et qui ont l'air de personnes déplacées, sauf à bord et sur moi.

« C'est vrai que ce sera compliqué, il y a vingt-quatre heures de voyage, non? Mais si mon livre marche bien, je pourrai peut-être me débrouiller, en demandant une avance à mon éditeur. Pendant l'été, Loïc part en vacances avec son père, je serai donc tout à fait libre. Ecoute : je vais me renseigner sur les prix, les charters possibles, je te tiendrai au courant... »

Gauvain a perçu mon hésitation.

« Essaie de venir, dit-il, je t'en prie. » Et ces simples mots me bouleversent. Il m'a tout offert et ne m'a jamais rien demandé et il a besoin que je lui dise oui, là, tout de suite. Sa détresse, si rarement visible, m'émeut. Il me semble en continuant d'aimer Gauvain que j'obéis à un sentiment très pur, car seul un amour authentique peut expliquer que les obstacles ne nous découragent jamais. Il serait tellement plus facile d'aimer un homme cultivé,

190

élégant, libre de son temps, habitant Paris, riche et intelligent !

Depuis qu'il a engrangé bien au chaud en lui ma promesse de le rejoindre, nos relations sont redevenues légères. Nous rentrons à Paris en voiture comme un couple que la vie va séparer mais qui est sûr de son avenir.

« On fera une fête formidable pour notre anniversaire, promet-il. Ça ils savent faire là-bas. Et on emmènera Youn, mon second, si tu veux bien, il connaît tous les bons endroits de l'île. Je lui ai dit pour nous. Lui aussi a une amie à Lorient, une fille qu'il aime depuis longtemps. Mais sa femme est dans un asile de fous, alors il peut pas divorcer. »

Fugitivement, non sans malaise, je me demande ce que je ferais si Lozerech se retrouvait veuf. Les épouses délaissées ignorent à quel point elles peuvent parfois constituer la condition d'un autre amour, représentant un alibi commode pour certains maris, un garde-fou pour d'autres, une opportune protection pour ceux que la vérité vraie précipiterait dans le désespoir. C'est aussi grâce à Marie-Josée, à ce qu'elle est et à ce qu'elle n'est pas, que je peux aimer Gauvain sans avoir à le blesser une seconde fois.

Dans une voiture, surtout exiguë, se recrée la sécurité de l'utérus maternel. Nous sommes lovés, Gauvain et moi, dans une cellule abritée du monde et c'est le paysage qui semble bouger autour de nous. Comme toujours avant de nous quitter, nous cherchons à nous rassurer sur cet amour qui même dans les moments de plus intense plaisir ne nous laisse pas oublier son visage contradictoire.

« A propos, as-tu vu que notre chaumière sur l'île de Raguenès s'est effrondrée ? On ne pourrait plus s'y abriter aujourd'hui. Dire qu'on ne serait

191

peut-être pas ensemble maintenant si ces murs n'avaient pas tenu!

— Pour moi, c'était écrit, on m'ôtera pas ça de l'idée », décrète Gauvain qui vit sans doute sur un élément trop hasardeux pour apprécier encore le hasard dans sa vie.

Les amoureux sont comme les enfants : ils ne se lassent jamais des mêmes histoires. Raconte-moi encore celle où le garçon et la fille se réfugient sur une île... Et nous scrutons une fois de plus cette improbable nuit de 1948 qui n'a pas fini de nous livrer ses secrets. Je lui soutire une nouvelle description de son amour-haine pour la petite fille des touristes d'à côté. Lui me redemande ce qui a bien pu me plaire chez le plouc qu'il était, à moi qu'il imaginait menant une vie brillante à Paris, valsant en robe du soir, comme dans les films américains, au bras de jeunes premiers gominés, sous des lustres de cristal. Je ne lui avouais pas que je faisais l'amour avec un mathématicien boutonneux et myope sur une couverture marocaine qui ne valait pas la terre battue de notre chaumière et l'odeur de notre plage à marée basse.

La Radio diffusait « Trente ans de chansons françaises » et Gauvain reprenait chaque refrain. Les marins écoutent beaucoup la Radio en travaillant — encore une chose dont Lozerech était privé aux Seychelles — et il connaissait toutes le paroles, surtout les pires, que transfigurait sa voix de basse qui n'avait pas changé depuis le temps où elle m'inoculait à mon insu un philtre d'amour, aux noces d'Yvonne.

Dans huit mois à Victoria, Karedig?

CHAPITRE IX

DEBOUT, ZOM LIB'!

Nous avons connu un hiver difficile, Sydney et moi. Son roman avait obtenu tout l'insuccès qu'il pouvait souhaiter. Mais une chose est d'admirer les auteurs maudits et d'estimer ceux qui ne courent pas après la réussite. Une autre est de vivre l'indifférence du public et l'absence d'écho dans la grande presse. Il y faut une force d'âme et un mépris du commun que Sydney ne possédait pas. Sans parler d'un minimum d'aisance matérielle, qu'il n'avait plus depuis son départ des Etats-Unis.

En revanche mes deux livres à moi avaient connu un succès inespéré pour des ouvrages historiques publiés dans des collections spécialisées et nos relations en étaient subtilement transformées. Je l'intéressais davantage depuis que lui intéressait moins de gens, bien qu'il continuât à considérer ma littérature comme « alimentaire ». Vient un âge – et Sydney venait de dépasser la cinquantaine – où l'aliment se pare d'une certaine noblesse !

J'ai souvent pensé à Gauvain, cette année-là. Une casquette bleu marine sur une tête de marin dans un port, un accent breton au détour d'une rue concarnoise, les visites à Mme Lozerech qui rapetissait doucement dans sa ferme délaissée –

193

tous ses enfants étaient au loin, marins ou instituteurs – et montait en moi une bouffée de tendresse pour le petit garçon qui crevait mes pneus et m'appelait George Sanzès. Je ressemblais à une épouse mariée à un prisonnier et qui a mis sa vie en veilleuse pour l'attendre.

La nuit, près de Sydney, je rêvais d'un autre. Les sexes qui s'ennuient se plaisent ainsi à imaginer des jubilations inouïes. Les chers cons! Il arrive qu'ils les trouvent.

Je m'occupais à mettre sur pied mon voyage. Etait-ce un effet de l'âge? Je ressentais la nécessité de partir aux Seychelles non seulement pour voir Gauvain mais pour être regardée amoureusement. Ma peau se parcheminait loin de son regard humide. Je voyais aussi ma mère, malgré ses incessants combats, céder peu à peu au temps, lui abandonner des territoires, des activités qu'elle aimait et dont elle feignait de se désintéresser pour ne pas avouer sa défaite. Or vient un âge où les terrains que l'on abandonne ne vous seront plus rendus. Maman me mettait déjà en garde, avec ce goût de la vie que j'avais toujours apprécié en elle.

« Réfléchis bien à ce que tu perdrais en renonçant à ton " ami breton ", comme elle l'appelait avec délicatesse. C'est irremplaçable, la ferveur. L'intellect, ça ne nourrit pas le corps... Le drame, c'est qu'à des femmes comme nous, il faut les deux », concluait-elle d'un air faussement navré. Il est vrai qu'elle n'avait jamais beaucoup aimé Sydney.

J'avais décidé François et Luce à me rejoindre aux Seychelles la troisième semaine, si la santé de Luce le permettait, et nous reviendrions ensemble en France. Je leur avais tant vanté la beauté de ces îles qu'ils n'attendaient qu'une occasion de s'y

194

rendre. Mais Luce venait d'être opérée et suivait une chimiothérapie. Son courage et son optimisme nous faisaient espérer que sa rémission serait vraiment une guérison.

Quand enfin je suis arrivée à Mahé, les Seychellois eux aussi fêtaient leur anniversaire, le premier de leur indépendance et nous avons profité de la joie ambiante pour le nôtre. Nous éprouvions l'impression d'être un vieux couple parce que nous avions quelque chose à commémorer et que nous revenions aux mêmes endroits. « Tu te souviens quand la scolopendre m'avait piquée?... » « Et ces deux couples sinistres à Praslin avec leur cocofesse! » C'est avec des « tu te souviens » que se rassurent les amants qui doutent d'eux-mêmes.

Nous avons passé la première nuit à danser dans les rues sous les palmes et dans toutes les boîtes et restaurants du pays. L'empreinte britannique, officiellement effacée, marquait encore les Seychellois : à minuit, aussi compassés que du temps où il leur fallait jouer le *God save the Queen*, les musiciens au garde-à-vous entonnèrent leur hymne national tout neuf :

> *Debout zom' lib', fiers Seychellois*
> *L'égalité pou nou tou'*
> *La liberté pou touzou!*

La France aussi, avec sa Révolution et son cortège de grands principes, avait marqué les esprits.

Mon hymne à moi, pour l'heure, c'est à Gauvain que je le chantais... « Debout zob libre, fier Concar-

195

nois » nous permit ce soir-là de mêler une note grivoise aux chœurs patriotiques.

Notre fête s'est terminée à l'aube dans l'océan tiède mais nous n'avons pas joué les deux timides, cette fois. On ne peut s'offrir le luxe de renoncer que lorsqu'on a vingt ans.

Faut-il décrire ces jours, dont nous faisions des nuits quand il pleuvait ? – *Ah! Epargne-nous, dit la duègne. Tu nous as déjà fait le coup des Seychelles, c'est marre! Et le sexe, quand ce n'est plus excitant, cela devient dégoûtant. Il n'y a pas de milieu.*

Le troisième jour, Gauvain s'est claqué un petit vaisseau de l'œil gauche. Il n'en souffre pas mais chaque fois que je le regarde, je me reproche d'être une goule qui a flanqué un infarctus oculaire à son mâle en abusant de lui! Et pourtant, je continue. Mon starter semble toujours mis. Il arrive que le moteur s'étouffe mais il ne cale jamais. Comme la main verte stimule les plantes, la main bleue de Gauvain stimule mon corps et me fait sans cesse découvrir de nouvelles zones érogènes. Il en est d'épisodiques, que je ne revois jamais; d'autres à éclipses; et puis les fidèles, rayées comme du papier à musique et qui produisent toujours la même chanson. Mais même quand Gauvain me questionne je suis incapable de décrire ces frontières mouvantes, tant je suis flapie de plaisirs dont je ne sais si tous mériteraient le nom d'orgasme dans le registre des appellations contrôlées d'Ellen Price.

« Tu ne me dis pas tout ce que tu aimes, insistait Gauvain. Il y a encore des choses que tu n'oses pas me demander.

– Presque rien, rassure-toi. Et ce " presque rien " me donne tout le plaisir. Sinon... tu serais moi! Quelle horreur!

196

– Mais je ne sais pas exactement quand tu jouis, le plus souvent. Ça m'inquiète. Je me demande si…

– Ne TE demande rien, demande-MOI. Le sexe, finalement, c'est pas aussi sexuel qu'on le dit. Personne ne me donne comme toi… le plaisir bien sûr, mais surtout le sens du sacré dans le plaisir. »

J'ose à peine prononcer ces mots. Mais nous sommes dans l'obscurité et Gauvain ne proteste pas. Il n'a pas peur des grandes choses. Et moi je n'ai plus peur de rien avec cet homme. Je m'autorise toutes les fantaisies, je chante ou danse devant lui comme si j'étais seule. J'arbore des tenues que je devrai cacher soigneusement à mon retour dans la vie normale. Je porte une chemise de satin mou, véritable « Arrachez-moi ça », comme jamais je n'aurais songé à m'en acheter dans le civil. Oh, moyens que je réprouve ou méprise ! Qu'il est doux de vous employer… et d'en tirer tant de bienfaits !

Je me suis même conduite en épouse, allant accompagner Gauvain à son bord pour la première fois, visiter sa cabine, voir où il dormait, où il cachait ses photos de moi et mes lettres. Et j'étais sur le quai le jour où le *Raguenès* reprit la mer, agitant la main puis le bras, puis courant le long du quai à mesure que sa chère silhouette se faisait plus petite et que les hommes disponibles rassemblés sur le pont regardaient s'éloigner la terre, comme ils font dans tous les ports du monde. Et mes yeux se sont embués comme ceux de toutes les femmes du monde qui voient partir leur marin.

Heureusement François et Luce étaient arrivés la veille et nous avions passé notre dernière soirée tous les quatre près du port. Gauvain se sentait en

197

confiance auprès d'eux et je leur étais reconnaissante de ne pas le considérer comme un « frère sauvage » mais simplement comme l'un d'entre nous, qui avait une expérience différente. On écouterait respectueusement un Eskimo ou un Turc décrire son mode de vie mais les quelques amis auxquels j'avais présenté Lozerech avaient à peine dissimulé leur condescendance en l'écoutant parler de la mer. Il était à la fois trop comique avec son accent et trop proche géographiquement pour mériter la curiosité des Parisiens. Et puis on n'était plus au temps de Pierre Loti. Mon frère Yves, ça faisait ringard.

François au contraire savait gommer la couleur locale pour s'attacher aux qualités d'âme. Nous nous sentions quatre amis ce soir-là et Gauvain n'était plus « ce drôle de type que tu as dégotté dans une ferme »...

Nous avions promis de nous écrire chez Conan, malgré les semaines qui devraient s'écouler pour lui entre chaque occasion de me poster une lettre ou de recevoir les miennes. La mer lui enlevait aussi cette douceur-là, la plus banale, la mieux partagée des consolations, se faire signe, entendre au téléphone une voix aimée, cette douceur dont bénéficiaient tous les hommes, même les prisonniers.

Dès sa première lettre, il m'avoua ce qu'il avait refusé de me dire à Mahé : il ne continuait pas le thon aux Seychelles. Son fameux et mystérieux projet d'Afrique du Sud, il allait le réaliser. Il ne lui restait que « trois ou quatre ans à tirer », ce ne serait pas la mer à boire !

Ces gens-là décidément, qui ne connaissent ni les quarante heures, ni les jours fériés, ni le repos hebdomadaire, n'ont pas le même sens de la durée que nous. Trois ans à tirer me paraissaient à moi le

198

bout du monde et cet amour de réfugiés, toujours relégué après les nécessités familiales et professionnelles de Gauvain, assassiné à peine ressuscité, commençait à me décourager. D'autant qu'un grand projet occupait ma pensée : cette Histoire de la Médecine et des Femmes que François voulait écrire avec moi prenait forme. Gynécologue et obstétricien, il me serait d'un précieux secours. Ma vie quotidienne me convenait bien. Je pouvais utiliser à ma guise l'argent que je gagnais, voir des amis, voyager, habiter un appartement que j'aimais... je mesurais l'abîme qui séparait mon existence de celle d'un Lozerech. Lui ne profiterait que déjà vieux de l'argent qu'il avait si durement gagné, de la belle maison où il aurait si peu vécu et où il ne reviendrait pour de bon qu'à l'âge où il aurait définitivement désappris de vivre à terre.

Ainsi, au fil des mois Gauvain devenait, malgré nos lettres mensuelles, une silhouette sur l'horizon. Je cherchais sincèrement à me déprendre de lui. Mais le cœur a de ces fidélités... Le temps passant, c'est de Sydney que je me suis trouvée déprise ! Déjà son barda ne me concernait plus guère, comme s'il eût été du matériel au rebut. Il m'était venu la néfaste manie de comparer mes deux hommes et je m'aperçus que Sydney n'avait jamais pensé à mon corps comme à quelque chose d'unique, ni à moi comme à une femme irremplaçable. Avec raison d'ailleurs. Je lui donnais entièrement raison mais j'avais eu le privilège de connaître un fou de moi et je ne m'habituais plus très bien aux sentiments raisonnables.

Les premières années aux Etats-Unis, je m'étais sentie flattée de partager les habitudes érotiques de l'avant-garde intellectuelle. Je pensais encore qu'il existait une avant-garde en amour ! Avec Ellen Price et Al et tous nos amis thérapeutes et sexopeutes et analystes et sexanalystes, nous dissertions brillamment de l'amour et du plaisir mais cela ne nous aidait pas tellement à le faire. Al était tombé impuissant après le livre d'Ellen, sauf avec les prostituées. C'était sa réponse à sa bergère. Sydney au contraire était passé à la surmultipliée, mais sur le mode appassionata. Cette aisance dans le dilettantisme, que j'avais tant enviée, me paraissait aujourd'hui davantage une infirmité qu'une élégance.

Je mesurais à quel point dans une vie commune tout est une question de regard : on peut s'irriter ou s'attendrir devant un même geste selon que l'on cherche une raison de vivre avec quelqu'un ou de le quitter. Tout Sydney me hérissait désormais.

Pour différentes raisons, il m'aurait volontiers épousée maintenant, alors que moi j'en avais perdu toute envie. Rien que l'idée de me mettre à porter un nom américain à mon âge! Et puis le dévouement pour les années de vieillesse à venir, vendu en compact avec le mariage, je renâclais. Pourtant Syd n'avait jamais été aussi tendre, aussi empressé. On marche rarement du même pas en même temps, dans un couple.

Il suffit parfois d'un détail cruel pour découvrir un jour que tout est fini. Pour moi ce fut le soir où Sydney me regarda dans les yeux après l'amour et me dit, plein de reconnaissance : « Quelle tendresse je lis dans ton regard! » En fait, j'avais tout le temps pensé à des chaussures aperçues la veille dans une vitrine et que j'avais eu bien tort de ne pas acheter. Je venais de prendre la décision d'aller les chercher tout à l'heure, dès que je pourrais décemment quitter ce lit!

Il se trouva donc qu'en un an de temps, je me détachai plus ou moins de mes deux hommes. Tout à fait de Sydney, puisqu'il dut repartir en

200

Amérique. Moins de Gauvain, puisque l'absence n'était jamais vraiment venue à bout de nous. Mais j'avais envie de vivre sans rêver d'impossible. On n'attend pas un absent onze mois sur douze quand on a dépassé la quarantaine.

Arrivais-je à l'âge mélancolique où l'amitié semble plus vivable et précieuse que l'amour?

CHAPITRE X

LES CINQUANTIÈMES RUGISSANTS

J'APPROCHE à enjambées de plus en plus longues de la cinquantaine, période où les surprises ne peuvent plus être que mauvaises. Le mieux qu'on puisse alors espérer est le statu quo. Les dégradations observées çà et là paraissent mineures au début, mais, étant les premières, elles indignent ou accablent. Pourtant ces ridules autour de l'œil, ces menues imperfections du corps faciles à masquer, on les regrettera un jour quand en surviendront de pires. Chaque année désormais, on se dira en contemplant telle photo de l'été précédent : « Tiens! j'étais encore rudement bien l'année dernière! » Et dans deux ans on s'apercevra que l'on était encore rudement bien l'année d'avant. Or j'y suis, dans cette « année d'avant » qui me paraîtra à son tour si regrettable. La seule issue vivable est de s'efforcer désormais d'apprécier son présent à la lueur d'un avenir plus inquiétant encore!

J'ai bien peu vu mon cormoran durant ces trois années et je me suis efforcée de penser à lui aussi à la lueur de notre impossible avenir. La nature, la mienne en tout cas, est miséricordieuse : quand on ne désire plus, je veux dire quand l'objet du désir s'est éloigné, il devient presque inimaginable qu'on ait pu convoiter un être aussi ardemment.

203

J'ai peu vu Gauvain par la force des choses car il avait réalisé son mystérieux projet. Il ne s'était jamais habitué aux Seychelles dont les paysages trop riants ne convenaient pas à son âme farouche. Désormais il campe huit mois par an, d'octobre à mai, sur un haut-fond à cinq cents milles du cap de Bonne-Espérance. Ce n'est pas un pays, ce n'est même pas une île, rien qu'un point abstrait au croisement du 31°40 de latitude Sud et du 8°18 de longitude Est, à trois jours de route de la plus proche terre, à portée des énormes houles des quarantièmes rugissants. Son monde se réduit à une basse corallienne de six milles de large, à un étroit plateau volcanique surgissant soudain à moins de cent mètres de la surface depuis des fonds de cinq mille mètres, et peuplé de millions de langoustes. Pour que je puisse le localiser, avant de partir il m'a dessiné son bateau, l'*Empire des Mers*, un ancien thonier de vingt-huit mètres, sur une carte marine, dérisoire signe de vie perdu dans tout le bleu de cette zone sans terre émergée.

C'était son cousin Youn, un de ces Douarnenistes spécialisés de père en fils dans la langouste, qui avait découvert ce gisement fabuleux quelques années plus tôt et qui avait décidé d'y pêcher, c'est-à-dire d'y vivre. Mais une fracture cervicale consécutive à une chute à bord et dont il ne s'était jamais tout à fait remis, l'avait empêché de continuer et contraint de proposer à un pirate dans son genre de prendre sa suite pour exploiter ce filon. Peu d'hommes eussent accepté mais Lozerech était toujours tenté par l'impossible. Il y vit l'occasion de retrouver les émotions fortes de sa jeunesse et de finir sa carrière en beauté. Peut-être aussi de mettre entre lui et moi un obstacle supplémentaire. Ne pouvant réduire son sentiment, il choisissait d'augmenter la distance. Car il avait trouvé une

204

nouvelle raison de se punir : sa femme Marie-Josée venait d'être opérée d'un cancer, elle aussi. On lui avait « tout enlevé » comme elle disait non sans provocation, se rendant sans doute compte avec amertume que cette formule la réduisait à n'avoir été qu'une matrice. Mais ce qui restait d'elle était toujours l'épouse de Lozerech et il en concevait un sentiment accru de culpabilité.

De mon côté, mon livre sur *La Médecine et les Femmes* venait enfin de paraître. Nous avions mis trois ans à l'écrire, François et moi, parmi nos autres activités, trois ans de travail intensif dont l'aboutissement nous laissait un étrange sentiment de vide. Nous l'avons quelque temps attribué à cette disponibilité dont nous ne savions que faire et puis l'évidence s'est peu à peu imposée à nous : ce n'était pas le travail qui nous manquait mais la présence quasi quotidienne du compagnon, de la compagne que nous avions été l'un pour l'autre durant ces années. Une seule solution nous apparut : vivre sous le même toit! La chose devenait envisageable puisque François était seul maintenant, Luce, sa femme, étant morte en lui laissant une fille de quinze ans. Je le voyais désemparé entre ses accouchements, son enseignement à l'hôpital, cette adolescente à élever et le chagrin d'avoir perdu une femme remarquable et qu'il avait profondément aimée.

Cela peut être une aventure délicieuse de se mettre ensemble par tendre inclination, quand on a déjà fait l'expérience d'un « mariage pour la vie » et d'une passion, dite charnelle. A ce stade de l'existence, l'amour est tout, bien sûr, et en même temps il n'est plus tout! Cette formule absurde rendait assez bien compte du mélange d'enthousiasme et de légèreté qui présidèrent à notre décision de nous marier.

Je n'eus pas l'impression de franchir une étape ou de prendre un risque excessif : d'une certaine façon, François avait toujours fait partie de la famille, il ne faisait qu'y entrer plus officiellement. Nous avions failli tomber amoureux pour de bon dix fois dans notre vie et nous nous étions à chaque fois manqués de peu. En 1950 je l'aurais sans doute épousé si, au beau milieu de ses études de médecine, il n'avait pas dû partir pour le sanatorium de Saint-Hilaire-du-Touvet où il était resté deux ans. Quand il est enfin revenu, j'étais mariée à Jean-Christophe. Quand j'ai divorcé d'avec Jean-Christophe, lui venait d'épouser Luce. Et quand Luce a failli le quitter cinq ans plus tard, je vivais avec Sydney aux Etats-Unis !

Cette fois-ci, nous étions seuls et libres et bien portants en même temps, il fallait saisir cette occasion. Eussé-je épousé François à vingt ans, Lozerech fût sûrement sorti de ma vie sinon de ma mémoire. Jean-Christophe, lui, avait toujours laissé vacante une part de mes capacités amoureuses et intactes mes nostalgies adolescentes. C'est ainsi que certains hommes font eux-mêmes le lit de leurs rivaux.

François était de plus un spécimen rare : un de ces grands hommes comme la vie se plaît parfois à les rater. Il possédait tous les atouts pour devenir un éminent professeur, un poète de qualité, un peintre valable, un pianiste de talent, un séducteur irrésistible et il était virtuellement tout cela, mais de minuscules failles dans son caractère ou bien une série de hasards l'avaient toujours maintenu en deçà de la vraie réussite. Apparemment avec son entière complicité.

Il promenait dans l'existence un physique déli-cieux sans être vraiment beau et un charme et une élégance native que tempéraient juste assez de

206

négligence et de timidité pour se faire pardonner ses multiples dons et lui avoir mérité dans sa jeunesse le surnom de Jean de la Lune. Une jeunesse dont il n'était pas sorti d'ailleurs bien qu'il eût dépassé la cinquantaine et connu beaucoup d'épreuves, car tout continuait à l'enchanter : les nouveau-nés qu'il ne se lassait pas de mettre au monde comme si chacun eût été le monde à lui tout seul, les amis, sa fille Marie, les voyages, la musique et, en dernier lieu, notre mariage parce qu'il lui semblait dans l'ordre des choses et qu'à ses yeux, malgré la maladie et la mort, l'univers restait fondamentalement bon à connaître. Il aimait la vie mais il aimait aussi les vivants, ce qui est plus rare, et il aimait même mon aventure avec Lozerech, qu'il avait surnommé « le Capitaine Cormoran », en souvenir de la Bibliothèque Rose et du Corcoran de notre enfance. Lui préférait la Verte.

J'avais épinglé dans mon bureau la carte marine que m'avait donnée Gauvain avant de partir et je ne la regardais jamais sans que ce petit bateau, dessiné avec le soin et la précision qu'il apportait en toute chose, avec son mât de charge, son artimon et sa petite voile de cape brune, ne me serre le cœur. Mon cormoran était perdu là-bas avec son équipage de huit hommes, et sept cents casiers à relever, à vider, à rebœter, à remettre à l'eau chaque jour, au bout de filières de quarante à quatre-vingts mètres de long, sur des fonds où grouillaient des pieuvres et des murènes géantes, au milieu d'un océan de houles perpétuelles qui, à ce niveau du globe, font le tour de la terre sans trouver un obstacle pour briser leur élan. C'est du moins ainsi que je l'imaginais d'après les livres des navigateurs de ces sinistres parages et le journal de bord qu'il m'envoyait régulièrement.

Pendant les longues absences de Gauvain j'avais rendu visite à Marie-Josée plusieurs fois, après son opération, avec l'obscur désir de respirer quelque chose de lui. Mais la vue de la femme de Lozerech et de sa maison me faisaient mieux mesurer au contraire la distance qui nous séparait, sur mer comme sur terre. Je n'arrivais pas à croire que j'étais « l'autre femme » de cet homme-là, qui envisageait de finir sa vie dans ce cadre sans âme, de prendre ses repas dans la cuisine aménagée en « rustique massif » comme précisait avec fierté Marie-Josée, négligeant le fait qu'elle avait laissé chez ses parents et ceux de son mari de vrais meubles rustiques, qu'elle considérait comme des vieilleries dénonçant le sous-développement. « Mon » Gauvain coucherait à côté de cette femme grisonnante qui sentait toujours un peu la sueur, sous cette courtepointe de satin vieux rose, s'endormirait sous la photo de son propre mariage et les portraits des quatre parents dans des cadres ovales surmontés d'une branche de buis, face à la commode Louis XV achetée sur catalogue et vernie à mort, égayée par cinq branches de fougère en plastique argenté et trois tulipes violettes, dans un vase de cristal d'Arques à facettes.

Mais pourquoi chercher à faire coïncider Lozerech et Gauvain? Pas plus que je ne coïncide avec celle qui est partie si souvent au bout du monde, la duègne aux trousses, à la recherche de ce frisson mystérieux qui ne se fonde sur rien que puissent traduire les mots humains. Nous avons tous nos facettes, comme le vase de Marie-Josée.

Pendant ses deux premières années là-bas – il comptait en passer quatre – Lozerech avait gagné plus d'argent qu'en toute sa vie peut-être. Dès que ses immenses viviers étaient pleins, il faisait route vers Le Cap, y débarquait ses tonnes de monstres

208

qui étaient expédiés vivants chez un mareyeur de Lorient.

Lui ne « vivait » plus, au sens que l'on donne habituellement à ce mot. Il sondait les fonds, il surveillait ses filières, il essayait de ne pas devenir fou dans ce paysage écumant et il attendait le jour de sa retraite.

Les langoustes avaient changé la vie de sa famille. Elles venaient de lui permettre d'agrandir sa maison, d'envoyer son fils aîné, agrégé de chimie, pour deux ans aux Etats-Unis. Joël possédait une voiture à lui, une 2 CV spécialement équipée pour un infirme. Une de ses filles enseignait à Rennes, l'autre était hôtesse de l'air. Marie-Josée s'était fait poser en façade trois dents tout en or. Tout le monde en somme pouvait remercier les langoustes.

J'avais longtemps hésité à lui annoncer mon remariage avec François mais je craignais plus encore qu'il l'apprît par sa femme. Je savais qu'il le considérerait comme une sorte de trahison bien que lui aussi eût choisi l'éloignement. D'ailleurs il ne m'écrivit plus pendant quelque temps, sans que je pusse discerner si c'était par rancune personnelle ou par décence à l'égard de François qu'il aimait bien.

Peut-être par décence moi aussi à l'égard de François, bien que dans ce domaine ce genre de sentiment ne m'étouffât pas, je m'habituais à penser à Gauvain au passé.

Un événement vint tout remettre en question : la mort de ma mère, renversée par une camionnette au coin d'un boulevard parisien. Maman avait toujours traversé comme du temps des diligences, sans tenir compte des feux rouges et des passages cloutés, levant un bras avec autorité pour enjoindre aux cochers de ralentir. Le chauffeur, lui,

209

n'avait pu arrêter ses chevaux-vapeur et ma mère, traînée sur la chaussée par la camionnette, était morte quelques jours plus tard de ses multiples fractures, absolument scandalisée par la mauvaise éducation des conducteurs d'aujourd'hui. Elle avait soixante-huit ans, une santé insolente et l'intention de vivre encore une belle tranche d'existence, si bien que je remettais toujours à plus tard de m'habituer à l'idée qu'elle pourrait ne plus habiter la même planète que moi. Assise auprès de sa forme muette durant ses dernières journées de coma, je découvrais avec horreur que je ne pourrais plus jamais, si longtemps que je vivrais, prononcer cette phrase toute simple : « Allô! Maman? » En disparaissant, elle emportait le premier mot du langage, celui qui fondait ma sécurité dans la vie. C'est la première, parfois la seule trahison d'une mère, de vous quitter ainsi, sans crier gare.

Chaque fois que François disait « ta maman », les larmes me montaient aux yeux. J'évitai désormais ce mot.

J'avais écrit à Gauvain pour lui apprendre la mort de ma mère. A lui, je pouvais parler : elle lui avait tiré les oreilles assez souvent en le traitant de « petit voyou » pour qu'il eût gardé, le temps passant, une certaine tendresse pour elle.

Cette disparition m'obligea à faire le bilan de mes ressources : il me restait encore sur terre un être qui m'aimait inconditionnellement et voilà que j'allais le laisser se perdre lui aussi sans réagir, car le jour de sa retraite sonnerait le glas de tout projet entre nous. Soudain je ne supportais plus l'idée de le voir accroché à son tour dans ma galerie des souvenirs. Malgré l'harmonieuse entente qui régnait entre François et moi, je la sentais toujours vivante, la jeune fille folle qui courait vers l'île, vers

210

les îles du bout du monde, pour retrouver cette « flamme » qui faisait ressembler l'amour au contraire de la mort. Et je savais que ma mère m'eût approuvée de vivre pour deux. Elle aussi était atteinte de cette boulimie de vie et ne se résignait à perdre sur aucun tableau. Il faut savoir être infidèle aux autres parfois pour ne pas l'être à soi-même : c'était un de ses principes.

Les circonstances me fournissaient une occasion idéale : depuis deux ans je passais un mois chaque automne au Québec pour une série de cours à l'université de Montréal et je bénéficiais là-bas pour la durée de mon séjour d'un petit appartement où je pouvais sans problème héberger quelqu'un. J'y étais allée l'année précédente avec Loïc, qui faisait de la mise en scène pour la télévision et travaillait pour Radio Canada. Le plus dur serait de décider Gauvain, de lui insuffler le courage de mentir à une épouse geignarde et méfiante, à juste titre. Pour un marin, déjà si souvent absent de chez lui, les congés et, à plus forte raison la retraite, ne se conçoivent jamais ailleurs qu'à la maison.

Je lui décrivis le cours que la mort de ma mère avait fait prendre à mes pensées et c'est en les lui expliquant sans doute que je pris conscience de l'impérieuse nécessité de le revoir. Je mis tout en œuvre pour raviver en lui la plaie de l'amour. Je le connaissais assez maintenant pour savoir par où entrer le poignard dans sa carapace et comment tourner la lame jusqu'à ce que lui aussi n'ait d'autre désir que de me tenir contre lui et de céder encore une fois à ce vertige qui lui faisait perdre la notion du bien et du mal.

Que je puisse avoir besoin de lui dans cette épreuve le bouleversait. Nos lettres, commencées sur le ton de la nostalgie, virèrent peu à peu à la

211

tendresse et devinrent bientôt si ardentes, un mot entraînant l'autre, qu'il nous parut inhumain d'envisager l'avenir sans nous ménager encore un de ces moments hors du temps qui avaient donné à nos vies une dimension que nous ne parvenions pas à définir mais que nous pressentions essentielle.

S'écrire d'amour est en soi une jouissance, un art raffiné. Chaque lettre, chacun de ses rares coups de téléphone, chaque je t'aime, me semblait une victoire sur les forces de vieillesse et de mort.

Amener Gauvain au degré voulu d'érection physique et sentimentale pour qu'il crût prendre lui-même l'initiative d'une prochaine rencontre fut un régal. De son côté, la profondeur de son sentiment pour moi finissait par lui tenir lieu de talent. Lui qui ne voulait croire qu'au devoir et à la noblesse du labeur retrouvait pour m'écrire les mots des poètes. Il m'appelait « son souffle », « sa vie », « sa vérité ».

Six mois après la mort de ma mère, nous avions décidé de nous rencontrer à Montréal l'automne suivant, juste avant qu'il ne reparte pour sa campagne d'hiver. Il ne pouvait plus s'abriter derrière le souci d'économiser : il gagnait tout de même assez d'argent pour s'arracher du portefeuille sans trop de remords le prix d'un voyage au Canada.

Sans l'avouer, il commençait aussi à redouter son retour au monde des terriens, sachant que dans ce monde-là un retraité de la mer ne sait rien faire et ne tarde pas à passer vieillard. C'est dans cette crainte qu'il puisa l'aplomb de mentir à sa femme, lui donnant une explication si imprévue que Marie-Josée en resta bouche bée : il partait « faire un tour » dans le Grand Nord canadien, un copain québécois rencontré au Cap l'ayant invité

212

chez lui! Une énormité passe souvent mieux qu'un alibi vraisemblable, laborieusement échafaudé.

Le projet fut mis sur pied. J'étais heureuse avec François mais une allégresse enfantine se mêla désormais à mon bonheur. La vie retrouvait des couleurs romanesques et je me sentis rajeunir de vingt ans.

Paradoxalement, depuis qu'il travaillait en Afrique du Sud, je partageait les émotions quotidiennes de Gauvain plus que je ne l'avais fait auparavant. Il avait en effet pris l'habitude de m'écrire quelques lignes presque chaque soir, après s'être amarré pour la nuit à son corps mort, dans un coin de la basse où la mer brisait un peu moins. Il rédigeait son compte rendu des incidents du jour chaque fois que le temps, régulièrement mauvais, devenait « maniable » comme il appelait ça, faute de pouvoir dire « beau ». Et chaque fois qu'il relâchait au Cap, il m'expédiait un paquet de feuillets quadrillés.

Au fil des semaines, ce bloc-notes d'Afrique du Sud était devenu un étonnant document qui relatait, sans art mais aussi sans artifices, ses journées en enfer sur ce banc de corail qu'il ne considérait, lui, que comme son lieu de travail, sa mine à ciel ouvert en quelque sorte. C'est cette simplicité qui en faisait tout le prix, cet écart entre la sobriété des mots, la pudeur du ton, et la violence des éléments : la solitude qu'on devinait pesante, la fatigue omniprésente, les tempêtes se greffant sur un mauvais temps chronique, les blessures, les scènes d'horreur aussi, quand un des hommes était contraint de plonger, en combinaison sous-marine, jusqu'au fond des viviers à travers le grouillement des carapaces, pour récupérer les bêtes mortes qui auraient risqué de contaminer le reste de la cargaison. Le résultat constituait un texte poignant qui eût très bien trouvé sa place dans ma Revue d'Histoire, ou même dans la collection « Terre des Hommes ». François, auquel je lisais les plus beaux passages, le lui avait proposé lors d'un de ses retours en France, mais il rigolait, refusant d'envisager une idée aussi « farfelue ».

Quand je le retrouvai six mois plus tard, dans un aéroport comme d'habitude, son aspect me frappa. Cinquante ans d'une aussi rude vie commençaient à imprimer leur marque sur lui. Lozerech me sembla plus boucané que bronzé, plus buriné que ridé, plus raide que vigoureux. Engoncé dans sa carapace de muscles, il s'était mis à ressembler à une de ses langoustes. Restaient ses yeux d'eau vive, cette impression de force qui se dégageait de lui et aussi une touchante assurance que je ne lui avais jamais connue et qui venait de sa réussite matérielle.

J'avais préparé ce séjour avec un peu d'appréhension, la totale insouciance de la jeunesse ne me semblant plus de mise. Gauvain s'était fait avec le temps une image sublimée de moi et il me semblait vital d'être à la hauteur. Je voulais bien me priver de son amour mais non pas le perdre! Or, passé quarante-cinq ans, tout marque. Un mois de cours et de conférences m'avait nettement abîmé le portrait, d'autant mieux que ce peuple de bûcherons s'entend à vous mettre en coupe réglée et à vous pomper votre sève. Ici, les étudiants sont plus avides d'apprendre et de discuter que les Français, moins déférents encore, plus familiers et aussi plus exigeants, à la manière américaine. Il faut se défoncer pour leur plaire et justifier qu'on vous fasse venir de si loin. La vieille Europe n'est plus assez prestigieuse pour se vendre sans effort. Avec mon côté organisatrice de galas dont François s'était toujours moqué, j'ai donc tenu à tout planifier comme une athlète se préparant aux Jeux Olympiques.

Principe n° 1 : Eviter d'avoir ses règles pendant les compétitions! Je prendrais donc la pilule pendant six semaines sans interruption. Merci Pinkus.

Principe n° 2 : Soigner la première apparition, elle conditionne toute la suite. D'autant que la situation du côté des organes nobles n'était pas fameuse. Un rhume bronchiteux attrapé dans ce rude pays où l'hiver empiète déjà sur l'automne avant de déborder sur le printemps, m'avait rendue prématurément quinquagénaire. J'ai voulu compenser par une joyeuse frisure, bien ondulée comme les aime Gauvain, qui n'a pas la même notion de l'élégance que les rédactrices de *Harper's Bazaar*. Mais mes cheveux, électrifiés par l'air trop sec et le chauffage excessif de ce pays, ont mal supporté l'électrochoc pratiqué par l'artiste capillaire québécois. Ici, les salons de coiffure, tout comme les américains d'ailleurs, tiendraient plutôt de la laverie automatique, lessivage, essorage, séchage en dix-huit minutes, que de ces refuges voluptueux que sont les instituts de beauté en France. Les bacs ont une forme de guillotine à l'envers et vous scient la nuque, on vous étrangle au moyen d'une collerette en plastique rigide autour du cou au lieu d'une moelleuse serviette et les shampouineuses vous étrillent comme des palefrenières avant de vous livrer à un artiste inspiré... mais pas par votre tête pour peu que vous ayez dépassé quarante ans!

Mon étrilleuse, que j'aurais plutôt vue dans l'équipe des discoboles de l'Allemagne de l'Est, m'annonça sans ménagements en m'en arrachant quelques poignées supplémentaires qu'elle n'avait jamais vu de cheveux tomber comme les miens.

215

« C'est l'automne, tentai-je de dire, un peu de fatigue...

– Même, coupa-t-elle, cette débandade, c'est pas normal. »

Le mot débandade fit lever en moi le spectre d'une pelade galopante qui sonnerait le glas de ma carrière d'amante, le port d'une perruque s'accommodant mal des « parties de jambes en l'air » comme les appelait la duègne. En conséquence j'acceptai avec soumission l'application d'un onguent mexicain qui sentait le désinfectant pour waters, je m'en aperçus trop tard, et qui me laissa le cheveu terne et veule malgré le brushing impérieux de Mario (à moins que ce ne fût d'Emilio).

Bien que pressée par le temps – l'avion de Gauvain atterrissait deux heures plus tard – je n'osai refuser un gaufrage, assorti d'un crêpage tel qu'on ne le pratiquait plus en France depuis des années, et suivi d'un empesage avec une laque qui sentait cette fois le déodorant pour taxi, toutes opérations que l'on m'assura indispensables pour donner « un peu de gonflant ». Regards apitoyés de Mario (à moins que ce ne fût d'Emilio) sur les zones nécessiteuses. J'avais une chevelure de Tahitienne à vingt ans, qui tombait jusqu'à ma taille, tentai-je de leur dire pour redorer mon blason, mais ils s'en tapaient et de toute façon n'en croyaient rien. J'ai souvent remarqué que les autres ne croient jamais que vous avez été jeune. Pas vraiment. Ils font semblant, par politesse.

Je m'enfuis du temple capillaire très en retard, mais nantie d'une magnifique tête de poupée de quarante-sept ans. Heureusement, Gauvain ne verra que la poupée, pas les quarante-sept ans. Sa vue, avec un peu de chance, aura baissé. Et puis les poupées ne courent pas les vagues du côté des 30° de latitude Sud !

216

Dans le taxi je ris toute seule à l'idée que dans moins d'une heure je vais voir mon cormoran refaire surface et ouvrir ses ailes à la plus belle femme du monde. Attendre un amant est bien meilleur pour le teint qu'accueillir un mari et à chaque tour de roue du taxi, je me sens embellir un peu plus. Las! Deux heures de retard sur le vol Paris-Montréal ont tôt fait de réduire à néant cette précaire beauté. Dans les glaces impitoyables de l'aéroport je n'aperçois bientôt plus qu'une dame frisée comme un bichon, l'œil cerné, le teint pas très frais et plus rien n'apparaît du joli plaisir qui courait tout à l'heure dans mes veines et sur ma peau.

Mais l'apparition de Lozerech enfin, avec cet air qu'il a de peser plus lourdement sur la terre que les autres et en même temps ce quelque chose d'incurablement exilé dans l'allure qu'ont les marins qui ont trop longtemps fait de la mer leur patrie, me vide de tout ce qui n'est pas une infinie tendresse. Son regard angoissé me cherche parmi la foule et je me jette vers lui avec tant d'emportement que, d'entrée de jeu, je me fends la lèvre sur sa fichue dent ébréchée. La duègne, qui avait tenu à m'accompagner à Mirabel, s'empresse de ricaner – *Ça, c'est l'herpès assuré avant quarante-huit heures, ma vieille!* Elle m'appelle ma vieille depuis que j'ai quarante-cinq ans! Mais je ne me soucie plus des années ou des miroirs : c'est dans les yeux de Gauvain que je vais me voir désormais. Mon âge? Lequel? Puisque c'est celui d'être aimée!

Nous nous contemplons avec émotion comme si cette fois nous avions vraiment redouté de ne jamais nous revoir. D'avoir failli renoncer l'un à l'autre et réussi encore une fois à nous retrouver, au prix d'acrobaties périlleuses pour lui et de manœuvres complexes pour moi, où le moindre

217

faux pas risquait de tout compromettre, nous rend joyeux comme des mômes. La vie a gagné encore une fois. Nous nous tenons par la main, comme des Américains, en attendant les bagages de Gauvain et nous ne cessons de nous embrasser dans le taxi qui nous ramène « à la maison ». C'est la première fois que nous avons une maison, avec une cuisine, un réfrigérateur plein de provisions, une télévision, un électrophone, un lit qu'il faudra faire nous-mêmes, mais que nous défaisons dès notre arrivée pour nous assurer que l'attrait démesuré que nos sexes exerçaient autrefois l'un sur l'autre est toujours là.

Ah! cette première caresse de mon bougre, en ai-je assez rêvé! Oui, tout est bien là, le pouvoir et la faiblesse, indissociables.

« Tu te souvenais donc assez de moi, mon cormoran, pour revenir de si loin?

– Tu veux dire que je me souvenais trop de toi pour ne pas venir. »

Nous reposons dans la certitude puérile et profonde que nous sommes là où nous devons être. Je caresse la toison qui couvre ses avant-bras, où apparaissent quelques filins blancs. Il a posé la main sur mon pubis, comme un propriétaire.

« J'ai l'impression que nous ne guérirons jamais de cette maladie maintenant. Je n'ai plus d'espoir!

– C'est bien la preuve que ce n'est pas une maladie. C'est la vie au contraire, tu me l'as assez dit. J'aime pas que tu en parles comme d'une maladie.

– Je dis ça parce que c'est comme un accès de fièvre et qu'entre les accès, on pense que ça ne reviendra plus.

– Dis ça pour toi. Moi je sais que je suis foutu.

218

Et content de l'être par-dessus le marché. » Il rit de son beau rire jeune.

Rassurés, nous pouvons entrer dans la deuxième séquence : « Le retour du marin. » Gauvain défait sa valise et s'installe tandis que je me délecte à accomplir des gestes ennuyeux et faciles mais dont chacun signifie ce soir : fais-moi l'amour et merci de l'amour. Je mets nos deux couverts, lui apporte un whisky (il en a pris le goût au Cap), lui sers le dîner que j'ai préparé pour lui ce matin. Je joue l'épouse zélée accueillant son lointain voyageur et en même temps la friponne et en passant la cochonne. C'est l'ABC de l'art, mais il n'en faut pas plus à Gauvain pour être persuadé qu'il dîne ce soir avec la Reine de Saba. Je déguste chacun de ses regards. Je sais que je ne serai plus jamais pour personne cette bombe sexuelle qu'il voit en moi.

Au dessert, il se lève et dépose cérémonieuse-ment devant mon assiette un écrin de cuir rouge. Si Gauvain m'offre un bijou, un vrai, c'est que la situation est grave.

« Qu'est-ce que tu voulais que je t'achète d'autre que de l'or, en Afrique du Sud... à part un diamant ? » dit-il avec un sourire ravi et confus, tandis que je découvre une très longue chaîne d'or faite d'anneaux épais et réguliers comme ceux d'une chaîne d'ancre. Je sais déjà qu'elle me plaît.

« J'aurais préféré te choisir un bijou plutôt qu'une simple chaîne, mais comme je n'ai jamais rien compris à tes goûts, j'avais trop peur de me gourer. Et la seule idée de voir la tête que tu fais quand je t'apporte un truc que t'as envie de foutre au panier...

– Ooh ! Ça se voit tant que ça ?

– Tu rigoles ! T'as la bouche qui sourit, si on peut appeler ça sourire, et les yeux méprisants... à

219

vous faire rentrer sous terre. On se sent un moins que rien et le pire c'est qu'on comprend pas pourquoi! Le sac en cuir, par exemple, la dernière fois, il a pas dû te plaire, je l'ai jamais revu, çui-là! »

Je ris pour ne pas répondre, me gardant de lui avouer que je l'ai offert à ma concierge espagnole parce que la doublure de rayonne orange me faisait gerber et que le fermoir en doré avec des brillants me donnait des boutons.

« Je ne comprends pas comment tu peux m'aimer encore, avec mes goûts compliqués, mes manies d'intellectuelle et mon " snobisme ". Heureusement que je suis aussi une obsédée sexuelle, non?

– Viens me montrer ça, je ne me souviens de rien! Et mets ta chaîne, Karedig, que je la voie sur ta peau nue. L'année prochaine, je t'offrirai l'ancre, pour que tu puisses plus t'en aller. »

J'avais oublié ce que peut être la première nuit avec un pirate qui n'a pas vu de femme depuis des mois et pourtant la vie nous a fait ce drôle de cadeau : connaître plus de premières nuits que de dixièmes! Au fond, si j'ai pu le quitter à vingt ans, c'est que je pensais retrouver des amants de cette envergure. Je sais maintenant qu'ils sont trop rares pour espérer en trouver deux au cours de la même vie.

Il nous a fallu la nuit entière pour nous délivrer de notre désir. Chaque mot prononcé, chaque geste esquissé était déjà « préorgasmique », comme dirait Ellen. En termes pseudo-poétiques, « tout alimentait notre brasier », je lui tendais mes lèvres pulpeuses et il m'étreignait fiévreusement, ainsi qu'écrivent les romanciers qui ont peur de parler de ce qui se passe en dessous de la ceinture, voulant ignorer que le sexe est inextricablement lié au cerveau !

Mais ce livre-ci ne s'arrête pas à mi-corps. Il me faut donc avouer que le vrai boutefeu de notre brasier... oui, bien sûr, c'était l'amour. D'accord. Mais quel intérêt d'écrire : « Il me fit l'amour » ? En vérité ce qui me transportait ce soir-là c'était très précisément le pouce de Gauvain engagé dans mon *tunnel* tandis que son médius tourmentait le *bouton de ma robe à queue* et que son autre main effleurait mes *avant-cœurs*, cependant que son *ardillon*, son *aiguillon*, son *espadon* durcissait et encensait sous chaque trouvaille de mes mains ou de mes lèvres, ces poétiques formules du Moyen Age étant employées à dessein pour ne pas alerter ma duègne, qui devient odieuse en vieillissant.

Dois-je regretter de ne rien avoir à décrire de plus moderne, de plus libéré, de plus audacieux ? Dois-je déplorer que nous nous soyons limités à ces manœuvres bien primitives, je le reconnais ? Je sais pourtant qu'un auteur érotique digne de ce nom ne peut faire moins que de montrer son héros regardant déféquer son ou sa partenaire, et ne déchargeant – comme ils disent gracieusement – que si elle a gardé son porte-jarretelles noir, ou s'il lui a uriné au visage. Ces pratiques puériles et malhonnêtes réservent, dit-on, des jouissances seigneuriales. Eh bien, nous n'aurons connu que des plaisirs roturiers mais ils ont suffi à nous mettre l'âme au bord des lèvres. Ils m'ont en outre réconciliée avec mon sexe et délivrée de ce malfaisant peloton d'écrivains que j'ai si longtemps cru devoir estimer, dans le sillage de Sydney et de ses amis. C'est Gauvain, qui ne les a jamais lus, qui m'a rendue indifférente à leur discours de haine et de mépris. Tu m'as même délivrée de Freud, toi qui sais à peine son nom !

221

Dans ces interminables joutes, pas de gagnant, ni de vaincue. Je ne sais qui mène l'autre et je me défends souvent d'être celle qui réclame; mais, dès qu'on effleure le contact, je m'envole si vite que nous nous accusons mutuellement d'avoir commencé.

« Tu faisais semblant de dormir mais tu bandais derrière mon dos, je l'ai très bien senti, dégoûtant personnage!

– Quelle malhonnête! C'est toi qui t'es mise à onduler des fesses, juste quand j'allais m'endormir! »

Enfin, vers l'aube, nous sommes étendus pour le compte et je rends grâces en silence, tenant son oiseau encore replet dans ma main serrée. Gauvain s'est endormi au milieu d'une phrase comme d'habitude et le doux oiseau s'est évanoui. Au réveil, ma main en coquille ne contient plus qu'une frite molle oubliée au fond d'une bassine.

Le lendemain, sous la lumière crue du préhiver canadien, les sortilèges aussi ressemblent à de vieilles frites. Gauvain a la migraine, c'est le changement horaire. Je l'ai aussi, ce doit être la vodka. – Balivernes, dit la duègne, ce sont les charmes de la cinquantaine. Regardez votre pharmacie sur l'étagère, c'est un signe qui ne trompe pas. L'amour à l'Algipan parmi les genouillères, les œstrogènes et les laxatifs, sans oublier la crampe au mollet au moment de conclure, c'est ça la vieillesse, tu verras. – La ferme, vieille autruche. – Et as-tu remarqué qu'il fait « Han » maintenant chaque fois qu'il se sort d'un fauteuil profond? Et je te signale qu'il bâille souvent, il doit avoir des brûlures d'estomac. D'ailleurs, il prend du Gelusil. Tu ne devrais pas l'encourager à boire. Et tu as repéré la peau de son cou? Elle godaille. – Et ta sœur? – Précisément! Regarde tes bras toi aussi,

222

ils accusent ton âge. – C'est pas mon âge, c'est le leur. – A propos d'âge, ta libido devient répugnante ces temps-ci, ma chère, et je me demande si toutes ces hormones qu'on vous prescrit aujourd'hui... – Mon hormone s'appelle JE T'AIME. C'est qu'on me dise que je suis adorable. Et avec tant de conviction que je finis par le croire, qu'est-ce que tu veux! – Ha Ha! Enfin, s'il est assez niais pour te trouver adorable, profites-en, tu n'en trouveras plus d'autre. – Je ne cherche pas. – On cherche toujours, ma fille. Un dernier détail, si tu permets, poursuit-elle implacable, il a perdu une prémolaire et cette fois ce n'est pas au combat comme l'autre. Une dent manquante, ça peut faire corsaire, mais deux, ça fait Père Magloire! Tu ne veux rien voir, mais moi j'ai l'œil.

A vivre longtemps éloignés, il est vrai qu'on se laisse emporter par ses rêves. On finit par aimer quelqu'un qui n'existe plus tout à fait mais que dessine votre désir. L'écriture est traître. L'amour par correspondance, c'est trompeur. Dans une lettre on s'épargne les petites disgrâces corporelles qui peuvent miner les plus nobles sentiments. On ne rote jamais par lettre. On n'y entend pas grincer les articulations. Or un homme, plus encore s'il vit dans une communauté d'hommes, ne pense pas à masquer les petites servitudes de l'âge.

Mais curieusement, ces symptômes ne m'inspirent que compassion. C'est un regain de tendresse que j'éprouve quand son visage convulsé de désir se penche sur moi les traits affaissés, sa langue pendante luisant dans la pénombre de sa bouche ouverte.

– On dirait une langue de tortue mourante, remarque la duègne. – La passion, ça défigure, c'est bien connu, dis-je. – Pas les jeunes hommes,

répond-elle. Et d'ici cinq ou six ans, il faudra que tu y penses... si tu es encore performante : ne pas faire l'amour par en dessus. Ça fait pendre les chairs. Ou alors dans la pénombre. On peut de moins en moins se permettre de faire l'amour en plein jour en vieillissant, ou de circuler nu dans une chambre. D'ailleurs, regarde-le marcher : il se lève sans méfiance, le pauvre nigaud ! Il ne sait pas qu'il manque du kapok dans ses fesses... Il est encore beau, d'accord, mais c'est un « vieux premier » maintenant.

Peut-être mais ses muscles bombent toujours sur ses cuisses intactes, qui jaillissent de son tronc comme les deux branches maîtresses d'un arbre. Et j'aime la plénitude de ses épaules que n'ont pas courbées les années et son dos plein de taches de rousseur enfantines et qui refuse comme son caractère de se voûter. Et j'aime fermer les paupières à demi, jusqu'à ne plus voir que la fente rieuse et tendre de ses yeux, gouttes de mer, ou bien rentrer en moi-même quand il s'y trouve aussi justement, et écouter défiler des sensations qui n'ont pas pris une ride.

Et je me moque qu'il n'ait plus ses fesses de toréador, duègne, oiseau de malheur, les toréadors n'ont pas forcément sa bitte, une bitte ravissante, qu'elle soit d'ivoire ou de mie de pain, une bitte gonflable et increvable et beige et insolente et toujours prête à bondir et ronde comme un manche de pioche bien lisse d'avoir servi et jamais fripée, même quand elle agonise. Et les toréadors n'ont pas forcément ses couilles crapaudines, toujours fraîches et bien accrochées à l'aisselle des branches.

A vingt ans, je pensais sérieusement n'être pas faite pour ce gabarit-là. Pour ce rythme-là non plus. J'émergeais de mes séjours avec Gauvain, la

224

zone à vif et les jambes arquées comme un cavalier. Me suffisaient la vergeronnette délicate de Jean-Christophe ou l'agile couleuvre de Sydney et leurs performances modérées. Eh bien si, madame, j'assume, passé le premier choc. Trop fort n'a jamais manqué. Et tant que l'on n'a pas expérimenté un nombre suffisant d'êtres humains, hommes ou femmes, on ne sait pas où l'on s'arrête en amour. Des inconnues dorment en nous dont beaucoup ne s'éveilleront jamais.

L'avantage d'aimer un cormoran, c'est qu'on n'a pas à se préoccuper des usages. Lozerech n'a pas le sens du ridicule ou en tout cas pas le même que le mien. Il a le sens de sa dignité, c'est différent. L'amie qui me prête son appartement m'a laissé sa collection de vieux disques de jazz et de chansons anciennes et quand nous dînons seuls à la maison, je ne résiste pas au plaisir d'enlacer mon capitaine pour danser « cheek to cheek » toutes les « sentimental journeys » de ma jeunesse. Je deviens sa « Paper Doll », sa « Georgia on his mind », il est « under my skin » et nous berçons nos nostalgies – *comme deux vieux cons, dit la duègne* – ou deux jeunes cons, ou disons deux cons tout simplement, qui ont le don de redevenir indéfiniment cons ensemble. A intervalles réguliers, il approche ses lèvres de ma bouche et s'y attarde voluptueusement comme s'il ne l'avait jamais vue.

« C'est pas normal d'aimer embrasser comme ça, Lozerech. Je parie que ta mère t'a laissé une tétine en bouche jusqu'à au moins sept ans !

– C'est pas que j'aime ça, mais c'est le meilleur moyen de t'amener où je veux ! »

Nous rions bêtement... Je le serre plus fort. J'aime mieux ne pas penser à notre image. Si Loïc, si Frédérique m'observaient de l'autre côté de la

225

vitre? Seul mon cher François ne jugerait pas. Mais pourquoi penser à mon image? Je suis en congé de mon image et ne recule devant rien : le feu de bois qui craque, les bougies sur la table, que j'utilise de plus en plus pour des raisons que Gauvain ne soupçonne même pas, puis l'amour devant les bûches qui rougeoient et sur la grande peau de renne. Mais oui, je m'offre tout ce que l'on n'ose plus faire à nos âges, ce que je n'ai jamais osé faire dans mon milieu blasé.

Il me reste encore une conférence à assurer pour le Département des Women Studies de l'Université, sur « La place congrue des femmes dans l'Histoire et dans l'Art ». J'ai tenté en vain quelques manœuvres pour dissuader Gauvain de venir m'écouter, car sa présence va me paralyser. Mais j'ai eu beau lui interdire de se placer dans les premiers rangs, je le repère bientôt, les coudes sur les genoux pour mieux comprendre, l'air du meilleur élève d'une classe du Morbihan. Rien de la décontraction des profs ou de la négligence affectée des étudiantes qui forment quatre-vingts pour cent de mon auditoire.

Je surveille malgré moi mon vocabulaire : l'épater mais pas trop! Qu'une certaine notion de l'injustice faite aux femmes parvienne jusqu'à la zone en friche où dorment ses idées générales, mais ne pas l'alerter sur la guerre des sexes. Les arguments qu'il pourrait me sortir m'écœurent d'avance. Il en est, de bonne foi, au stade Cro-Magnon du raisonnement : « Jamais il n'y a eu de femmes parmi les grands peintres, les grands musiciens ou les savants. Ça veut tout de même dire quelque chose, non? » Et les Cro-Magnon vous regardent comme s'ils venaient de vous assener un coup de massue! Sans courage pour m'attaquer à un pareil gouffre de bêtise, je préfère tenir Gauvain

226

au large de ces problèmes. Tout ce que j'espère, c'est jeter quelque trouble, oh! bien éphémère, dans son esprit.

Je le retrouve à la sortie tout ému, non pas des idées qui sont passées bien vite, portées par des noms mystérieux et des termes inconnus, mais par les applaudissements qui ont ponctué à de nombreuses reprises ma conférence, par l'approbation visible du public pour mes arguments, et les rires aussi. Par mon succès en un mot. Seul celui-là vous aime vraiment devant lequel on peut manifester sa supériorité sans blesser son amour-propre ou provoquer sa rancune.

Sitôt expédiée la frugale collation de rigueur dans les Universités, nous nous échappons, après avoir décliné toutes les invitations, pour dîner en tête à tête car j'ai décidé ce soir d'inviter Gauvain dans un des restaurants les plus réputés de Montréal.

Quand on s'aime, tout paraît clin d'œil ou coïncidence : c'est une chanson de Félix Leclerc qui nous accueille dès notre arrivée au restaurant, une très ancienne chanson que chantait Gauvain autrefois. Ils ont cette même voix profonde et cuivrée qui rend n'importe quelles paroles émouvantes.

« Je vais encore succomber à ton charme, comme à la noce de ta sœur, tu te souviens? »

Gauvain sourit avec satisfaction. Sa voix est sa seule coquetterie et il aime à en user. Autour de nous, l'air est épais de senteurs exquises où se marient le fumet du homard, l'estragon, la girolle, une pointe d'ail, les vapeurs du cognac que l'on flambe, le tout composant le parfum spécifique des très bons restaurants. Ceux où l'on rêve dans sa cuisine, par les soirs solitaires d'hiver devant des nouilles refroidies, de déguster des ortolans, face à un être très aimé avec lequel il est infiniment probable que l'on va faire l'amour tout à l'heure, un goût de framboise sur les lèvres...

Tandis que nous parcourons la carte, la mangeant déjà des yeux, je pense soudain à Marie-Josée, à l'injustice qui fait qu'elle n'a jamais savouré de caviar sur un toast, devant un verre d'aquavit sirupeux, sous le regard indescriptible d'un homme amoureux. A Marie-Josée qui n'a jamais été une bombe sexuelle pour personne. A cet homme qui est le sien mais qui ne s'enflamme que pour moi, qui l'ai refusé dans ma vie. A-t-elle seulement pris le temps, depuis qu'ils sont mariés, de se souvenir qu'il était beau? Ou bien s'est-elle résignée à rejoindre l'humble troupeau des servantes conjugales, de celles qui massent les pieds d'un époux, qui le porteront chez d'autres; lui appliquent des shampooings traitants sur le cuir chevelu pour qu'il agite sa crinière sur d'autres oreillers; qui lui cuisinent des steaks d'une livre pour qu'il trouve le punch de faire l'amour cinq fois de suite à sa maîtresse...

Lui a-t-il déjà fait l'amour cinq fois en une nuit? Mais qu'en sais-je après tout? Les alcôves dissimulent plus de secrets que n'en conçoivent nos jalousies.

Je ne pose pas ce genre de questions à Lozerech. Nous n'évoquons Marie-Josée que pour dire l'indispensable et il trouverait de mauvais goût de me révéler ce qu'elle représente encore pour lui. Quand nous sommes ensemble, nous préférons oublier nos vies et devenir deux personnages qui n'ont que peu de rapport avec ceux que nous montrons à nos proches.

Je serais gênée par exemple que François rencontre mes amis québécois qui ne connaissent de moi que la jeune amoureuse de Gauvain, celle qui lui tient la main dans la rue, celle qui rit sans cesse

228

aux éclats alors qu'il n'est pas spirituel, qui rit tout simplement de vivre et de jouer à être une autre. Même mon sommeil est différent près de lui.

En avançant en âge, on aurait tendance à étouffer ses anciens personnages sous la personnalité qu'on croit la vraie. Mais en fait ils sont tous là, n'attendant qu'un geste engageant, qu'une occasion, pour apparaître au grand jour dans toute leur insolente fraîcheur.

A Montréal nous menons une vie presque conjugale, car j'ai enfin pu faire connaître Gauvain à mes amis. Il trouve tout naturellement sa place dans cette société québécoise où les gens sont comme lui, proches encore du terroir, et parlent un langage qu'il comprend d'instinct, même s'ils remplacent « gast » et « nom de Dieu » par « calice » ou « tabernacle »! Entendre tout le monde s'exprimer avec un accent encore plus marqué que le sien le met à l'aise. Nous ne sommes plus seulement deux amants qui se cachent, mais un couple comme un autre, qui va au théâtre, au concert, et invite des amis à dîner. Il s'est tellement mis dans la peau d'un mari qu'au cinéma, où nous nous rendons ensemble pour la première fois de notre vie, il m'a fait le coup du propriétaire!

Histoire banale : à peine dans l'obscurité, mon voisin de droite, qui est accompagné d'une épouse poivre et sel, m'attaque le flanc, puis la cuisse, d'une main de plus en plus précise. On met quelque temps à admettre que c'est de pelotage qu'il s'agit, mais une pression insistante m'enlève bientôt mon dernier doute. Je pose résolument ma jambe droite sur la gauche.

Cinq minutes plus tard, le temps d'une reptation qui n'attire pas l'attention de son épouse, l'homme est de nouveau à pied d'œuvre. Je rassemble mes membres dans le dernier espace disponible, rêvant comme chaque fois de lui assener une de ces injures inoubliables... que je n'ai jamais trouvées. Je me persuade que mon silence n'a d'autre but que d'épargner l'épouse aveugle assise à son côté et c'est seulement quand je me sens réduite aux dimensions d'une limande que je trouve l'audace de réagir. J'empoigne alors mon sac par terre et l'abats brutalement entre nos deux fauteuils, sur son bras qu'il retire précipitamment. Plus rien ne bouge. Gauvain non plus n'a rien vu, son regard est rivé sur l'écran, il est appliqué, au cinéma comme partout.

Dès que la lumière se rallume sur un Woody Allen gâché, l'homme se lève en hâte et pousse sa femme vers la sortie. Je l'observe à la dérobée : c'est rien! Sans couleur et sans âge, même pas l'air cochon. Je souffle à Gauvain : « Regarde le type devant nous, je te raconterai quelque chose dès qu'on sera sortis. »

Instinctivement, je me méfiais de ses réactions mais je les sous-estimais encore. La colère l'empourpre quand je lui raconte le banal épisode. Heureusement, le « sale type » a disparu, sinon, « je lui aurais fait sa fête »... « il aurait pas recommencé, je t'en fiche mon billet... Ce vieux cochon... Cette espèce de branleur... Kol bouët... » tout y passe en breton et en français.

Il n'en revient pas que je n'aie pas immédiatement imploré sa protection, tout comme je n'en reviens pas qu'il s'estime propriétaire de mon honneur. Je ne parviens pas à lui faire comprendre que ce n'est pas à lui que l'on fait injure en me touchant et que me plaindre à lui aurait été reconnaître mon statut d'objet entre deux mecs rivaux. Il m'écoute mais la colère ombrage son regard et l'empêche de suivre le moindre raisonnement. Je

230

me sens dans la position d'une jument de western qu'un voleur de chevaux a tenté de prendre au lasso! Mon pauvre cow-boy, lui, est convaincu de m'avoir donné une preuve d'amour et nous nous contemplons de chaque côté d'un gouffre.

Je finis par lui jeter une passerelle en feignant de m'attendrir sur sa jalousie. Mais une incompréhension aussi essentielle nous navre tous deux. Il rentre humilié, je reviens accablée.

Le temps qu'il faut, les hommes qu'il faut, avant de savoir ce qui convient au plus obscur de votre être. Et l'on découvre alors que ce qui vous convient n'est pas ce qui est vivable.

En fait à Montréal, j'ai l'occasion de découvrir Lozerech au naturel, dans ses habitudes quotidiennes. Un homme qui pose le pain de campagne sur sa poitrine pour le couper; qui répète chaque matin quand je rapporte le quotidien : « Je ne comprends pas que tu te jettes sur les journaux », et qui ajoute, en prime, croyant faire de l'humour : « Dans deux jours elles seront vieilles, tes " nouvelles " ! » Une fois sur deux, il m'annonce pour ma gouverne que « la terre ne va pas cesser de tourner sans moi ». Un homme qui est pour la peine de mort, et contre « les prisons tout confort » (« ils feraient mieux de s'occuper des vieux! »). Qui croit que la musique ce sont « Les moines de Saint-Bernardin » ou « Gentille Alouette » chantés en chœur dans un caveau québécois décoré d'un râtelier plein de foin au mur. Un homme qui s'étonne que je connaisse « Sombreros et Mantilles » ou « Prosper, Yop la Boum », que nous exhumons de la caisse des vieux 78 tours de mon amie. Mon pauv'vieux! C'est pas parce que je connais Aristote que j'ignore qui est Rina Ketty. Un homme enfin que j'interroge sur l'Afrique du Sud, les mines de diamant ou l'apartheid et qui n'a rien

231

remarqué de spécial et ne sait pas me répondre, les marins réalisant ce tour de force de voyager toute leur vie sans jamais connaître les pays où ils relâchent. Ils ne voient que les arrière-ports qui sont les mêmes de Singapour à Bilbao.

Je ne parviens pas toujours à cacher mon irritation devant ses lacunes et mon désaccord sur ses théories politiques. Il refuse alors de discuter, il se ferme et ses yeux virent au noir, au point que je m'étonne quelquefois qu'il continue à m'aimer. Seul un enchantement ou un maléfice le retient prisonnier. Il est vrai qu'à mes heures je m'emploie ignoblement à le faire durer.

– *En somme, ton idéal serait « baise et tais-toi », résume la duègne qui a décidé cette fois d'empoisonner mon plaisir. – Boucle-la, veux-tu? – Il n'y a que la vérité qui blesse, ma petite. Mais toi, du moment que tu te fais sauter...*

Je vais lui claquer le beignet, à cette vieille, la rouer de coups, la piétiner... Car curieusement, je ne tolère pas qu'on « me saute ». On peut me tringler, m'enfiler, me ramoner, m'envoyer me faire foutre, mais pas me sauter. Il y a des expressions comme ça, pas les pires ni les plus insultantes, qui vous font voir rouge.

– *Sale bête, figure-toi que j'ai envie de te crever la paillasse!* Elle rit, incrédule. Elle sait que je n'ai jamais réussi à la sacquer. Mais ce soir, devant le regard éperdu de Gauvain à mesure que l'heure de notre séparation s'approche, j'ai honte d'héberger cette présence malfaisante et d'avoir subi si longtemps ses discours. Il est temps de mettre fin à ses fonctions. Tout à l'heure, dans le feu de l'amour, j'immolerai ma duègne en ton honneur, mon cormoran.

Pour le moment, enlacés sur le canapé devant les flammes complices, nous nous écorchons à la voix

232

désertique de Léonard Cohen qui s'accorde à notre humeur. Karedig... si on était mariés?... Et si tu rentrais tous les soirs, mon cormoran... Et si on se réveillait ensemble tous les jours... Du fait de l'attendrissement, je sais que j'en viens à dire des choses que je ne pense pas, ou pas tout à fait, ou juste pour un petit moment. Mais elles nous font du bien et que faire sinon rêver, pour éviter tout ce qui pourrait ressembler à une promesse d'avenir? L'avenir, heureusement, ce n'est jamais pour tout de suite. Nous avons appris à vivre sans lui. Nous nous contentons de savoir que l'automne prochain, Gauvain reviendra à Montréal.

Nous n'avons pas envie de danser ce soir, ni de faire l'amour, seulement d'être ensemble à ne rien faire, comme si nous avions la vie devant nous. Je ne sais plus lequel des déchirants poèmes de Cohen nous fendait l'âme cette nuit-là, « *Let's be married one more time* » ou « *I cannot follow you, my love* », quand la chose a commencé. Je me souviens seulement que j'étais debout devant la fenêtre, appuyée à Gauvain, et que nous regardions les premières neiges de l'automne voleter en tous sens devant la vitre. Nos visages se touchaient mais ne s'embrassaient pas. Et soudain, nous nous sommes trouvés ailleurs. Nous avions décollé. Nos peaux ne nous délimitaient plus, nos sexes n'étaient plus mâle et femelle, nous nous sentions hors de nos corps, un peu au-dessus plutôt, nous balançant très vaguement, âme à âme, dans une durée indistincte.

J'ai entendu Gauvain murmurer d'une voix méconnaissable : « Ne dis rien surtout... » Mais je n'étais pas en état de dire et qu'aurais-je pu dire? Chaque seconde qui passait était l'éternité.

C'est la musique qui est revenue la première, très progressivement à nos oreilles. Puis la pièce a

233

réapparu autour de nous, j'ai perçu à nouveau les bras d'un homme autour de moi, sa chaleur, son odeur, et nous sommes redescendus tout doucement dans nos corps distincts qui se sont remis à respirer. Mais nous nous sentions fragiles encore, les mouvements, les paroles nous faisaient peur. Alors nous nous sommes allongés là, sur la peau de renne, où nous avons dormi très profondément et très enlacés. Nous savions qu'il ne faudrait pas moins d'une nuit de silence et d'une demi-révolution de la terre autour du soleil pour que nous redevenions tout à fait l'un et l'autre.

Des derniers jours, nous en avons tant vécu que je ne les supporte plus moi non plus. Notre histoire me semble faite de premiers jours et de derniers jours, pas de milieux! Cet air atteint d'une balle mortelle que prend Gauvain, son incapacité à bander la dernière nuit, qui le met en rage, et cette fébrilité qui l'envahit à l'approche de l'heure du départ... Il n'est déjà plus là douze heures à l'avance. Il ne lit pas le magazine qu'il tient entre ses mains, il n'écoute pas le disque qu'il pose sur l'électrophone ni les phrases que je lui dis. Il annonce à plusieurs reprises qu'il n'a plus qu'à boucler sa valise pour être fin prêt, puis m'informe qu'il va maintenant boucler sa valise, qu'il est temps; et m'avise enfin que sa valise est bouclée et qu'il est prêt. Il ne lui reste alors qu'à s'asseoir près de la porte jusqu'au moment inévitable où il se relèvera pour vérifier que sa valise est bien bouclée, sans oublier la sangle qu'il rajoute autour, serrée à mort, comme si des bêtes féroces allaient s'acharner à l'ouvrir.

234

Le détaillant du regard pour mieux fixer dans ma mémoire sa chère tête frisée, ses sourcils en bataille, ses cils de poupée et cette bouche d'acteur américain, je le découvre soudain fatigué. J'étais trop près de lui depuis quinze jours pour bien le regarder. Ses yeux se sont cernés à mesure que les miens devenaient plus lumineux et que je sentais courir dans mes veines l'hormone du plaisir, l'endorphine, dirait la duègne si elle pouvait encore parler. En fait, contrairement à ce qu'on prétend, c'est l'homme qui se donne en amour. Le mâle se vide et s'épuise tandis que la femelle s'épanouit. En plus, je retourne, comblée, vers une vie agréable, rejoindre un homme qui m'attend et un métier qui n'épuise pas mes forces, alors que lui a pour seul horizon la solitude, sa galère et les langoustes.

C'est seulement lorsque nous sommes dans les procédures de l'amour que j'oublie à quel point nous appartenons à deux espèces étrangères. J'ai longtemps pensé dans ma jeunesse que s'aimer, c'était fusionner. Et pas seulement dans la brève et banale union des corps, ni même dans un orgasme mystique. Je ne le pense plus. Il me semble aujourd'hui qu'aimer, c'est rester deux, jusqu'au déchirement. Lozerech n'est pas, ne sera jamais mon semblable. Mais c'est peut-être ce qui fonde notre passion.

CHAPITRE XI

VOIR MONTRÉAL ET MOURIR

On ne vieillit pas tous les jours un peu, mais par à-coups. Il arrive qu'on stationne longuement sur le même palier, on se croit oublié et puis d'un seul coup, on prend dix ans.

Mais la vieillesse comporte elle aussi une sorte de jeunesse, elle prend son temps pour s'installer. Elle vous quitte et vous reprend avec une désinvolture odieuse. Il arrive qu'on se retrouve dans la même journée encore très bien et déjà très mal!

Comme dans la jeunesse, des choses se mettent à vous arriver pour la première fois : la première douleur dans le genou, un jour en montant un escalier... Le premier recul de la gencive sur cette canine jusqu'ici impeccable... On ne saurait préciser quel jour cela s'est produit et soudain c'est là, ce collet jaunâtre en haut de votre dent, ces crampes dans une articulation un matin en vous levant... J'ai dû en faire trop hier en rangeant le grenier, songez-vous. Mais non, vous n'en avez pas fait plus que d'habitude. Simplement vous, vous n'êtes pas comme d'habitude. Le territoire de la fatigue s'est élargi et s'élargira chaque jour. Vous commencez votre vieillesse.

Au début, on fait face. On gagne quelques batailles, on parvient à retarder l'invasion au moyen de manœuvres de plus en plus complexes et coûteuses. Il n'est pas encore venu le temps où l'on passera autant d'heures à colmater les brèches qu'à vivre.

J'avais le privilège de pouvoir regarder sans angoisse les premiers signes du mal sur mon corps, parce que quelqu'un l'aimait. Je tapotais mon ventre un peu bouffi et moins musclé sans trop d'écœurement parce que quelqu'un l'aimait. Je contemplais avec résignation le ramollissement progressif de mes bras parce que quelqu'un m'aimait. Mon rictus, mes pattes-d'oie qui se creusaient... Tiens, c'est bien ennuyeux, mais quelqu'un m'aime. Aucune dégradation ne pouvait m'abattre aussi longtemps que Gauvain me désirerait.

Certes, François m'aime mais sans me rassurer sur mon physique qu'il ne voit pas changer. Il fait partie de ces hommes qui proposent de vous photographier le matin précis où l'on s'est levé du mauvais pied et du mauvais œil, le cheveu incoiffable, le teint particulièrement blême et la robe de chambre avachie comme elles ont tendance à être, les garces, dès qu'on n'a plus trente ans et qu'elles ont plus de trois mois. Et le « mais je te trouve très bien comme d'habitude » jette le discrédit sur tous les compliments passés et futurs.

Gauvain, lui, n'est pas « gentil », il est foudroyé par mes charmes... A cinquante-cinq ans, il est aussi ardent que jamais, j'ai deux fois par an l'occasion de m'en assurer pleinement. Le Québec est en effet devenu pendant quelques années notre deuxième patrie. J'y passais toujours ce merveilleux mois d'octobre dont les Québécois sont si fiers à cause de leurs érables pourpres et de cette débauche de couleurs de feu avant le blanc de l'hiver. Gauvain m'y rejoignait aussi longtemps

238

qu'il le pouvait chaque automne, et au printemps nous nous réservions aussi quelques jours en France. En somme nous passions ensemble les équinoxes, un peu à la manière de ces sirènes des contes nordiques qui reviennent sur terre aimer un vivant quelques semaines chaque année. En attendant le couperet de la retraite, qui allait ramener définitivement à Larmor auprès d'une femme malade cette force de la nature, pour la mettre à paître dans un pré.

A François je ne disais que la moitié de la vérité. Il savait qu'à Montréal Lozerech me rejoignait parfois mais il préférait ne pas me demander combien de temps nous passions ensemble. Par un accord tacite, Gauvain jouissait d'une sorte de privilège d'antériorité qui durerait autant que lui. Quant à notre rencontre de mars, je la faisais coïncider avec un reportage et François feignait de me croire. Notre relation en était par moments attristée mais pas envenimée. L'élégance de cœur et la générosité de mon compagnon dans un domaine où si peu de conjoints parviennent à cacher leurs sentiments m'emplissaient de reconnaissance et d'estime pour lui.

Notre dernier séjour canadien, nous l'avions prolongé par une semaine à Québec pour voir la baie James et assister à la grande migration des cygnes et des oies, quand les oiseaux, comme des rats, quittent le navire juste avant qu'il ne s'engloutisse sous sa cape de neige pour six mois.

Gauvain aussi commençait à entrer dans l'hiver. Il avait maintenant cinquante-sept ans. Sur ses tempes, ses cheveux blanchissaient et sur ses mains, les veines s'entortillaient à la manière de cordages. Son rire était moins tonitruant mais sa forte silhouette se dressait encore comme un roc de granit, tendue par des muscles auxquels son

239

métier laissait peu de répit et ses yeux n'en paraissaient que plus bleus et naïfs, les bons jours.

« Ne parlons pas du futur, m'avait-il demandé en arrivant cette fois-là, je veux profiter de tous nos moments ensemble. »

Et profité, on avait! Il m'avait offert cette année-là, après l'ancre promise et commandée spécialement au Cap, un pendentif d'or à l'intérieur duquel nos initiales et une seule date étaient gravées : 1948, suivie d'un tiret et d'un emplacement vide.

« Tu feras graver la dernière quand le moment sera venu. »

J'ai eu envie de lui rétorquer : il est venu si tu n'oses rien dire à Marie-Josée. Nous allons devenir des retraités de l'amour maintenant que ton travail ne te fournira plus d'alibi. Je m'endormais chaque soir dans ses bras en songeant qu'il serait bientôt en Bretagne toute l'année, tout près de moi, mais inatteignable, couché dans le lit de Marie-Josée que je me prenais pour la première fois à jalouser. Je faisais provision de lui au maximum, non sans le secret espoir que très vite il ne supporterait pas d'avoir perdu du même coup et son métier et son amour. Mais j'avais juré de ne pas aborder ce problème avant le dernier jour.

Ce fut, trop vite, le dernier jour. Et la valise, et la sangle qui ne serviraient peut-être plus, et les vérifications nerveuses du billet, de l'heure de décollage, de l'arrivée à Roissy, de la fréquence des cars pour Orly afin de ne pas manquer la correspondance pour Lorient, qu'est-ce que je m'en foutais de l'heure à laquelle il rejoindrait Marie-Josée pour toujours, il n'allait tout de même pas sortir de mon existence en parlant horaires?

« Est-ce que tu as une vague idée de ce que tu pourrais imaginer pour qu'on se voie encore un

240

peu, maintenant que tu vas être " M. et Mme Lozerech " ?

– Karedig, à propos de ça, il faut que je te dise quelque chose. »

Il a soudain eu l'air d'un très vieux cormoran pris au piège et mon cœur s'est arrêté de battre...

« J'ai vu le docteur il y a quinze jours. Les nouvelles sont pas fameuses.

– Pour Marie-Josée ? »

Un lâche soulagement m'envahit.

« Non, pour elle, ça va. Enfin disons, c'est pareil. Non, c'est pour moi. »

Ma bouche se sèche tout à coup. Il s'est assis loin de moi et parle lentement comme à regret.

« J'ai passé la visite annuelle là, et on m'a fait un électrocardiogramme comme d'habitude. Mais faut croire que cette fois c'était pas bon parce que le toubib m'a envoyé chez le spécialiste. Le Dr Morvan à Concarneau, tu sais. Il m'a fait un tas de tests et... paraîtrait que j'ai une artère bouchée d'un côté et l'autre qui vaut guère mieux. Alors, tu me connais, j'ai tout de suite dit au docteur : " Docteur, je veux savoir. Qu'est-ce que ça veut dire pour mon avenir ? " et il a dit comme ça : " C'est sérieux et il va falloir employer les grands moyens. Je vais vous hospitaliser aujourd'hui même pour faire des examens plus poussés, une corono... graphie ou quelque chose comme ça, et nous verrons alors pour le traitement approprié. "

– Mais c'était quand tout ça ? On t'avait jamais rien signalé ?

– C'était... heu... à peu près une semaine avant que je vienne ici. Alors, tu penses, pas question de me laisser hospitaliser ! Le Dr Morvan, je lui ai parlé franchement : " Docteur, c'est impossible,

241

j'ai dit, je peux pas entrer à l'hôpital aujourd'hui. – Alors demain? qu'il a fait. – Demain non plus. – Comment ça, demain non plus? Je vous répète que vous courez un grave danger. – Peut-être, je dis, mais j'ai un rendez-vous aussi grave, j'ai dit. – Dans ce cas, il a répondu avec un drôle d'air, je vous avertis : je ne prends pas la responsabilité de vous laisser partir d'ici. " Alors là, j'ai vu rouge et je lui ai pas envoyé dire au toubib que tout médecin qu'il est, mes responsabilités, c'est moi qui les prends jusqu'à nouvel ordre. J'ai l'habitude. " Tant que je suis pas un numéro dans votre fichu hôpital, ma vie est à moi ", j'ai dit. Le docteur, il en revenait pas. Ça lui plaisait pas que j'aie mon idée là-dessus ! " Je vous aurai prévenu qu'il a dit, vous prenez vos risques. – Et alors? Moi j'ai toujours pris des risques dans ma vie, ça me changera pas. Et puis j'ai une bonne assurance : je ne laisserai pas ma famille dans le besoin. " »

Gauvain gravement malade? Ma première réaction est de croire à une erreur. Je n'ai de ma vie envisagé cette hypothèse. Noyé, oui, mais souffrant... Je me débats devant cette donnée inacceptable. Un homme si fort, je me répète bêtement.

« Mais enfin, c'est incroyable ! Tu n'avais aucun symptôme? Tu ressentais des malaises, quelque chose?

– Je me suis jamais beaucoup écouté, tu sais. C'est pas la mode chez nous. Mais maintenant que j'y pense, si, quelquefois. Quand je me baissais, j'avais des sortes de vertiges, des bourdonnements, mais j'attribuais ça à la fatigue. A mon âge et avec le métier que je fais encore, je trouvais normal. Les copains ont pris la retraite depuis des années, après tout.

– Mais pourquoi tu ne m'as rien dit en arrivant? On aurait fait attention, on...

242

– Justement! Je venais pas ici pour faire attention. Pour ça, j'aurai tout le temps... Je voulais pas gâcher notre séjour avec ces conneries. Au moins on aura vécu comme on voulait jusqu'au dernier jour et j' suis pas mort pour ça, tu vois. D'ailleurs je le regrette. Des fois, je me dis que mourir comme ça, avec toi... ce serait pas la plus mauvaise façon de quitter cette terre!

– Quand je pense que tu avais ça en tête tout le temps, cette menace, et que tu ne disais rien!

– Mais non, j'avais pas ça en tête. C'est toi que j'avais en tête, comme d'habitude. Et puis tu sais, la mort, je l'ai vue en face, souventes fois. »

A mesure que la nouvelle pénètre, mes larmes se mettent à couler malgré moi.

« Ah, je t'en supplie, George, ne pleure pas. Il n'y a pas de quoi, si ça se trouve. Les docteurs se trompent souvent, tu sais. Et moi je me sens toujours pareil. T'as pas vu de différence, hein? »

Son regard s'éclaire de cette lueur gaillarde que j'aime et je me précipite contre sa rassurante masse. Le toucher, le tenir... mais c'est justement ce que je ne pourrai plus faire. Malade, il sera encore moins à moi que s'il était en mer. Je me mets à sangloter contre son cher cœur.

« Karedig, tu vas me faire regretter de t'avoir parlé. Je voulais rien te dire au début. Rien du tout. Je t'aurais écrit après l'examen qu'ils vont me faire, au cas où ils décideraient d'opérer. Ils appellent ça un pontage. On t'ouvre, on te change un tuyau et après t'es comme neuf!

– Et tu aurais osé ne rien me dire! Tu te rends compte : toi à l'hôpital et je n'aurais rien su! Je l'aurais jamais pardonné...

– C'est pour ça justement, j'ai trouvé plus honnête que tu saches. Tu es un peu ma femme, après tout. Mais ne t'en fais pas trop... Il ne m'avait

243

jamais rien signalé aux autres visites, le médecin de la Marine. Ce serait pas la première fois qu'ils se trompent, ces cons-là. Et puis, j'ai pas dit mon dernier mot. Je suis un gabarit, moi... »

C'est une de nos plaisanteries rituelles, *c'était* une de nos plaisanteries quand il se frayait péniblement un chemin en moi, le premier jour.

« Figure-toi qu'ils voulaient même pas me laisser prendre l'avion! " Au moins, prenez le train ", répétait le Dr Morvan. – Moi, je veux bien mais ce sera difficile, j'lui ai fait, vu que je vais aux Amériques!

– Et si tu lui avais précisé ce que tu allais y faire, aux Amériques, il t'aurait traité de fou... et moi de criminelle.

– C'est pas ma vie qui compte pour moi, c'est toi dans ma vie. Tu le sais. Sans toi, je me fous de ce qui peut arriver. »

Il me serre très fort contre lui comme pour me protéger de la vérité.

« " Debout zob libre, fier Concarnois "... tu te souviens? »

Je fais signe que oui. Je ne peux pas parler, j'ai toujours sangloté comme un bébé, avec des hoquets.

« Ça me fait quelque chose de te voir pleurer pour moi. Toi! dit-il en me berçant. Toi, George Sanzès! Ma petite fille! »

C'est la première fois qu'il m'appelle ainsi. Mes larmes redoublent.

« Mais enfin... tu ne crois toujours pas que je t'aime?

– Si bien sûr... mais en même temps ça me... Ça ne m'a jamais paru normal, quoi. J'ai toujours eu peur que tu t'aperçoives un beau matin que j'étais pas un type pour toi.

244

– Tu es vraiment sinoque! Tu crois qu'on reste trente ans à aimer un " type-pas-pour-soi "? »

On rit ou on fait semblant. La nouvelle peu à peu fait son trou, le malheur s'installe très vite et je pense déjà à tout ce qu'il va bouleverser. Comment saurais-je s'il va bien? Comment me fera-t-il savoir s'il a besoin de moi? Toute la précarité de notre relation nous apparaît. Le *non* que je lui ai signifié un jour, c'est aujourd'hui qu'il nous sépare pour de bon. On se dit longtemps qu'on a sauvé l'essentiel, qu'on a gardé la meilleure part. Mais vient le jour cruel où, dans le plus grand besoin, celui qu'on aime ne peut plus vous appeler. Je suis moins que la dernière de ses amies désormais et cette impuissance m'accable. C'est la revanche ultime des légitimes.

« Je m'arrangerai pour te tenir au courant, je te promets, affirme Gauvain. Et puis aie confiance en moi. Je peux te dire que j'ai pas l'intention de casser ma pipe. Pas du tout. »

CHAPITRE XII

LES VAISSEAUX DU CŒUR

Le 3 novembre suivant, Lozerech entrait à l'hôpital de Rennes pour y subir un pontage coronaire.

Le 5 novembre, le chirurgien annonçait que l'opération était réussie et le malade dans un état aussi satisfaisant que possible.

Le 7 novembre dans la nuit, Gauvain rendait l'âme en salle de réanimation sans avoir repris connaissance.

« Mon fils est décédé », m'annonça sa mère au téléphone et il me fallut quelques secondes pour saisir que décéder, c'était mourir.

Le sinistre vocabulaire de la mort, qui ne sert que quelques jours avant et quelques jours après, faisait son apparition. Décès, transfert du corps, cérémonie religieuse, obsèques, le défunt... mots sans réalité, mots de Pompes funèbres à l'usage des familles éplorées et des faire-part. Pour moi Gauvain n'était pas décédé, il était mort. Mon cormoran n'ouvrirait plus ses ailes.

L'enterrement eut lieu à Larmor. Dans l'église qui contenait à peine la famille et les amis, Marie-Josée disait adieu au père de ses enfants, Mme Lozerech au cadet de ses fils et George Sanzès pleurait celui que tous croyaient son copain d'enfance.

247

Après le service religieux, je me suis jointe au long cortège vers le cimetière dont les tombes disparaissaient encore sous la profusion des chrysanthèmes de la Toussaint et j'ai regardé descendre Gauvain au fond du caveau de famille, dans l'habituel grincement de cordages qu'il entendait pour la dernière fois avant le silence de la terre. C'est dans l'eau qu'il aurait dû « faire son trou » comme il aimait à dire.

« Il aura pas profité longtemps de sa retraite, le pauvre », répétait Yvonne, navrée du gâchis. Comme son mari, son frère aurait cotisé sa vie durant et serait mort avant de récupérer sa mise. Heureusement pour lui, me disais-je. Les cormorans ne savent vivre qu'au large. Ils ne se posent jamais longtemps à terre.

Sur son fils aîné je reconnaissais, avec le désir douloureux d'y passer mes doigts encore une fois, la tignasse brun-roux de son père, drue et bouclée en rond comme sur certaines statues grecques, et les yeux d'un bleu violent qu'ombrageaient à peine les cils retroussés. Mais pour le reste c'était un étranger mince et grand, aux épaules étroites, sans rien de l'aspect puissant de Gauvain. Comme pour accentuer la différence il portait avec décontraction un blouson américain.

Tout l'équipage de Lozerech, ses frères encore vivants et ses copains, se tenaient là, empruntés comme le sont les hommes dans les cimetières, la casquette à la main. C'est le seul souvenir que j'aurais souhaité de lui, sa casquette de marin-pêcheur, celle dont la visière luisante restait déformée par le coup de pouce qu'il lui imprimait sans cesse, de ce geste machinal qui m'était si familier, pour la recaler sur ses cheveux rebelles. C'est par des détails comme ceux-là que les morts demeurent encore parmi nous : une façon de marcher en balançant le corps, un rire éclatant, un regard qui chavire quand on leur parle d'amour.

J'allais « avoir de la misère » à vivre sans lui et pleurer « souventes fois », comme il disait joliment. Personne ne m'appellerait plus Karedig. Mais il me resterait la certitude d'avoir reçu de lui tout ce dont peut rayonner l'amour. Et tandis que tombaient sur son cercueil les pelletées révoltantes, je me demandais soudain si, parmi les hommes que j'avais aimés, ce n'était pas lui, Lozerech, qui aurait été mon légitime.

« C'était le meilleur de mes fils », répétait Mme Lozerech, le regard sec mais le corps secoué de sanglots.

– Oui, c'était quelqu'un de bien, reconnut la duègne, surgie d'outre-tombe puisque nous étions au royaume des morts. Toi, je ne sais pas... mais lui, c'était un homme bien.

Il pleuvait et le vent soufflait du suroît comme il avait dû l'entendre si souvent. Il n'aurait pas choisi d'autre musique. Je palpais sous mon ciré la chaîne, l'ancre et le pendentif sur lequel je ne ferais rien graver. Rien n'était fini. Mais je frissonnais malgré le temps doux, comme si ma peau tout entière eût été en deuil de lui. En deuil d'un homme avec lequel je n'aurai jamais passé Noël.

Et pourtant dans un mois, je vais passer mon premier Noël sans lui.

Table

Les femmes
au Livre de Poche

Autobiographies, biographies, études...
(Extrait du catalogue)

Arnothy Christine
   J'ai 15 ans et je ne veux pas mourir.

Badinter Elisabeth
   L'Amour en plus.
   Emilie, Emilie. L'ambition féminine
      au XVIIIe siècle *(vies de Mme du Châtelet, compagne de Voltaire, et de Mme d'Epinay, amie de Grimm)*.
   L'un est l'autre.

Bellemare Pierre et **Antoine** Jacques
   Quand les femmes tuent, t. I et II.

Bergman Ingrid et **Burgess** Alan
   Ma vie

Bodard Lucien
   Anne Marie *(vie de la mère de l'auteur)*.

Boissard Janine
   Vous verrez... vous m'aimerez.

Boudard Alphonse
   La Fermeture — 13 avril 1946 : La fin des maisons closes.

Bourin Jeanne
   La Dame de Beauté *(vie d'Agnès Sorel)*.
   Très sage Héloïse.

Brossard-Le Grand Monique
   Chienne de vie, je t'aime !
   Vive l'hôpital !
   A nous deux, la vie !

Buffet Annabel
D'amour et d'eau fraîche.

Carles Emilie
Une soupe aux herbes sauvages.

Champion Jeanne
Suzanne Valadon ou la recherche de la vérité.
La Hurlevent (*vie d'Emily Brontë*).

Charles-Roux Edmonde
L'Irrégulière (*vie de Coco Chanel*).

Chase-Riboud Barbara
La Virginienne (*vie de la maîtresse de Jefferson*).

Darmon Pierre
Gabrielle Perreau, femme adultère (*la plus célèbre affaire d'adultère du siècle de Louis XIV*).

Delbée Anne
Une femme (*vie de Camille Claudel*).

Desroches Noblecourt C.
La Femme au temps des pharaons.

Dietrich Marlène
Marlène D.

Dolto Françoise
Sexualité féminine. Libido, érotisme, frigidité.

Dormann Geneviève
Le Roman de Sophie Trébuchet (*vie de la mère de Victor Hugo*).
Amoureuse Colette.

Guitton Jean
Portrait de Marthe Robin.

Jamis Rauda
Frida Kahlo.

Keuls Yvonne
La Mère de David S.

Lacarrière Jacques
Marie d'Égypte.

Lever Maurice
Isadora (*vie d'Isadora Duncan*)

Maillet Antonine
Pélagie-la-Charrette.
La Gribouille.

Mallet Francine
George Sand.

Mansfield Irving et **Libman Block** Jean
Jackie, la souffrance et la gloire (*vie de la romancière Jacqueline Susann*).

Martin-Fugier Anne
La Place des bonnes (*la domesticité féminine en 1900*).
La Bourgeoise.

Mathieu Mireille
Oui, je crois.

Nin Anaïs
Journal, t. 1 *(1931-1934)* et t. 2 *(1934-1939)*.

Pernoud Régine
Héloïse et Abélard.
La Femme au temps des cathédrales.
Aliénor d'Aquitaine.
La Reine Blanche (*vie de Blanche de Castille*).
Christine de Pisan.

Régine
Appelle-moi par mon prénom.

Rihoit Catherine
Brigitte Bardot, un mythe français.

Rousseau Marie
A l'ombre de Claire.

Sibony Daniel
Le Féminin et la séduction.

Simiot Bernard
Moi Zénobie, reine de Palmyre.

Spada James
Grace (*vie de Grace Kelly*)

Stéphanie
Des cornichons au chocolat.

Suyin Han
Multiple Splendeur.
...Et la pluie pour ma soif.
S'il ne reste que l'amour.

Thurman Judith
Karen Blixen.

Ullman Liv
Devenir...

Verneuil Henri
Mayrig (*vie de la mère de l'auteur*).

Vichnevskaïa Galina
Galina.

Vlady Marina
Vladimir ou le vol arrêté

Yourcenar Marguerite
Les Yeux ouverts (*entretiens avec Matthieu Galey*).

Et des œuvres de :

Charlotte et Emily Brontë, Pearl Buck, Marie Cardinal, Hélène Carrère d'Encausse, Madeleine Chapsal, Agatha Christie, Colette, Christiane Collange, Jeanne Cordelier, Régine Deforges, Daphné Du Maurier, Françoise Giroud, Juliette Gréco, Benoîte Groult, Mary Higgins Clark, Patricia Highsmith, Xaviera Hollander, P.D. James, Mme de La Fayette, Doris Lessing, Carson McCullers, Françoise Mallet-Joris, Silvia Monfort, Joyce Carol Oates, Anne Philipe, Ruth Rendell, Christine de Rivoyre, Marthe Robert, Christiane Rochefort, Françoise Sagan, George Sand, Albertine Sarrazin, Mme de Sévigné, Simone Signoret, Christiane Singer, Valérie Valère, Virginia Woolf...

IMPRIMÉ EN FRANCE PAR BRODARD ET TAUPIN
Usine de La Flèche (Sarthe).
LIBRAIRIE GÉNÉRALE FRANÇAISE - 6, rue Pierre-Sarrazin - 75006 Paris.

ISBN : 2 - 253 - 05355 - 4   ❖ 30/6790/7